小妻嫁到 4

文創風 554

慕童 著

目錄

第九十二章

紀清晨又小心翼翼地覷了紀寶璟一眼，伸手抱著她的腰身，輕輕搖了搖，撒嬌地說：「大姊，我能看看柿子哥哥嗎？」

「紀清晨，不要得寸進尺。」紀寶璟板著臉。這小鬼靈精竟不知道什麼叫做見好就收。

「可是人家好擔心柿子哥哥，他的馬車翻了，該不會連骨頭都摔斷了吧？」紀清晨抬起頭，眼巴巴地看著紀寶璟，那水亮的大眼睛裡含悲帶怨，瞧見這般小可憐的模樣，紀寶璟都心疼地捨不得要答應她了。

「不行。」下一刻紀寶璟淡淡地推開她，冷漠地道。

紀清晨見撒嬌加裝可憐竟是一點兒效果都沒有，登時哀怨起來。待她起身，小步追上去，就見紀寶璟突然頓住，轉身看著她。「妳大姊夫已經去瞧過了，說是沒傷到骨頭，就是手臂脫臼了，還有些擦傷而已。他一個男人，這些都是小傷。」

「哪裡是小傷了。」紀清晨小聲嘀咕著。

紀寶璟轉身就在她的腦袋上狠狠地戳了下。「妳就當是心疼爹爹吧，沒瞧見他一說起妳的婚事，那一臉的哀慟我都不忍心瞧了。」

「那是爹爹疼我。」紀清晨笑道。

紀寶璟嘆了一口氣，道：「既是知道爹爹疼妳，就不該叫他為難。如今朝中局勢複雜，爹爹又剛被舅舅責罰，他也有自個兒的顧慮。」

「姊姊，那妳覺得爹爹是對的，還是舅舅是對的啊？」紀清晨忍不住開口問紀寶璟。

雖說朝堂之事不該由她們女子過問，可男人在外頭，若真有個什麼差池，家中的女眷也是會受到牽連的。更何況紀寶璟與宮裡有著那樣深的關係，溫淩鈞又一向敬重她，又怎會不與她說一說這件大事呢？

「若是舅舅奉先皇為皇考，那麼不僅外祖和咱們的親外祖母封號難定，便是連咱們的母親也享不到應有的尊榮。」紀寶璟在妹妹面前並未掩飾自己的真實想法。她握著紀清晨的肩膀，微微蹙眉道：「我知道舅舅的處境艱難，妳大姊夫已經答應會上疏，贊同裴世子的建議。」

「大姊夫同意了？」紀清晨驚訝地瞪大眼睛。

溫淩鈞如今依舊在翰林院任職，而這幫翰林一向是最難動搖的一夥人，自覺骨頭硬，別說金銀財寶不放在心中，便是連死都不怕。還有就是都察院的那幫言官，個個都能為了自身的信念不惜血濺五步。

所以，素來連內閣都不敢招惹翰林院和都察院。

如今溫淩鈞能冒天下之大不韙，替舅舅背書，只怕以後這名聲，也不會比柿子哥哥好到哪裡去。

「大姊夫的先生乃是三通先生，若是由他上疏的話，會不會惹惱三通先生啊？」紀清晨輕聲問道。

紀寶璟見她考慮得這般周全，立即笑了，輕聲道：「妳放心吧，先生因德高望重，對朝廷影響頗深，所以不便對此事直接開口。但先生私底下也曾說過，禮法雖重，可父母怎可易之？」這就是不贊同朝臣做法的意思了。

聽到這裡，紀清晨才算徹底放下了心。不過，她還是很想去瞧一瞧柿子哥哥，可大姊方才已經罵了她一頓，因此她也不敢再提。

先前因為謝忱的事情，裴玉欣似乎生了紀清晨的氣，已有好些日子沒消息了。她在家中唉聲嘆氣的，只能先把手頭的帕子給繡好。

誰知過沒幾日，裴玉欣竟給她發了帖子，說是請她到家中賞花。

待拿到裴玉欣親自製作的花箋時，紀清晨開心不已，她馬上往曾榕的院子跑去。

好在經過一段時間的休養，爹爹的身子已經好得差不多了，雖說還沒回衙門，不過白日也沒待在曾榕的院子中，而是在前院的書房裡。

「原來是裴姑娘親自下的帖子啊。」曾榕拿著手中的花箋，點點頭。「那是一定要去的。」

紀清晨笑開來。「就是啊，我先前與欣姊姊有些誤會，這會兒要是不去的話，只怕她會與我生分呢。」

「原來是這樣，那確實不能不去了。」曾榕貼心地點頭，紀清晨立即歡喜地抱著她的手臂，連連撒嬌。

不過曾榕也提前跟她說了。「先前妳爹爹可是特別囑咐過，往後妳要出門，都必須先問過他。」

「太太會幫我求情的吧？」紀清晨抬起頭問道。

曾榕看著她神采飛揚，眼中帶著說不出的歡喜。這小姑娘的心思啊，總是單純得很，只是想到心上人就能這般開心。

那裴世澤除了年紀比沅沅大了些，旁的倒是不差，就是總板著一張臉，叫人瞧著有些害怕。不過曾榕看沅沅小時候與他在一塊兒時，胖嘟嘟的小姑娘不管怎麼鬧騰，他臉上都能掛著笑容。

如今自家小姑娘出落得這般清妍絕麗，任誰瞧了都會喜歡得不得了，估計裴世子更會把她捧在手心裡疼著吧。

到了晚上，曾榕便把裴玉欣下帖子的事情和紀延生說了一聲。

此時她正踮著腳尖為紀延生解扣子。他生得高大，雖說年過四十了，可面容卻依舊英俊清朗，並不像那些貴族老爺般，挺著一顆大肚腩。

只是紀延生一聽，便冷哼一聲，道：「哪有如此巧的事情？」這裴世澤剛受傷沒多久，裴家的姑娘便發帖子來請沅沅賞花。

曾榕見他面色不善，也不敢笑，只低聲道：「裴姑娘素來與沅沅要好，這小姑娘之間相互來往，你還不許啊？」

紀延生才要說出反對的話，只見曾榕已替他解開外袍的扣子，並脫去中衣。待她柔軟的手掌貼著他的胸口，紀延生登時心猿意馬起來。

自他被打了一頓，這都禁著好幾個月了。

一時房中春意無限。

紀清晨一大清早來給太太請安，便見她滿面柔情、嬌豔欲滴，就連坐在自己身邊的紀湛，都忍不住問道：「姊姊，娘親今兒個看起來很高興啊。」

她微微一笑，立即道：「大概是因為湛哥兒這幾日一直都很乖巧吧。」

紀湛被她誇讚得有些不好意思，低聲道：「可是我昨日才與人打架了。」

「你又打架？」紀清晨瞪著眼睛瞧他，可小傢伙一副「我也不是故意的」模樣。大概這會兒先生還沒告狀告到家裡來，所以紀湛還能拖延一日呢。

等用過早膳，紀湛便領著小廝出門上學堂去了。紀清晨要準備出門，紀寶芙則是回自個兒的院子，這幾日聽說衛姨娘的身子有些不好。

待紀清晨到了定國公府見到裴玉欣的時候，兩個小姑娘都有些尷尬。紀清晨瞧了她好幾次，想開口解釋，可是身後跟著丫鬟，卻又不好說些什麼。

裴玉欣照例是領著紀清晨，先去向裴老夫人見禮。

待請安之後，紀清晨便輕聲道：「老夫人，我聽說世澤哥哥受傷了，便帶了一些補品過來，想去看看他，畢竟從小世澤哥哥一直待我極好。我爹和我家太太也說，叫我要看望他一下。」

說罷，她自個兒便有些不好意思地低下頭。說謊話騙老人家，實在是太不應該了。

可她也不瞧瞧，裴老夫人是什麼樣的人啊，什麼大風大浪沒見過，能瞧不出她的這點小把戲嗎？

不過裴老夫人也不是那等迂腐到不知變通的老太太，如今她雖說已有了重孫子，可那到底是二房庶出所出，她雖喜歡，心底卻還是有些遺憾。所以，她可是一心盼著裴世澤能娶個小媳婦回來。

「沅沅有心了，待會兒便叫玉欣陪著妳一起過去吧。」老太太輕笑著說道。

既是得了老太太的話，紀清晨去裴世澤的房中，自然是正大光明得很。

一路上，兩人依舊是相顧無話，最後還是紀清晨先開口道：「欣姊姊，妳不會是還在生我的氣吧？」

「我要生妳的什麼氣？」裴玉欣不自然地說。

這會兒正是八月，頭頂上的驕陽似火，從老太太院子到裴世澤的院裡還有段距離，讓太陽這般一曬，心情難免有些浮躁。

紀清晨只當她是被熱得厲害，便柔聲開口道：「我真的與他沒關係的，不信妳去問蘭姊姊，我連謝家都沒去過幾回呢。」

誰知她一說完，裴玉欣卻突然站定，她頭上戴著的赤金鑲碧璽髮簪，在陽光下隨著她的轉動，流轉折射出耀目的光彩。

下一刻，裴玉欣的嘴角突然揚起一絲笑容，輕聲道：「我可是一點兒也不生氣，畢竟我與謝公子本來就沒關係。不過，只怕我三哥心底，該是不高興的。」說完，她還惋惜地「嘖」了一聲。

紀清晨愣住，隨後大驚失色道：「妳告訴柿子哥哥了？」

「那是自然，我總不能叫我三哥被蒙在鼓裡吧？」裴玉欣有些不悅地說。

紀清晨不禁捏緊手掌，心中是真的有些生氣了。裴玉欣同她置氣她能理解，畢竟欣姊姊一向對那個謝忱有些好感。可是她沒想到，欣姊姊竟會到裴世澤跟前搬弄是非，便忍不住動了怒氣。

裴玉欣瞧著她的臉色冷下來，登時也有些後悔，只是她輕輕咬了下唇瓣，想了好久，卻還是默不作聲。

待到了裴世澤房中，沒想到竟遇到裴家的另外兩位姑娘，四姑娘裴玉敏和五姑娘裴玉晴。說來，她們才是裴世澤庶出的親妹妹，只是兩個小姑娘素來對這個三哥是又怕又敬重，便是今日過來送東西，也是兩人相約一塊兒來的。

裴世澤這幾日一直被強制留在床上，但凡想下來走走，子息和子墨便把老夫人搬出來威脅他。如今兩個庶妹坐在繡墩上，三人相顧無言，竟是尷尬得連空氣似乎都凝固了。

他清了清嗓子，問道：「妳們平日裡可有什麼短缺的？」

兩個小姑娘對視一眼，忙搖搖頭，還是四姑娘的膽子稍微大點兒，說道：「三哥，太太待我們一向寬厚，我們什麼都沒缺。」

五姑娘的性子其實比四姑娘還要活潑些，只是她實在太害怕了，垂著頭，雙手緊緊地握在一處。裴世澤瞧著她連身子都在輕輕顫抖，也不想為難兩個小姑娘，便道：「我要休息了，妳們先回去吧。」

兩個小姑娘如獲大赦，馬上站起來，向他告辭。

恰巧裴玉欣與紀清晨來了，兩個姑娘瞧三姊領著一個陌生的姑娘進來，便有些好奇。

裴玉欣也沒想到她們兩個在，便立即介紹道：「這位是紀家的七姑娘清晨，今兒個我請她來家中作客。她得知三哥受傷，便過來瞧瞧，先前祖母也是准了的。」

「原來是紀家姊姊。」五姑娘裴玉晴歡喜地開口，只是瞥了一眼床上正坐著的人，又馬上低了聲音。

紀清晨極少見到比她年紀還小的姑娘。來了定國公府這麼多次，她還是頭一回見到裴世澤的這兩個妹妹，於是她笑著與她們打招呼。

裴玉敏知道她是來看望三哥的，便趕緊拉著裴玉晴告辭離開，誰知裴玉欣卻道：「我去送送妳們吧。」

兩個姑娘雖覺得奇怪，卻也沒推辭。

她們離開後，子息便對紀清晨帶來的香寧道：「香寧姑娘，還得麻煩妳與我去泡茶，我家世子爺一直誇您泡茶的手藝好呢。」

香寧豈會不知他是故意要支開自己，只是瞧著姑娘眼中只有裴世子的模樣，她便乖乖地跟著子息泡茶去了。

待內室房門被關上後，紀清晨站在離床榻老遠的地方，輕聲問道：「柿子哥哥，你身子好些了嗎？」

「站那麼遠做什麼，難道我會吃了妳？」裴世澤瞧她這模樣，心中有些無奈，不禁伸手捏了下眉心。

紀清晨當然不是怕他吃了自己，她是怕他生氣。

誰知裴世澤卻又突然輕嘆一口氣，認真道：「妳也怕我？」

也？紀清晨敏銳地察覺到他話中的意思，便馬上乖巧地看著他，問道：「柿子哥哥，誰怕你啊？」

裴世澤一想到方才那兩個妹妹坐在自己跟前，連手腳都不知道怎麼放的模樣，頓時有些哭笑不得。

此時紀清晨轉念一想，便已經猜到他說的只怕就是四姑娘和五姑娘吧，她突然有些心疼裴世澤。他的性子確實冷淡了些，卻不是什麼冷心腸的人，兩個小姑娘若是能主動親近，他一定不會漠視的。

她趕緊擺手，安慰道：「柿子哥哥，我不是怕你，我只是怕你生氣。」

裴世澤心頭一軟，柔聲道：「妳來看我，我又怎麼會生妳的氣。」說著，他便拍了拍身邊的床榻，輕聲道：「過來坐著。」

紀清晨這才放下心，一步一步地走過去。只是剛走到床榻邊，就被裴世澤一下子拉過去，整個身子就這樣撞進他的懷中。他的胸膛特別硬實，撞上去就像撞在石頭上一樣，她只覺得自個兒的肩膀都撞疼了。

裴世澤低頭瞧著懷中的小姑娘，便看見她正抬起水潤靈動的眼眸，兩人四目相對，令他心底微動，深邃內斂的黑眸登時一沈，便俯下身子欺了上去。

紀清晨被他突然襲擊，還沒反應過來呢，柔軟的唇瓣便被他銜住。待他伸出舌頭在她的唇上舔了一下，紀清晨只覺得渾身一顫，有種說不出的酥麻感湧上心頭。

裴世澤原本只想淺嘗輒止，誰知她的反應卻取悅了他，於是便壓著她，狠狠地在她香甜的唇瓣上輾轉纏綿。

待他終於放開她時，就見懷中的小姑娘張著粉嫩的唇瓣，大口地喘息著。

他不禁得意地笑了，將她攬入懷中，雙唇抵在她的耳邊，喃喃道：「甜的。」

紀清晨一張白皙的小臉登時炸成了紅色。她今兒個是塗了口脂的，只怕都被他吃掉了。

待平復了心情，紀清晨才輕聲問道：「柿子哥哥，我真高興你沒生我的氣，我與謝忱之間，真的什麼都沒有的。」

只是她說完之後，裴世澤卻沒有動靜，待她小心地抬頭，就見裴世澤眉心微蹙，一臉深沈地看著她。

「妳和謝忱？你們之間怎麼了？」

紀清晨：「……」裴玉欣，我要殺了妳。

第九十三章

內室高案上擺著的三足象鼻鎏金香爐，此時正燃著安神用的香料。可紀清晨卻覺得，她頭腦發脹，跟一團亂麻似的。

裴世澤見小姑娘不說話，便輕笑一聲。

「嗯，怎麼不說了？」

紀清晨恨得咬牙切齒。原來裴玉欣根本就沒和柿子哥哥說，不過是嚇唬她罷了，誰知她這個笨蛋竟主動招認了。

她的身子忍不住往後挪了挪，可裴世澤箍著她腰身的手掌卻不肯放開，只見他淡淡地瞧著她。

紀清晨打小就沒見過裴世澤的冷臉，她還以為自個兒不怕他板著臉，可如今這張俊美得如天人般的臉只淡淡地掃過，瞧了她一眼，她就覺得腿軟，連站都站不起來了。

「柿子哥哥，不是你想的那樣。」紀清晨垂著頭，小聲地辯解。

明明她確實和那位謝狀元沒有任何關係，誰知那謝忱的一番行徑，不僅叫欣姊姊誤解了，如今還連累她被柿子哥哥誤會。

裴世澤臉一沈，低聲問道：「不是我想的那樣？那妳說說看，我想的是哪樣？」

紀清晨真的快要哭了。他這不是存心為難她嗎？她忍不住伸手抓著他搭在身上的薄被，鼓足勇氣，小心地抬頭覷了他一眼。他實在是長得太過好看了，就算她認識他這麼多年，每回瞧見他的臉，心中還是會忍不住悸動。

此時他頭髮依舊束著，只是未戴髮冠，身上穿著淺藍色中衣，露出一段白皙的脖頸。

自從裴世澤回京之後，他的膚色似乎又漸漸養了回來，比剛回來那段時間白了許多。

其實男人並不一定要白白淨淨的，只不過裴世澤天生便是這樣，就連在邊塞那幾年，都沒能把他變成一個糙漢子。

看著他的中衣，紀清晨突然想起來要給他的東西，於是立即從袖中拿出一方素色錦帕，帕子被摺疊得方方正正的，邊上繡著一個「恒」字，裴世澤的表字便是「景恒」。

這是她特地為他繡的，繡字用的絲線還選了他喜愛的淺藍色。

她討好地遞到他跟前，輕聲道：「柿子哥哥，你看，這是我特地為你繡的帕子，你喜歡嗎？」

小姑娘如星辰般明亮的眸子，滿懷期待地看著他。

即便是裴世澤有意狠狠地懲罰她一下，這會兒都忍不住心軟了。他伸手摸了下她的耳垂，輕聲問：「這是要收買我？」

「哪裡是收買，不是你自己要我做的嗎？你若是不想要……」紀清晨說著便要收回手中的帕子，結果卻被裴世澤一把奪過去。

他微微一挑眉，帶著理所當然的口吻道：「誰說我不要了？」

紀清晨啟唇一笑，誰知裴世澤卻伸出手，將手指擱在她的唇瓣上。

紀清晨有些驚訝，又有點兒不好意思。
就見裴世澤驀然一笑，傾身又在她唇上落下一吻。
「這是獎勵妳乖乖聽話的。」裴世澤抵著她的額頭，輕聲笑道。
紀清晨原本已經不覺得燙的臉頰，竟一下子又滾燙起來。柿子哥哥現在怎麼變得這麼討厭啊！
她忍住嬌羞，問起了正經事。「柿子哥哥，你這次馬車出事，是意外嗎？」
裴世澤沒想到她會這麼問，當即斂起面上的笑容，輕聲道：「妳怎麼會這麼問？」
「你才上疏贊同舅舅的做法便出了事，怎能叫人放心？」紀清晨是擔心他被當成靶子了，到時候所有人都會把目標對準他一個人。那些朝臣自然不敢將舅舅如何，可柿子哥哥卻不一樣，那些人肯定會視他為眼中釘，恨不得除之而後快。
裴世澤見她滿臉擔憂，也知道小姑娘肯定擔心壞了，便用拇指在她臉頰上撫摸兩下，輕聲說：「別擔心，只是個意外而已。」
馬車一出事後，他便立即命人去將家中專門準備馬車和養馬的下人都抓起來。可誰知竟有一個下人在他出事那一日，也同時失蹤了。雖然他家中的妻女都還在，可就算翻遍他家裡，也沒找到一丁點可疑的地方，但這人的失蹤卻難免不叫人懷疑。只是裴世澤叫人找了這麼些天，那人竟如同人間蒸發一般。
而他那日之所以會翻車，竟是因為車轅中間的一根軸年久失修。
年久失修……

哼！傻子也不會相信這個理由的。

定國公府乃百年世家，若是讓主子坐一輛年久失修的馬車出門，那下人簡直該死。不過這個下人如今確實也該是死了。

此時他安慰紀清晨，是不想讓她過於憂心。

紀清晨雖不是全然信了，不過聽他這樣說，多少還是安心了些。

她本想與他說，爹爹如今已不反對他了，所以他可以到她家去提親。可這種事，哪裡是她一個姑娘家好意思主動開口的？

所以想了一會兒，她還是沒說。

沒一會兒，子息他們便把茶水端過來，畢竟他們也不好總是這般孤男寡女的待在房中。也正好裴玉欣送兩位姑娘回來了，瞧見紀清晨端坐在床榻旁邊的椅子上，手中還端著茶盞。

「三哥，你今日手臂好多了吧？」裴玉欣瞧著他的手臂，關心地問道。

紀清晨咬唇看過去。方才他拉著自己撞到他身上，也不知道有沒有碰到手臂？這人也真是的，明明就在養傷中，卻一點都不安分。

裴世澤點頭。「已經好得差不多，就是祖母太過憂心了。」

「你那日被人抬回來，是沒瞧見祖母的臉色，若不是旁邊有丫鬟扶著，只怕祖母就暈了過去。」裴玉欣輕聲嘆了一口氣。

之前回來稟告的小廝也沒說清楚，只說世子爺的馬車翻了。這是何等的大事啊，當時在場的一屋子女眷，個個都嚇得魂飛魄散。

裴世澤瞧了紀清晨一眼，見她又咬著唇瓣。他知道她一緊張便會有這個小動作，玉欣的這番話大概是嚇著她了，於是裴世澤立即開口道：「不過是小廝沒說清楚罷了，妳看我這不是全好了？」

裴玉欣轉頭瞧著安靜的紀清晨，登時一笑。三哥這是心疼未來嫂子了呢！不過既然三哥不想讓她說出實情，那她不說便是了。

又坐了一會兒，還吃了一些點心，紀清晨才起身告辭。

裴世澤雖心中不捨，卻也知道她不適合在自己的房中多待，便叫她在府中用過午膳再回家裡去。

等一出房門，裴玉欣正要感慨她三哥怎麼這般溫柔時，就聽紀清晨在她耳邊咬牙切齒地說：「好呀，竟然敢騙我。」

待裴玉欣愣了下，便「哎喲」一聲地叫出來。原來紀清晨趁她不備，竟在她腰間狠狠地掐了一把。

她身後的丫鬟被嚇了一跳，趕緊道：「姑娘，您沒事吧？」

裴玉欣抬起手，揮了下，咬牙忍痛道：「我沒事。」

「妳下手還真夠狠的啊，沅沅。」裴玉欣疼得連淚花都湧出來了。

紀清晨瞪著她，氣更是不打一處來。若不是她騙自個兒，她又怎麼會在柿子哥哥面前丟人呢？幸虧她帶了帕子來，要不然還真不知該怎麼脫身才好！

兩人一邊說話，一邊從花園裡穿過，往裴玉欣的院子走去。卻不想，半路上竟看見裴玉寧坐在湖邊的涼亭中。

只見涼亭內擺著一道黃花梨木雕百花爭春屏風，石桌上擺著烹茶用的小爐。裴玉寧坐在鋪著錦墊的石墩上，一旁的丫鬟手持美人團扇，替她打著扇子。

「沅沅，咱們過去跟我二姊打聲招呼吧，免得她又到祖母跟前告狀。」裴玉欣雖不想過去，可到底是碰見了，也不能掉頭就走。

紀清晨點點頭，隨著她一塊兒走到涼亭旁邊。

「二姊。」

「二姑娘。」

她們一人叫了一句，裴玉寧才緩緩地轉頭看向她們。待瞧見紀清晨，先是在她臉上仔細地打量一番，才不緊不慢地道：「這不是紀七姑娘嗎？又是來找玉欣的？」

「二姊，七姑娘是我的客人，方才也去拜見過祖母了。」裴玉欣心中隱隱帶著怒氣，但還是克制地提醒道。

裴玉寧涼涼一笑，接著突然朝身邊打扇子的丫鬟狠狠地瞪了一眼。「是沒吃飯嗎？這般有氣無力的。」

「二姑娘恕罪。」丫鬟嚇得跪在地上。

裴玉寧蹙眉，立即道：「跪著做什麼，旁人還以為我苛責下人呢。」

裴玉欣實在瞧不上她這般耀武揚威的模樣，便想要告辭離開。

誰知裴玉寧又抬頭看著她們，道：「我瞧妳們是從東邊過來的，不會是去看三哥了吧？」

「清晨自小便與三哥相識，如今三哥受傷，她來看一看三哥，那是合情合理。」裴玉欣到底還是沒忍住，譏諷道：「畢竟大部分的人都是有良心的。」

裴世澤受傷之後，裴玉寧只去瞧了一回，就連四妹和五妹都送了東西過去，她倒是好，有這閒情逸致在此賞花烹茶，也不知道去瞧一瞧自家三哥的傷勢。

「三哥佛大面大，多得是人上前去討好，我就算不去，想必他也不會責怪我的。」裴玉寧說完，便狠狠地瞪了紀清晨一眼。

紀清晨知道裴玉寧一向不喜歡柿子哥哥，更何況上回柿子哥哥才在眾人面前給謝萍如難看，只怕如今謝萍如母女早就恨透了他。

不過她也沒必要在此看裴玉寧的臉色，日後就算是她嫁過來，裴玉寧肯定也早已出嫁了。況且謝萍如想在她跟前擺婆婆架勢，還得看看她的皇上舅舅同不同意呢。

「二姊，妳若無事，那咱們便告辭了。」裴玉欣抓著紀清晨的手腕，說完便轉身離開。

裴玉寧瞧著她們離開的背影，只見紀清晨雖然才十四歲，從背後看卻腰肢纖細，走起路來娉婷婀娜，竟有撩人之姿。

裴玉寧忽然想起小時候，那會兒她還挺喜歡裴世澤的，因特別想親近她這個哥哥，便去他的院子中找他玩。

那時她在他那看到一個萬花筒，喜歡得放不下手，便哀求三哥，說想要這個萬花筒。

可裴玉寧至今都還記得，他是以多麼冷漠的口吻拒絕自己。

這是我要送給沅沅的，不能給妳。

是啊，沅沅，那麼一個外人，竟比她這個親妹妹還重要。

待裴玉寧來到謝萍如的院子裡，就見她正在看帳冊。

「娘親何必每日都看這些帳冊呢，叫底下的管事嬤嬤去打理，不也是一樣嗎？」

謝萍如皺眉瞧著女兒。也不知是不是自己太過寵愛她了，竟把她教成這般不懂事，如今都十六歲的大姑娘了，帳冊卻是一點也不願碰，整日就喜歡吟詩作對。先前她還覺得女子有才也是個好名聲，可如今卻有些後悔了。

待成婚之後，這些吟詩作對的風月之事，難道還能當飯吃不成？哪家的主母不需要打理家中的財務？

「娘，妳猜我方才瞧見誰了？」裴玉寧雖說叫她猜，卻是個藏不住話的，立即就說：「是紀家的那個七姑娘，她來看三哥了。」

謝萍如抬起頭，連帳冊都顧不得看了。「她來看世子？」

「可不就是。一個大姑娘卻去外男的院子裡，也不知收斂，聽說還是祖母讓玉欣帶她去的呢。」裴玉寧嗤笑一聲。

謝萍如心底登時如打鼓一般，口中喃喃道：「難道老太太真有這個打算？」

裴玉寧好奇地問：「祖母有什麼打算？」

「妳三哥都多大年紀了，妳說老太太能不著急他的婚事？可如今我看老太太也沒在相看其他人家，可不就是瞧中了紀家的七姑娘。」

「她才多大啊！和三哥差了好些歲呢。」裴玉寧低呼道，只是她卻忘了自己方才還說紀清晨是大姑娘。

謝萍如哼了一聲。「年歲差太多又如何？以妳三哥如今的身分地位，若真瞧上了，便是差了一個輩分他都能娶回來。」

「可她不過是個三品官的女兒，哪裡配嫁到咱們家裡？」裴玉寧不屑地說。

謝萍如恨鐵不成鋼地說：「她爹雖是三品，可妳也不瞧瞧她親舅舅是什麼人？如今聖上正鬧著給先靖王名分呢，她娘是聖上唯一的親妹妹，妳說皇上到時候封她一個縣主的位分，還能跑得了？」

雖說謝萍如之前也瞧不起紀清晨，可這會兒卻看清楚了，聖上這是要抬舉先靖王府裡的人，就算與朝臣鬧騰成這樣也絲毫不讓步。

縣主？

裴玉寧一想到自個兒先前瞧不上的人，日後的地位說不定會在自己之上，心底頓時就不悅了起來。

她捏著帕子，恨恨地道：「那三哥要是娶了她，這個府裡豈不是更沒咱們的位置了？」

想到這裡，她便咬了咬牙。她偏不讓他們如願！

第九十四章

九月菊花開，不管外頭朝堂上如何吵翻了天，京城貴夫人和小姐們的消遣卻是一日都不可少的。

紀清晨從去年開始便學著養了幾盆菊花，只是總養不好，之後她還特地去找了養花古籍，照著上頭的法子，今年又養了幾盆。

而祖母房中養了一盆綠牡丹，雖今年的花期已過，可每到綻放的時候，花色碧綠如玉，晶瑩欲滴，放在陽光下頭，綠中又透著黃色，光彩奪目得很。

「我竟不知如今妳還有這般雅致的嗜好。」紀寶茵站在一旁，瞧她拿著細口長頸小壺，正在替廊廡下的花盆澆水。

說是澆水，但她幾乎是小心翼翼，一點點地滴上去的。

紀清晨去年還只是閒來無事，種種花打發時間，可今年她卻非要自己養出一盆極品不可，要不然祖母又該笑話她半途而廢了。

紀寶茵又是低聲嘆了一口氣，道：「沅沅，妳說我要不要去寧國公府的宴會啊？三姊說在那兒能瞧見那個人，說他腿疾也不是很嚴重……」只見她越說，聲音卻越低落。

「沅沅，妳在聽我說話嗎？」紀寶茵見她還盯著她那幾盆寶貝，登時氣惱地跺腳道。

紀清晨這才抬起頭，道：「五姊，我聽到了，妳說要見那個人，還說他腿疾不嚴重。」

紀寶茵這才滿意地點頭，看來她是聽到自個兒說的話了。可誰知她點完頭，又聽紀清晨疑惑地說：「可是那個人是誰啊？」

「紀清晨！」紀寶茵一怒，便連名帶姓地叫她。

紀清晨見她真的惱了，立即笑道：「五姊，妳怎麼這般不禁逗啊？我知道妳說的是誰，畢竟上回妳可是為了他，與大伯母吵了一番呢。」

上回紀寶茵從紀寶芸那裡得知韓太太給她說的親事，竟是個有腿疾的男人，她當即氣得大哭大鬧，滿屋子的東西都被她摔得差不多了。只不過剛好那天紀延生被皇上責打，讓人抬了回來，她的這件事情才沒鬧大。

不過後來老太太知道後，還是把韓氏叫過去大罵一頓。

老太太這些年不曾對兩個媳婦發過火，畢竟韓氏也是當祖母的人了。可如今她竟要給紀寶茵說這樣一門親事，就是老太太的性子再好，也不禁惱火起來。

正是因為事情鬧開來，紀清晨才知道給五姊說的親事，竟是方皇后的娘家，方家二房的五少爺。

說來方家與紀家二房算是姻親，只不過這會兒方家剛進京不久，所以兩家也沒什麼往來。

韓氏本來是想找紀清晨打聽消息的，畢竟她與大皇子那般要好，不過這個主意馬上被老太太狠狠地反對了。這說親事，哪有叫家裡未出嫁的小姑娘出去打聽的，就是曾榕也不贊同。若是真為了紀寶茵好，總該打聽清楚對方的品性才是，不能為了所謂的好處，便胡亂地找來一門親事。

紀寶茵當即跳腳，怒道：「誰為了他啊！」

「是、是，不是為了他。」紀清晨見她發火，趕緊安慰，不過旋即又是一笑，道：「妳又不許我去找柏然哥哥，要不然早幫妳打聽清楚了。」

方家的事情，問殷柏然自是沒錯的。只是紀寶茵臉皮薄，死活拉著紀清晨不許她去找殷柏然。

畢竟她只要一去問，殷柏然便能猜到肯定是紀家人叫她去的。如今紀寶茵恨不得立即丟了這門親事才好，又怎麼會主動去問呢？

可偏偏她娘覺得這是一門再好不過的親事，說對方十四歲便中了秀才，若不是因為三年前救人時不慎傷了腿，只怕這會兒都已經是舉人了。

況且如今方家在宮中有皇后娘娘這個大靠山，還有大皇子這個未來的靠山，榮華富貴百年之內都少不了。

剛開始韓太太一提到男方的缺陷時，韓氏也是一雙眼瞪得跟銅鈴一樣，恨不得立即把她打出去才好。可誰知後頭又被韓太太這般一分析，登時又覺得這是一門再實惠不過的婚事。

況且方家那邊也說了，方家這位公子的腿並非無法可治。如今聖上已請了太醫，還有民間的名醫為他醫治，肯定能把他治好的。在方家這樣的保證下，韓氏更是心動不已。

「沅沅，妳說成親怎麼就這麼麻煩呢？」紀寶茵幽幽地嘆了一口氣。

紀清晨瞧她這失落的模樣，也是心疼，便上前挽起她的手臂，往屋裡走去。「五姊，妳若是不願意，也沒人能逼得了妳啊，祖母都說了會替妳作主的。」

祖母確實是極為生氣，可紀寶茵後來卻心軟了。畢竟母親都這般大的年紀，還被祖母責罵，在兒媳婦跟前都快抬不起頭來，於是紀寶茵又親自到祖母跟前求情。如今這門婚事倒也不是徹底沒了，就僵持著吧。

紀寶茵嘆了一口氣，忍不住失笑道：「可我娘說這是千載難逢的好機會，說什麼等那位方公子的腿疾治好，再考個舉人，以後的前程不可限量。」

說來說去，韓氏無非就是想搭上方家而已。

畢竟她的長子紀榮堂今年雖然剛中了進士，卻在翰林院那麼清寒的地方苦熬著。然而紀家二房如今是何等威風，雖然紀延生才被皇上責罰過，可前些日子紀寶璟生的次子過百日時，宮裡不僅是太后和皇后賞賜了東西，甚至連皇上都賞賜了一柄玉如意。

百日那天，她們紀家的女眷都去了，只見宮中來人賞賜時，那些公侯夫人一直拉著曾榕問東問西的，反而把韓氏這個紀家的長媳拋在一邊。

回來後，韓氏便對方家這門婚事更加上心了。紀寶茵心裡雖怨怪，可是卻又能瞭解母親如此做的原因。

「那寧國公府的壽宴，妳可一定要去啊。」紀清晨抿嘴一笑。

此時丫鬟端了水果上來，圓盤裡的水果擺得格外漂亮，紀清晨心情不錯地捏了一塊橘子丟到自己嘴裡。

寧國公府裡的老夫人乃是秦太后的親娘，她過壽那可真是京城裡的頭等大事，況且又是七十大壽。

聽說這會兒光是流水席便要擺上三天，就連皇上為了表示對秦太后的尊重，早就下旨派了宮中的御廚到秦府去幫忙，賞賜的東西更是如流水一般。

皇上是去不了，不過殷柏然一定會去的。

至於那位方公子，若是他的腿真像方家人說的那般不便，那這樣的盛宴，他應該不會去參加的。

寧國公府壽宴這一日，前天晚上是杏兒守夜，所以她一大早便將紀清晨從被窩裡挖出來。

衣裳是昨兒個晚上便挑選好的，是新做的銀紅底子遍地灑金對襟交領長褙子，下頭配了一條月白色挑線裙子。她本就膚白如雪，又穿著銀紅這樣明豔的顏色，使得原本清妍絕麗的面容也添了幾分嬌豔欲滴。

她自小便是老太太帶著的，一頭烏黑長髮被老太太養得不知多好。就算是之後搬出來，老太太也讓她身邊的丫鬟學了那些養頭髮的方子，天天給紀清晨養著一頭長髮。

烏髮雪膚，這姑娘家最得意的兩樣，她一應俱全，而且還是最出色的。

她穿戴整齊後，便去了曾榕的房中，就見她今日也是穿了一身新裳，打扮得富貴又俏麗，這模樣瞧著可一點兒也不像是個八歲男童的母親。

紀寶芙則穿著一身淺綠色銀紋繡百蝶度花上衫，雖衣裳料子也是頂好的，不過看起來卻不甚出眾。只是如今她長得越來越像衛姨娘，就連身上那股楚楚可憐的勁兒，都與衛姨娘當年一模一樣。

曾榕帶著她們兩個去給老太太請安，就見長房的人都已經到齊了。

今兒個大房不僅韓氏和紀寶茵要去，便是紀榮堂的妻子傅氏也要去。如今紀榮堂畢竟已進了官場，所以她這個做妻子的也需要出去多認識一些官家太太。

這會兒紀寶茵正在哄著悅姊兒，原來是小姑娘見大家都出門，卻不帶著她，便不開心起來。不帶她也只是因為小孩子太小，怕席面上哭鬧起來，反而沖了人家的喜氣。

老太太見重孫女一副小可憐模樣，便伸手招呼她道：「悅姊兒今兒個便與曾祖母在家可好？咱們在家裡吃粽子糖、吃花生糖，還有咱們悅姊兒最喜歡的白糖糕，都不讓她們吃，就咱們自己吃。」

悅姊兒聽到有這麼多自己喜歡吃的東西，馬上眼睛一亮，小短腿一邁，便跑到老太太跟前。「悅姊兒現在就想吃。」

「那可不行，就那麼一點兒東西，要是現在吃，會被妳娘和姑姑給搶走的。」老太太笑道。

這下子，小姑娘心中恨不得她們趕緊走了才好呢。

待一行人上了馬車，她們三個姑娘家坐在一塊兒。

去寧國公府的路程可不近，一路上搖搖晃晃地走了將近一個時辰。

等到了寧國公府，就瞧見大門敞開著，兩邊掛著一對灑金紅聯，據說是皇上親自為秦老夫人寫的。

大概是今日賓客太多，馬車到了門口反而遲遲不能進去。

紀寶茵忍不住挑了下簾子，就瞧見外頭來了好些人，吵吵嚷嚷地好不熱鬧。

「今兒個真是來了好多人啊。」紀寶茵忍不住感慨一句，只怕是京城泰半的勛貴世家都聚集在這裡了。

紀寶茵怕被外人瞧見，只掀開一點兒，便隨即放下簾子。

等下車換了軟轎，坐到二門上，這才算是真正地進了府裡。

待進了府裡，瞧見寧國公府內的裝潢，當真是雕梁畫棟，處處透著百年世家的底蘊和氣派。

紀寶茵也不是沒出門過，只是她父親是文官，結交的多是清流，所以往常就算是出門去的那些官員家裡，都沒自家好呢。

倒是定國公府，她之前也去過幾次，每回瞧見了，都覺得實在是富貴氣派。如今同樣是國公府，她在心中暗暗比較了一番，卻覺得定國公府更加寬闊大氣，透著一種遼闊的氣勢；而寧國公府則是到處描金繪彩，更有南方建築的富麗堂皇。

即便紀寶芙竭力克制著，卻還是忍不住朝四周打量著。

其中最淡然的便是紀清晨了。她連皇宮都出入自如，又怎會把區區一個國公府的富貴放在眼中呢。

畢竟御花園裡的景致，那可真是集天下之精華。先前她還瞧見御花園裡的湖邊，養著好幾隻仙鶴，據說都是貢品，是各省官員進貢上來的。

待僕婦領著她們一直走到正堂，就聽到院子裡的歡聲笑語。

今日是秦老夫人的壽辰，因此眾人也沒那般拘束，自然是笑聲連連。

韓氏領頭進了屋子。裡面的丫鬟已經通傳過了，所以她們一進去，就見一個穿著朱紅細雲錦寬袖上裳的女子迎上來，剛到跟前，便帶著笑意道：「紀大太太妳們來了，快裡面請吧。」

這位想必就是秦家的二夫人了，寧國公夫人三年前去世，再加上寧國公一直未續弦，這府裡便交給秦家二夫人打理。

韓氏未曾想到她會這般客氣，當即臉上便綻開笑容，歡喜地說：「哎喲，秦夫人，您真是太客氣了，竟還到門口相迎。」

秦二夫人可是何等長袖善舞的人物，她丈夫並非正經的寧國公，可她卻能領著寧國公府裡的庶務，可見也是個厲害的角色。

待她們到了花廳，就瞧見上首坐著一位身著褐紅色壽袍的老太太，雖說頭髮皆已花白，可是精神矍鑠，這會兒瞧著滿座的人，眯著眼睛笑意不斷。

「母親，這是先紀太傅家中的女眷，來給您祝壽了。」秦二夫人開口道。

韓氏和曾榕還有傅氏立即給老太太請安，老太太笑著叫她們快起來，點頭道：「好好，都起身吧，別多禮。今日妳們都能來，很好。」

待秦老夫人又眯著眼睛朝她們身後瞧了瞧，便問道：「這幾個便都是紀家的姑娘吧？」

「可不就是？方才我一瞧，這一個個當真是如花似玉，我險些瞧花了眼呢。」秦二夫人在一旁打趣道。

此時已有丫鬟擺著蒲團，這些未成親的小姑娘都是要給老夫人磕頭拜壽的，所以二夫人說話時，韓氏便叫她們給老夫人磕頭祝壽。

三個姑娘依次站好，恭恭敬敬地跪下來，又說了幾句祝壽的吉祥話，讓秦老夫人聽得笑逐顏開。待她們起身後，秦老夫人親自叫丫鬟賞了她們荷包。

本以為這就算了，誰承想秦老夫人卻瞇著眼睛，朝她們三個打量一番，問道：「這裡頭哪個是七姑娘啊？」

秦老夫人年紀大了，所以眼力有些不好，沒能分辨出來。

紀清晨沒想到自個兒會被點名，愣了下，才回道：「回老夫人，是我。」

「上前來，叫我好生瞧瞧。」秦老夫人一臉喜色地說。

紀清晨自然是不會拒絕，趕緊站過去。

待走近後，老太太便伸手握著她的手，又在她臉上打量一番，才說道：「果真是個俊俏的，我便是活了七十歲，都沒瞧見比妳更好看的姑娘了。」

秦老夫人這番話讓紀清晨羞紅了臉。此時屋子中可是聚集了好些人，只怕是京城有頭有臉的世家夫人都在此呢，被秦老夫人這麼一誇，就算是她再坦蕩，都受不住了。

幸虧秦二夫人瞧見她羞紅臉，馬上解圍道：「娘就是喜歡這樣鮮嫩的小姑娘，瞧見一個便拉著不放，我這做媳婦的心裡可是嫉妒得很呢。」

「我就瞧著沅沅是個好孩子。妳是叫沅沅吧？」秦老夫人笑咪咪地問她，竟是連她的乳名都知道。

紀清晨輕輕點點頭，又聽秦老夫人笑道：「難怪太后娘娘一提到妳，便誇個不停，果真是個好孩子。」

原來是秦太后啊。先前舅舅還未登基，那時候秦太后還只是皇后，便十分喜歡紀清晨，如今她的親舅舅成了皇上，秦太后待她更是親熱。

只是秦老夫人說的這番話，卻讓站在一旁的曾榕忍不住皺眉。

雖說她也喜歡自家姑娘出風頭，可這裡有如此多人在，到底還是叫人心底不安，況且秦老夫人也不會無緣無故說這番話的。

待秦老夫人說完，又轉頭問了一聲。「沐宜呢？」

「祖母，我在這裡呢。」此時有個女孩走過來。只見她穿著一身遍地纏枝銀線玫瑰紫圓領對襟長褙子，容貌秀麗，一雙長眉入鬢，眼中含著笑意，瞧著便讓人覺得是個疏朗大方的姑娘。

秦老夫人還拉著紀清晨的手臂，拍著她的手背，吩咐道：「這個紀家妹妹，今兒個就交給妳照顧了，妳可要好生招待。」

「祖母放心吧，我定會用心招待的。」說罷，她似乎又怕紀清晨尷尬，便補了一句：「今兒個來的姑娘，我都會照顧好的。」

秦二夫人知道老夫人如今是年紀越大，越隨著性子來，又怕她說了太多，反叫這位七姑娘下不了臺，便趕緊叫秦沐宜領著紀家的三位姑娘到旁邊去坐著。

她們這下子才知道，原來秦沐宜乃是寧國公的嫡女，只是因為她母親去世了，所以這三年她一直在府中守孝，極少出門，因此紀家的三位姑娘，才沒見過她。

沒一會兒，見賓客來得差不多了，秦二夫人便請老夫人挪去花園裡，那邊的戲臺子已經搭好，眾人正好可以邊看戲邊聊天。

長輩們都一一起身，旁邊坐著的姑娘自然也準備動身。

紀清晨恰好看見裴玉欣。定國公府也是國公府，與秦家雖沒親戚關係，卻也是來往密切的。

裴玉欣衝著紀清晨眨了下眼睛，可她旁邊的裴玉寧卻狠狠地瞪了紀清晨一眼。

這位裴家的二姑娘每回瞧見她都沒好臉色，所以她也沒放在心上。

誰知去花園的時候，裴玉欣便擠過來，挽著她的手臂，嬉笑道：「妳說妳與我二姊是不是前世的冤家啊？」

「我可沒招惹她啊。」紀清晨立即表示清白。

「妳是沒招惹她，可是方才秦老夫人待妳那般親熱，卻是礙了她的眼呢。」

聽她這麼一說，紀清晨倒是笑了，問道：「說吧，這裡頭又有什麼事？」

「我大伯母如今瞧中了秦家的大少爺，也就是寧國公的嫡長子，我二姊不知有多得意呢！卻沒想到她這世子夫人的美夢還沒開始作，便瞧見秦老夫人待妳這般親熱，妳說她能看妳順眼嗎？」

寧國公的嫡子、定國公的嫡女，單論身分，兩人倒是相配得很。

可一想到裴玉寧那個性子，她便有些同情那位寧國公的嫡長子了。

不過……這和她又有什麼關係啊？

第九十五章

見她目瞪口呆，裴玉欣愈加開懷，就連走在她們前頭的紀寶茵都忍不住回頭問道：「何事這般開心？也說來叫我聽聽。」

裴玉欣笑而不語，朝紀清晨瞧了一眼。

本就是沒影的事，紀清晨豈會讓裴玉欣胡亂說？先前一個謝忱就讓她有些措手不及，若再冒出個什麼秦家大少爺，她乾脆以後別出門算了。

紀寶茵剛好也有心事，便沒有對她的事情追問到底。

待到了花園，便瞧見前方已搭好了戲臺子，偌大的舞臺上頭，懸掛著五彩幡布，不時傳來鑼鼓聲。

對面便是看戲的地方，上頭還特地搭了戲棚好遮陽。雖說已九月，可日頭到底還是毒辣，自然不能讓這些個嬌貴的夫人、小姐們在外頭曬著。

戲棚裡一排擺著六張桌子，一共擺了四排，都是清一色的黑漆如意四方桌。前頭兩排的桌子擺的是鋪著猩紅錦墊的椅子，後頭兩排則是擺著長條凳子。紀家人的位置是在第二排左手邊數來第四張桌子，說來還是正對著戲臺的。

紀家的幾個姑娘，則被領到另外一邊去坐。

因秦沐宜被秦老夫人叮囑過要好生照顧紀清晨，是以她便在紀清晨她們這一桌坐下。

此舉惹得坐在旁邊的裴玉寧嬌聲道：「沐姊姊，妳還是過來與咱們一起坐吧，說起話來也方便。」

裴玉欣也坐在紀清晨這一桌，本不想當著外人面惹事的，不過聽著裴玉寧的話，她登時揚唇衝著秦沐宜親熱笑道：「沐姊姊，說來紀家幾位姑娘是頭一回來寧國公府，多虧有妳照顧了。」

「哪裡的話，幾位妹妹是來給祖母賀壽，這些都是我應該做的。」秦沐宜一派大姊模樣，面上帶著柔和的笑，讓人覺得身心愉悅。

紀清晨心中覺得，比起裴玉寧那樣眼高於頂的姑娘，秦沐宜才算是真正的侯門貴女；況且她待人又溫和，不管是對誰，都這般溫文爾雅。

就連紀寶芙與秦沐宜搭話，她都是含笑回答，面上絲毫沒有因為她是個庶出的子女，便露出一點兒不悅。

「我聽說今兒個原本還打算請梅大師前來的，只可惜如今他不願在堂會上表演了。」裴玉欣一手托腮，瞧著戲臺上正咿咿呀呀唱著曲兒的花旦，惋惜地道。

紀寶茵見她提到梅信遠，便來了興趣，問道：「梅大師的技藝，真的像傳說中那般出神入化嗎？」

「有過之而無不及。」裴玉欣對梅信遠不知有多推崇，這會兒見有人竟敢質疑梅大師的技藝，她馬上維護。

紀寶茵嘆了一聲，頗為可惜地說：「我只有小時候見過一次呢。」

因裴世澤的關係，裴玉欣小時候去看過幾回梅信遠的幻戲，只是後來裴世澤離開京城，她娘又豈會同意讓她再出入那樣龍蛇混雜的地方，所以她也好久沒看過幻戲了。

至於秦沐宜，更是大家閨秀中的閨秀，尤其這幾年更是因為守孝，連家門都甚少踏出。雖聽過梅信遠的大名，卻從來不曾見過，她不禁也好奇地問了一句。於是這一桌反倒沒一個聽戲的，都在討論這位神秘又厲害的梅大師。

紀清晨卻在心底直哼哼。她的柿子哥哥也很厲害的，只是她才不想被別人知道裴世澤也會變戲法。

這可是一個秘密，誰都不知道的秘密。

臺上的伶人身段妖嬈，唱腔婉轉，一曲唱罷，一眾夫人、小姐們紛紛鼓掌。只是沒一會兒，最外頭一桌的姑娘竟都快走光了。

秦沐宜見不對勁，便叫人去瞧瞧。誰知丫鬟回來後，稟告道：「回姑娘，咱們家大公子非要拉著定國公府的裴世子比試箭術，誰知叫大皇子聽見，便也要參加，還叫上一幫少爺們，這會兒正在花園裡頭搭靶子。」

秦沐宜面露驚訝。「大皇子也來了？」

「可不就是，國公爺先前吩咐大少爺要好生招待大皇子，所以大皇子既然來了興致，也不好叫停的。」丫鬟在一旁輕聲道。

秦沐宜眉頭微蹙，心中不禁暗自責怪哥哥。明明是祖母的大日子，他偏要舞刀弄槍的，今日來的可都是貴人，若是傷著誰了，只怕也不好交代。

況且瞧瞧旁邊這些姑娘，一個個藉口要去如廁，只怕是全跑到花園看熱鬧去了。

裴玉欣見不少人都溜走了，也不禁心癢癢，開口道：「既有這樣的熱鬧，不如咱們也去瞧瞧吧。」

她一說，紀寶茵立即贊同，兩人倒是氣味相投。

不過紀寶茵卻不是為了看熱鬧，她是聽到大皇子的名字，便想著那個方家少爺會不會也來了？

秦二夫人大概也聽到了消息，便派了丫鬟過來，對秦沐宜道：「大姑娘，二太太說了，既然大家都想看熱鬧，請您也一塊兒過去，好幫著照看一下。」

這哪裡是照看啊？秦二夫人是不好意思把這些姑娘都叫回來，便乾脆叫秦沐宜也跟著過去，盯著這些個男男女女，免得在這大喜的日子裡，鬧出什麼不好聽的事來。

既然連秦二夫人都這般說了，秦沐宜自然是點頭允諾。於是她笑著對一桌子的姑娘道：「既然這樣，咱們也過去瞧瞧吧。」她這一走，剩下的姑娘也都跟著她走了。

秦府的花園占地極寬闊，又從府外引了活水進來，專門挖了一個湖泊。只見湖面上有一座通體乳白的拱形長橋，橋柱上雕刻著並不是尋常的石獅子，乃是姿態各異的飛天仙女，頭一回來秦府的人，都要到這長橋上走一走，欣賞一下此處的美景。

待她們過去時，就瞧見那些姑娘正站在抄手遊廊，不約而同地往底下看。

因抄手遊廊建在高處，下頭是一塊空地，此時那裡正站著不少身著錦袍的男子。只是人雖不少，紀清晨卻還是一眼就瞧見了裴世澤，還有殷柏然。

只見裴世澤穿著一身淺藍青竹紋嵌深藍繡銀紋襴邊的錦袍，看起來俊俏風流，他站得筆直，身姿挺拔如松。站在這一處的男子們，除了大皇子殷柏然比他尊貴之外，只怕就數他最有出息。畢竟不過二十三歲的男子，便已是三品護軍參領，還領著大魏最驍勇善戰的火器營，他就算只是安靜地站著，都叫人不敢小覷。

她們一來到抄手遊廊，便聽到有人小聲地說：「方才是秦家大公子最先射的，三枝箭全中靶心，可真厲害呢。」

「那又如何？裴世子也全中啊，況且這才剛開始，還有好幾輪呢，反正我覺得最後肯定是裴世子贏。」

說話間，便又有人射箭了。射了三箭，中了兩箭，還有一箭倒也沒出靶，不過卻不在靶心的位置。

那人搖搖頭，走了回來，就被身邊的同伴拍了拍肩膀。

能上場的，那都是對自個兒箭術十分有自信的，不過不管再自信，到了場上見真章，必須得拿出實力才行啊。

此時正在比試的男子，自然瞧見另一頭有姑娘在盯著看，為了不讓自己的威名掃地，一箭箭真是拚了命地對準靶心。只可惜越是想要射好，這箭竟像是懂人心一般，越是射偏了去，竟還有人射脫靶了。

輪到殷柏然的時候，只見他接過別人遞來的弓箭，拿著尾上纏著紅絲線的箭，方一站定便射出一箭。旁人還沒回過神，就見他咻咻地又射出了兩箭，三箭皆命中靶心，登時場上一片叫好聲。

便是連紀清晨都忍不住拍手，她笑出聲的時候，就見一直站在原地的裴世澤竟回頭看了一眼。

她頓時安靜。其實他也只是不經意地掃了一眼，她都懷疑他沒瞧見自個兒，可就是不敢再拍手了。

反倒是殷柏然回頭，一眼瞧見她，竟衝著她笑了笑，轉過頭又朝身邊的小太監說了一句。

只見他身邊穿著內侍服的小太監點點頭，便欸了一聲，往這邊走過來。

待那小太監來到抄手遊廊這邊，徑直走到紀清晨跟前，便給她請安道：「見過姑娘。」

紀清晨趕緊叫他起身，這會兒迴廊上站著的姑娘，都往這邊瞧著她。

就聽小太監道：「殿下說了，這邊日頭大，讓姑娘到前頭的小樓閣裡看比試，那邊二樓的景致可比這裡還好呢。」

小全子說著話時，周圍姑娘那豔羨的眼神，簡直要把紀清晨給淹沒了。

這可真是太招人嫉妒了。

秦沐宜是頭一個反應過來的，立即道：「瞧瞧我，倒是都忘了。前頭有個小樓，站在二樓能俯瞰整個花園，咱們還是去那邊吧。」

於是這會兒看熱鬧的姑娘，都被秦沐宜領著往那小樓去了。

小全子又說了句：「殿下還說了，好久沒見到您了。」

「我知道了，你趕緊回柏然哥哥身邊去吧。你跟柏然哥哥說，他若是想我，就叫他來我家裡。」紀清晨揮揮手，生怕小全子再說話。

旁人那目光，真是叫她又尷尬又不知所措。

柏然哥哥也真是的，非要叫小全子來說這些話，搞得好像這裡只有她一個人最嬌慣似的。

「柏然表哥這般疼妳，妳還不知好歹。」紀寶茵見她把小全子趕走，登時伸手掐了她一把。

一旁的裴玉欣點頭，薄怒道：「可不就是，我親哥哥還在下頭站著呢，都不知道擔心我有沒有被太陽曬著。」

裴玉欣的親哥哥裴瀚，此時就站在裴世澤的身邊。

此時小全子已跑回殷柏然的身邊，就見他又回頭瞧了一眼。此時裴世澤則突然開口道：「大皇子倒真是悠閒，想必已是勝券在握了吧。」

「哪裡，只不過是關心自家妹妹而已。」殷柏然衝著他淡淡一笑，陽光照在他秀美如白玉般的臉龐上，卻叫人不敢生出一絲旖旎之意。

只是關心自家妹妹？

裴世澤在心底一笑，手上卻已抽出了箭，搭在弓上，破空裂風之聲響起，只見箭頭已沒入靶子裡，尾羽在空中不停地顫抖。

待射完之後，他摸了摸拇指上的玉扳指，卻想著，明年沅沅就要及笄了。

第九十六章

「啊，秦大少爺射落一箭了。」一姑娘們在秦天閔射落一箭後，都失落地喊出聲來。

秦家不僅園子的風格像江南那邊，便是這座小樓閣，也都是仿照江南樓閣樣式修建的。樓梯是單獨建在外頭，一共兩層樓閣，二樓外頭有著十尺長的陽臺。這會兒姑娘們都站在陽臺往比試場瞧去，因靶子大，所以瞧得很清楚。

秦沐宜臉上也露出惋惜的表情。八輪下來，只有秦天閔、裴世澤還有殷柏然三人，是從沒錯過靶心的。一輪三枝箭，有人已累得連臂膀都抬不起來，乾脆之後的幾輪都不參加了。

秦天閔能堅持到現在，已十分厲害了；而裴世澤是這裡唯一一個真正上過戰場的人，因此也不讓人意外。倒是殷柏然直到現在還是一副游刃有餘的模樣，可真叫人大開眼界。

畢竟對於這位大皇子，眾人都是尊重有餘，瞭解不足。今日能站在這裡的，都是勛貴家中的子弟，即便沒什麼交情，可也多少知道對方的一些底細。只有殷柏然，誰都看不明白他，卻又因為他的身分，不得不敬重他。

如今他在實力上碾壓了自己，卻是叫這些個勛貴子弟個個都心服口服了。

「沒想到大皇子竟這般厲害。」裴玉欣忍不住道。畢竟她一向對自家三哥的實力是再信任不過，她甚至覺得，就算是把這些人加在一塊兒，也不是她三哥的對手。

誰知這個看似溫雅的大皇子在武藝上竟這般出眾。

一旁的紀寶茵得意地道：「那是自然了，大皇子打小便厲害極了。沅沅，妳說是吧？」說完，還伸手拍了紀清晨一下。

紀清晨這會兒正聚精會神地看著比試場上，恰好輪到柿子哥哥了，她的粉拳握得緊緊的，生怕漏過他射箭的動作。可紀寶茵這麼一推，讓她不禁眨了下眼睛。

須臾之間，裴世澤已一氣呵成地完成了搭箭頭、拉弓、射箭的動作。他原本就身材高大挺拔，此時持著弓箭站在那裡，更是吸引所有人的注意力。

「又射中了，我三哥又連三箭都中靶心了！」裴玉欣歡喜地跳了下，紀清晨也心底默默地歡呼了一聲。

只是紀清晨心底剛鬆懈下來，就看見殷柏然已走向中央。說來他與裴世澤差不多高，兩人就算是站男人堆裡，都如同鶴立雞群般地顯眼。這會兒裴世澤走到一邊，正好與殷柏然錯身而過，就見殷柏然傾身似乎與他說了一句話。

「柏然表哥，可千萬不要射偏啊！」此時紀寶茵低聲喊了一句。雖然她也不希望裴世子輸，可裴世子在這一輪已經全射中了，所以她也希望殷柏然能射中靶心。

紀清晨此刻的心情和她幾乎一模一樣，手心都濕了一片，帕子捏在掌心中，早就揉成了一團。

殷柏然今日穿著一身青色西番蓮繡銀紋錦袍，腰間是巴掌寬的銀緞腰帶，在陽光下他如暖玉般的臉龐沈著冷靜，讓在陽臺上的少女們不禁屏住了呼吸。

說來裴世澤與殷柏然可謂兩種極端。裴世澤面容俊美冷酷，臉上一向帶著漠然的表情，就像那雪山之巔的千年寒冰，讓人難以靠近，可越是這般，越讓人想觸摸。而殷柏然就像是三月裡最和煦的那抹春風，面容柔和俊秀，此時陽光灑落在他身上，更顯溫柔和暖，叫人心馳神往。

「平了，竟是平局了。」也不知是欣慰還是惋惜地說道。

不過眾人卻還是欣慰多過於惋惜，畢竟這般出色的兩個男子，若是誰不慎輸了，總是令人心疼。

待看完了熱鬧，眾人回到樓閣內，此時裡頭已擺上了茶點。

秦沐宜沒立刻領著她們離開，反而叫丫鬟去找她的哥哥，讓他把那些男子都請回前院去。雖然方才大家看了好久的射箭比試，可那到底是消遣，男女有別，還是不該太接近的好。

可若是這會兒叫他們三三兩兩地離開，萬一誰在花園裡落單，再惹出個什麼事情，那可不好了。

秦天閔聽到丫鬟過來傳達的話，低笑一聲，便朗聲對裴世澤和殷柏然道：「殿下、裴世子，今日我是輸得心服口服。先前已說好了，誰輸了便要自罰三杯。」

「三杯哪裡夠，最起碼也該是三碗。」站在裴世澤身邊的裴瀚，立即高聲道。

裴世澤見秦天閔一愣，便低聲斥道：「不得無禮。」

可秦天閔隨即大笑，拱手道：「三碗就三碗，男子漢大丈夫，輸了便認。」

他這般爽朗，讓裴世澤不禁在心底暗暗點頭。看來寧國公府也並非傳聞中那般後繼無人，最起碼這位秦家大少爺，還是個有點胸襟的。

等丫鬟回到樓閣，便告訴秦沐宜，說大少爺已領著大皇子還有其他人回前院了。秦沐宜又陪諸位小姐說了一會兒話，這才請她們回去。

眾人看完了這邊的熱鬧，自然也想回戲臺那邊去。

只是回去的時候，紀寶茵忽然想要去茅廁，便拉了紀清晨陪著一起去。紀清晨沒法子，只得隨她一塊兒去了。

因秦沐宜正在招呼其他人，紀清晨也不好煩勞她，就問了丫鬟離這裡最近的茅廁在哪裡，便與紀寶茵一塊兒去。

「這寧國公府的花園可真夠氣派的。」紀寶茵忍不住道。

紀清晨點點頭。秦家的花園裡花卉繁多，光她認識的便有十幾種，且還有好些個是她沒見過的。她之前為了種花，可是找了好幾本古籍來看，上頭有不少關於珍稀花卉的介紹，因此她也算是博聞強識了，卻仍有她不認得的花卉。

兩人在茅廁方便過後，紀寶茵不想立即回去，就拉著她在花園裡走了一會兒。誰知走沒多久，就聽到有人爭執的聲音。她們望了過去，發現是裴玉寧與她的丫鬟，還有一個背對著她們的男子，不知到底是誰？

只見那丫鬟擋在裴玉寧面前，惡狠狠地盯著那男子道：「你讓開，要不然的話，我們可就要叫人了。也不知是從哪兒來的窮小子，竟敢擋我們姑娘的路。」

「妳只管叫吧，若是把人叫來了，我便告訴大家，妳們主僕是如何想要合謀害人的。」

男子微皺著眉頭，顯然對這個凶巴巴的丫鬟十分反感。

「你這窮小子真可笑，說我們害人，你可有證據？」那丫鬟越說越起勁，盯著男子上下打量一番。見他穿的衣裳不過就是杭綢料子，指不定是哪裡來的落魄戶，趁著秦府的好日子，混進來騙吃騙喝，真是白長了這張還算是清秀的臉。

「雖沒證據，但我卻聽見了，妳家小姐說要把紀家的七姑娘推下水去。」男子鎮定地道。

見他竟真的說了出來，一開始還鎮定不已的裴玉寧，頓時慌了心神。她本來是見紀清晨沒跟著一起回來，便想著要回過頭來找紀清晨。她常來秦府，去年的時候見過有人在秦家落水，所以知道秦家湖邊有一處地方，若是一個不小心，便很容易掉進湖裡去。

於是她就吩咐丫鬟先去把秦家放在那裡的警示牌子拿走，她好引了紀清晨過來。

可誰知她這個丫鬟不敢答應，怕惹出事，一直勸說自己。結果她們繞過花牆後，竟發現有人站在另一側。

一開始她們本想匆匆地離開，反正來參加宴會的女眷那麼多，這個人也不知道她們到底是誰。

沒想到這人竟窮追不捨，見她們要走，便追上來攔住她們。

紀清晨和紀寶茵原本不想上前去，可聽到這裡，兩人都大吃一驚。

紀寶茵素來就是護短的性子，當即便衝上去，怒氣沖沖地道：「好啊，裴玉寧，妳竟是這樣的壞心腸。妳和我到前廳去，我就要問問定國公夫人是怎麼教育女兒的？」

裴玉寧見她們居然聽見了，慌張之下，反而鎮定下來。她冷哼道：「誰知道這突然衝出來的窮小子是誰？妳也可笑，淨聽他胡謅。他是方才想對我的丫鬟意圖不軌，被我識破了，這才反咬一口。」

紀寶茵被她的無恥狡辯，驚得目瞪口呆。她竟為了否認，連這種瞎話都能編得出口。

而那男子也是當即脹紅了臉，羞憤地道：「我從未見過妳身邊的這個丫鬟，何來意圖不軌之說。」

「我這丫鬟說來也是個清秀可人的，方才我命她去拿東西，你見她落單，便起了歹心。」裴玉寧冷哼一聲，斬釘截鐵道。

紀清晨都要聽不下去了。她真不明白，明明是一家人，為何柿子哥哥那樣善良的人，會有這樣一個心腸歹毒的妹妹？

「裴姑娘，這花園裡頭人來人往的，妳當人人都是妳嗎？光天化日之下就敢行凶？」紀清晨冷漠地瞧著她。

裴玉寧知道她若不一口咬定這個窮小子，只怕自個兒的名聲就要毀了。於是她朝旁邊的丫鬟問道：「紫煙，方才非禮妳的，是不是這個人？」

「小姐，您可要為奴婢作主啊。」這丫鬟一張臉脹得紅通通，竟咬牙認了下來。

這主僕二人簡直惡毒到極點。主子為了自己，不惜毀了丫鬟的清白，而這丫鬟為了一口咬定那個男子，竟還將這件毀女子清譽之事給認下來。

「是非曲直，可不是任由妳幾句話就能扭曲得了。如今前院的戲也快散了，咱們就過去請長輩們評評理，看看究竟是誰對誰錯？」紀清晨是一點兒臉面都不想留給裴玉寧了。

裴玉寧不屑地哼了聲，如今她可是有恃無恐了，畢竟聽到她們主僕談話的只有這個窮小子，就算鬧到長輩跟前去，難道人家還能相信這窮小子，而不相信她？

「去就去，我還要替我的丫鬟作主呢，即便是一個丫鬟，她的清白也極為重要。若我的丫鬟因為這件事有個三長兩短，我還要找這個人算帳。」

她話音剛落，那個名叫紫煙的丫鬟便哭喊道：「小姐，奴婢不想去啊，奴婢不要活了。您救救奴婢吧，太太若是知道奴婢叫人非禮了，肯定會把奴婢趕出府的。」

「一派胡言，血口噴人！」男子氣得面色鐵青。

紀清晨同情地瞧了男子一眼。真是難為這位義士了，仗義執言，竟叫人潑得一身髒水。

一直沒說話的紀寶茵，又是羞澀又是心疼地瞧著一旁的男子。因她發現這人竟是那日她在書店遇到的男子，原以為再也不會見面了，沒想到竟在這裡相逢。難道這就是有緣千里來相會？

「好了，別哭了，要哭就到妳們家太太跟前去哭吧。」紀清晨冷笑地盯著紫煙。「誰、都、別、想、走。」她一字一頓，把每個字都說得格外清楚。

裴玉寧沒想到紫煙都這般說了，她竟還不放過，氣得朝她狠狠地瞪了一眼。

紀清晨可不怕裴玉寧這隻紙老虎，只是裴玉寧主倆僕怎麼都不願離開，反倒讓她不知該怎麼辦？

好在過了一會兒，秦沐宜見她們許久沒回來，便派丫鬟找了過來。

紀清晨立即將情況說了一遍，丫鬟聽完，嚇得馬上回去請秦沐宜前來處理。

待秦沐宜來到湖邊後，看見紫煙仍哭哭啼啼的，便讓跟著過來的嬤嬤帶紫煙去驗傷。

「秦姊姊，我們過來的時候，這個紫煙可是厲害得很，一口一個地叫著這位公子『窮小子』，是她見事情敗露，這才誣陷這位公子的。」紀寶茵立即替他抱不平，她決計不相信這位公子會是那樣的衣冠禽獸。

紀清晨更是指證道：「秦姑娘，紫煙說她被這位公子輕薄，可是妳瞧她釵髮未亂，身上的衣裳也是齊齊整整的，若真發生了什麼事，她會是這般模樣嗎？」

秦沐宜瞧了一眼，立即皺眉道：「這件事不是我能處理的，我先稟明家中長輩，還有幾位姑娘的長輩，還請你們稍待片刻。」

「小貂，妳帶三位姑娘還有這位公子，先去前面的挽月樓等著吧，我即刻去請幾位長輩過來。」秦沐宜不愧是秦家的姑娘，既沒強行出頭，也沒立即分辨對錯，只是客氣地請她們等著。

反正紀清晨是不怕的，不管誰來，今日她就是要辨個是非曲直。

裴玉寧顯然沒想到事情會鬧得這般大，在等待幾位長輩的時候，她的手心裡一直冒著汗，而紫煙則是一直用眼角餘光覷著她。

方才說那男子輕薄紫煙，不過就是她一時興起的話，結果現在她們兩人都騎虎難下了。

因出了這樣的事情，幾位長輩很快就來了。

秦家來的是管家的秦二太太，而定國公夫人謝萍如也過來了；至於紀家則是韓氏和曾榕一塊兒來的。

謝萍如一進門，裴玉寧便撲過去，抱著母親便嚶嚶地哭起來。

韓氏和曾榕緊接著進來，兩人眼中都是擔心之色。

紀寶茵狠狠地瞪了一眼正哭著的裴玉寧，輕聲道：「娘，您別擔心，我們福大命大，沒叫人害著。有些人自以為天衣無縫，卻不知人在做、天在看。」不過她說罷，又朝旁邊的公子甜甜地看了一眼，道：「娘，就是這位公子救了我們。」

待人都到齊了，秦沐宜便將先前發生的事情簡單地說了一下，只是雙方各執一詞，都說是對方的過錯，倒叫人一時分辨不出究竟是誰在說謊？

「這位公子是誰？我見都沒見過。」謝萍如不屑地瞧了一眼一直默不作聲的男子，輕蔑地道。「難道我的女兒會平白誣衊他不成？」

曾榕當即反駁道：「裴夫人，話可不能這麼說，難道說話的真假是依照一個人身分的高低來判定的？就因為這位公子身分不夠尊貴，妳就覺得他說謊？那這個丫鬟豈不更謊話連篇了？」

紀清晨都想為曾榕拍掌叫好，她的一番話便把謝萍如的話給駁了回去。

謝萍如沒想到曾榕會這般伶牙俐齒，當即冷了面容。

在一旁的秦二夫人有些為難。她可是雙方都不想得罪，可偏偏誰都不願退一步，叫人不知該如何是好？她又見這男子確實是未曾見過的，便開口想要問，誰知她還沒問，就聽丫鬟急急進來稟報道：「二太太，大皇子過來了。」

殷柏然進來的時候，所有人都站起身來給他行禮。

「聽說這裡出了點事，我便過來瞧瞧。」殷柏然朝紀清晨瞧了一眼，這可把裴玉寧嚇得夠嗆。

秦二夫人立即將上首位置讓給殷柏然。不過殷柏然倒是未坐下，只輕聲問發生了何事？於是秦二夫人便又將事情講了一遍。

「哦，竟是這樣。」殷柏然雖淡淡地點頭，可面色卻沈了下去。

待他再次轉頭看向紀清晨時，她剛想說話，就聽他緩緩道：「孟衡，你再把自己聽到的話說一遍給大家聽聽。」

他話音一落，房中除了那男子之外的人，都已經驚呆了，就連紀清晨都忍不住睜大眼睛。

殷柏然彷彿一點都沒發現她們的驚愕，反而衝著秦二夫人微微一笑，道：「說來慚愧，先前來得遲了些，沒來得及帶著孟衡去向老太太請安。這位是我表弟，方孟衡。」

第九十七章

先前還一口一個窮小子的裴玉寧主僕，此時目瞪口呆地瞧著殷柏然，就連謝萍如都緊蹙著眉頭。

比她們還要驚訝的就是紀寶茵了，她當即驚呼道：「你就是方孟衡？」

先前被她嫌棄至極的人，竟是她在書店見到的清秀男子，這如何能讓紀寶茵不驚訝。她忍不住朝方孟衡的腿上看過去。說來方才她見方孟衡走路，似乎並無不妥之處。

此時紀寶茵的一顆心忽上忽下，不知該如何是好。

一方面她心中有著說不出的開心，可另一方面又有著說不出的羞愧，因為她先前還哭著、鬧著不同意這門婚事。

連韓氏都驚訝地瞧著一旁的方孟衡。之前都是韓太太在中間傳話，所以她也沒見過這位方家少爺，沒想到倒是個文雅的男子。韓氏也忍不住往他的腿上瞥過去，看起來挺正常的，就是不知道走起路來可還順當？

只見殷柏然朝那個丫鬟看過去，挑唇輕笑。「就是妳說我表弟非禮妳的？」

紫煙立即跪在地上，口中連聲喊道：「大皇子饒命。」

「饒命？」殷柏然的面色突地冷下來。「若今日孟衡不是我的表弟，只怕這個調戲丫鬟的罪名，就該被妳們主僕給扣在他頭上了吧？」

「大皇子……」謝萍如雖害怕極了，卻還是想為紫煙找藉口，畢竟得罪大皇子實在是太不明智了。可是當殷柏然的眼神冷冷地看過來時，她卻突然道：「小女也是被這丫鬟蒙蔽才一時誤會方公子的，此事實在是誤會一場。」

「誤會一場？那不知裴姑娘叫丫鬟推清晨下水一事，也是誤會嗎？」殷柏然的眸色一沈，連聲音都低了下去。

謝萍如也不知裴玉寧究竟有沒有這般吩咐丫鬟，可這會兒卻是打死都不能承認，要不然裴玉寧的名聲就徹底毀了。

「大皇子，玉寧與紀姑娘往日無怨、近日無仇，她怎麼會想要陷害紀姑娘呢？」謝萍如說罷，還乾笑兩聲。

曾榕心中惱火，恨不得上前撕碎了這對母女才好。裴玉寧一個姑娘家行事之所以如此惡毒，就是因為有這樣的母親。

「娘，我沒有，我真的沒有。我不知道這個方公子為何要這樣說，可我真的沒有想要害任何人。」裴玉寧打死也不承認。不過對方孟衡的稱呼，倒是從原本的窮小子，變成了方公子。

紀清晨冷眼瞧著謝萍如母女，心想一定要好生懲處她們才行。可遺憾的是，除了方孟衡這個人證之外，便沒有其他證據了。

謝萍如也是認定了這一點，所以雖然畏懼殷柏然的威嚴，卻還是道：「大皇子，方才方公子也說了，他是隔著一面牆聽見的，若聽錯那也是難免的。」

殷柏然深深地看了她們母女一眼，卻對面前的秦二夫人道：「秦二夫人，今日老夫人的壽宴上倒是叫您受累了。」

「大皇子說的是哪裡話。」秦二夫人立即淺笑著說。聽到這裡她哪裡還有不明白的，心底不禁有些慶幸。

之前謝萍如曾與她提過，說想要與秦家結親。當時她見裴玉寧是定國公的嫡女，相貌出落得十分漂亮，幾次接觸下來，發現性子也不錯，便覺得與家中的大少爺頗為相配。可知人知面不知心，沒想到裴玉寧竟是這般惡毒的性子，這要是娶回來，豈不是亂家的根源？幸虧家中的老夫人一直沒點頭同意，如今果真出事了。

「既然是誤會，那今日之事便到此為止，畢竟今天是秦老夫人的大喜日子。」殷柏然淡淡吩咐道。

誰都沒想到，殷柏然竟會這般輕易地放過這件事。

曾榕氣得想上前理論。若大皇子不想得罪這些權貴，那她便自個兒來，她可不怕這些人，就算鬧起來，那也是裴家丟臉，竟養了這般惡毒的女兒。

紀清晨卻一把握住她的手臂，待曾榕轉頭的時候，便朝她微微搖頭。

曾榕見她這般，還以為她是不想為難裴家母女，畢竟鬧起來，只怕連定國公府的名聲都會受到牽連。

謝萍如和裴玉寧都鬆了一口氣，畢竟要是大皇子真的追查到底，就連謝萍如也沒把握可以全身而退。

紀家人率先離開，緊接著殷柏然與方孟衡也跟著她們一塊兒出了門。韓氏特別注意著方孟衡的腿，這才發現他走路雖說能瞧出與常人不一樣，可問題卻不大。她在心底鬆了一口氣，再瞧向方孟衡時，便已是丈母娘瞧女婿，越看越順眼。

之前因為方孟衡的腿鬧騰得最凶的紀寶茵，已沒再去注意他的腿了，她走在旁邊，不時用眼角去瞥旁邊的男子。他個子比自個兒高了好多，她差不多只到他肩膀那處；他身上有著一股書卷氣，整個人都給人乾淨清爽的感覺。

紀寶茵依舊還記得那日，他伸手將架子上的書拿下來，他的手掌乾淨又白皙，指甲修剪得短短的。

「沅沅。」殷柏然低頭瞧著不出聲的紀清晨，突然一笑，問道：「妳相信柏然哥哥嗎？」

紀清晨抬頭瞧著他，認真地點頭。

殷柏然開心地在她頭上撫了下，柔聲道：「我是不會讓妳受委屈的。」

妳小時候，我還什麼都不是的時候，就不願讓妳受委屈，現在，就更不會了。

待他們往回走，因前頭戲臺旁都是女眷，殷柏然與方孟衡不好過去，於是他們便在此告辭。

紀寶茵害羞地不敢抬頭，卻還是忍不住偷偷地覷著方孟衡。此時方孟衡也正在看她，兩人四目相撞，登時一股說不出的感覺衝上兩人的心頭。

曾榕見紀清晨神色凝重，便伸手拉著她的手臂道：「沅沅別害怕，頂多這家人咱們以後就離得遠遠的。」

一旁的韓氏冷哼了聲。「她們還是國公府的太太和小姐呢，竟惡毒到一塊兒去了。」

紀寶茵也點頭。「我還是頭一回見到這種說了謊，卻連眼睛都不眨的人。」

只是曾榕再瞧著紀清晨的臉色，竟有些不對，待一尋思，這才恍然。

謝萍如和裴玉寧，一個是裴世澤的繼母，一個是裴世澤同父異母的妹妹。韓氏和紀寶茵是不知道，可紀清晨當著紀延生面前喊出的那句話，她可是聽得清清楚楚。

能讓一向聽話的沅沅和紀延生頂嘴，她一定是非常喜歡裴世子的吧。

一想到這兒，曾榕心裡便揪得慌。裴世子那樣好的一個人，卻偏偏有這樣的繼母和妹妹。瞧這謝萍如的性子也是個厲害的，只怕裴世子小時候也沒少受她的委屈。

可曾榕卻捨不得紀清晨也去受委屈。這還沒嫁過去呢，就要這般害她，若是以後真的成了一家人，謝萍如母女豈不是更好下手了？

只是紀清晨默不作聲，她這會兒也不好說話了。

殷柏然回去的時候，便瞧見裴世澤正與秦家大公子喝酒。

秦天閔見他回來，立即抱拳道：「大皇子，不知方公子可找到了？」

「孟衡初來寧國公府，一時走岔了路。」殷柏然輕聲說，讓秦天閔都不好意思起來。

秦府的園子確實是大，頭一回來這裡，若是沒人指路，走錯了也是難免的。

秦天閔又向方孟衡賠罪，倒讓方孟衡不好意思起來。

殷柏然此時則走到裴世澤身邊，見他手中端著一杯雨過天青色汝窯小酒杯，登時笑道：「裴世子倒是好雅興。」

「偶爾而已，大皇子說笑了。」裴世澤輕聲道，言語中頗為客氣。

只是殷柏然卻突然探頭靠近他的耳邊，裴世澤有些驚訝，想退後，可是已經聽到殷柏然開口說：「方才我去花園，你猜我聽到什麼了？」

裴世澤微微偏頭瞧著他，只見殷柏然眼中帶著冷意，輕啟薄唇。「你那個妹妹，居然敢動沅沅。」

「鏗」的一聲，裴世澤手中的酒杯滑落在地上，杯中還有半盞清酒，卻在滑落時全潑灑在他的衣袍上。

殷柏然搖頭，臉上已沒了方才的寒冷，輕聲惋惜道：「裴世子，你也太不小心了。」

裴玉寧跟著謝萍如回到家中，這一路上她都忐忑不安，不敢開口說一句話。

待進到房中，裴玉寧才輕聲喊了一句。「娘。」

可謝萍如一轉身，卻狠狠地給了她一巴掌，怒道：「誰讓妳這麼幹的？誰叫妳做這麼蠢的事情？妳以為在秦家老夫人的壽宴上鬧出了事，妳還能脫得了身？」

「娘，我沒有。」裴玉寧即便是只面對著母親，還是一口咬定她沒這樣做。

謝萍如真是失望透頂，她也不知自己怎麼會把女兒教得這般蠢笨。她失望地說：「妳可知，我本打算把妳定給秦家大少爺的，妳以為出了今日這樣的事情，秦家人還會要妳嗎？」

一提到自個兒的婚事，裴玉寧登時慌了手腳。

她拚命搖頭，哭訴道：「那個紀清晨算什麼東西？秦老夫人偏偏喜歡拉著她的手說個不停；還有三哥也是，打小就只在意她一個人，便是連我這個妹妹都不放在眼中。」

「妳看看妳這個樣子，誰會喜歡妳？」謝萍如實在是失望透頂，今日若不是大皇子不願意鬧大，只怕最後連丈夫都可能受到牽累。畢竟教出這樣的女兒，裴家的禮儀規矩簡直是讓人踩在了腳下。

謝萍如手裡也不是沒有出過人命，可是她從沒叫人抓住過把柄，卻不想這個蠢笨的女兒還沒出手，就被人逮住了。

「好了，妳爹爹也快回來了，妳先回自個兒的院子裡去洗漱吧。」謝萍如不想再與她多說些什麼。

裴玉寧只好委屈地回了自個兒的院子。只是她到了門口，就聽丫鬟迎上來，輕聲道：「姑娘，世子爺來了。」

裴玉寧此時臉上還有巴掌印，她皺眉問道：「他來做什麼？」說著已走進樓閣中。

此時裴世澤就站在外廳。裴玉寧的閨房極富貴，到處都是鑲金纏銀，便是隨處一件擺設，都是再好不過。畢竟她是定國公唯一的嫡女，便是委屈了誰，都不會委屈了她。

「三哥。」裴玉寧進到外廳後，就瞧見裴世澤站在那兒，便輕聲喊了一句。

裴世澤抬頭瞧見她的臉，有著一個清晰可見的巴掌印。

裴玉寧見他一直盯著自己的臉瞧，心中有些惱怒，便道：「三哥有事？若是無事的話，就先請回吧，我累了。」

可誰知裴世澤卻看著她，淡淡地問道：「臉上是被大太太打的？」

聽著他的輕描淡寫，裴玉寧登時更加惱火，當即便道：「這不關三哥你的事吧。」

可是下一刻，只見裴世澤突然拔出手中的劍，寒光在空中劃過。

裴玉寧嚇得連連後退，可裴世澤的劍卻已架在她的脖子上。

「我只給妳一次說實話的機會，妳是故意要害沅沅的嗎？」

又是沅沅，又是沅沅！

裴玉寧心中雖害怕，卻還是衝著他喊道：「她算個什麼東西。你打小就不喜歡我，她不過就是個外人而已，憑什麼你對她，比對我還要好？我就是不服氣，就是不服氣！」

裴世澤冷冷地看著裴玉寧，沒有出聲。

他突然想起自己第一次見到沅沅的時候，她趴在他的床榻上，就睡在他身邊。那時候她還只是個小孩子，卻被他抓住了手，因為怕吵醒她，他便將她留在自己身旁。

裴家祖宅進了賊人，她抱著他說，好擔心他。

「她不是什麼外人，她是我最珍視的人。」

裴世澤盯著裴玉寧，握著劍柄的手掌，已越收越緊。

「所以我不允許任何人傷害她。」

第九十八章

「三哥，你饒了妹妹吧。」裴渺捂著不斷流血的手臂。

方才裴世澤一劍揮下來，要不是他及時趕到，擋下這一劍，後果不堪設想。

裴玉寧沒想到裴世澤是來真的，她看見裴渺流血的手臂，先是愣了半晌，緊接著便大叫起來。

裴渺生怕她再惹惱了裴世澤，趕緊捂著她的嘴，不讓她喊出聲來。

裴世澤看著面前的弟弟妹妹，又低頭望向劍上的血跡，神色有一瞬間的恍惚。

他原是想嚇唬一下裴玉寧，可誰知裴渺從一旁衝出來，他收劍不及，便劃傷了裴渺的手臂。

只見抱著裴玉寧的裴渺眼中雖帶著懼怕，卻還是擋在她跟前，到底是兄妹情深。

果然，在這個家中，除了祖母視他為親人之外，他就像是個外人。

在還沒見到安素馨之前，他心底還牽掛著娘親，只覺得自己到底是個有娘的人。可見到安素馨之後才發現，還不如不見的好。如今景然才是她的孩子，他不過是個早已被遺忘的人。

他提著劍，看著裴玉寧，輕聲道：「這件事我不會就此罷休，皇上也不會放過妳的，妳好自為之吧。」

裴世澤最清楚皇上對紀清晨的感情，那絕對是會護短到底的。今兒個若換作是紀清晨想把裴玉寧推到湖裡去，那麼這件事便不會掀起一點波瀾。

可現在是裴玉寧不知死活地惹了沅沅，就算他放過這個妹妹，皇上卻不會輕易地饒恕她。

裴渺原本是不想聲張的，可這麼大的事情，如何能藏得住？

謝萍如趕過來的時候，就看見兒子手上鮮血淋漓，她差點沒昏過去。

她一臉驚懼，隨即惱火地嚷嚷道：「反了天了，你爹還活著呢，他就對咱們母子打打殺殺，這是不給咱們活路啊！快去找老爺回來，就跟他說世子爺要殺人了！」

「母親……」裴渺開口想勸阻她，可謝萍如這會兒已什麼都聽不進去了。

裴世澤回到自己的院子後，發現劍尖上的血跡尚未乾涸，便叫子息拿了一塊乾淨的白布過來。他坐在羅漢床上，將刀鋒染血處細細地擦了又擦。

裴延兆踢門進來的時候，就看見他這副模樣，不禁氣得胸膛劇烈起伏，指著裴世澤大罵道：「孽障！你竟喪心病狂到對你的親弟弟下手。」

裴世澤淡淡地抬起頭，瞬間讓裴延兆罵不下去了。

他的眼神冰冷，就像正在看著的，並不是他的親生父親。

裴延兆被他的神情給驚愣住，教訓的話罵不出口，卻也沒有立即轉身離開。

反而是裴世澤淡淡地道：「我若是父親，便不會在這裡只顧著罵人，而是想想該怎樣才能撫平皇上的盛怒，才不會牽累整個定國公府。」

「你還敢胡言亂語！」裴延兆大怒。方才他一到裴玉寧房中，就瞧見裴渺手臂上的劍傷，當即怒上心頭。若不是回他的書房還要一段路程，他巴不得先去拿了劍過來，一劍了結這個孽子才好。

裴世澤冷笑，站起身，把手中的劍扔在羅漢床上，帶著寒光的劍身在上頭翻滾了兩下。他抬頭看著裴延兆，道：「裴玉寧今日在寧國公府意圖將聖上的親外甥女——紀家的七姑娘推到水中，此事被揭穿了，大皇子當時亦在場。父親若是不信，只管去問太太，若是再不信，可以親自去寧國公府一探究竟。裴玉寧做出這等敗壞家風的事情，您如今應該好好想想，該如何才能挽回定國公府的名聲。」裴世澤的語氣依舊是淡淡的。

裴延兆聽得腦子直充血，可還來不及發怒，就聽門外傳來一個蒼老的聲音。「世澤說得一點兒也不錯，你的女兒你自個兒不教，早晚要被旁人教。」

竟是裴老夫人過來了。她拄著一根紫檀木枴杖，緩緩走進來，便瞧見這對劍拔弩張的父子。如今她要說自己不心寒，那是騙人的。

裴家一共三房，不說二房和三房沒出過這樣的事情，便是裴延兆對裴渺，那也是殷殷的期待。可偏偏他就是看裴世澤不順眼，就像上輩子是仇人一般，橫看不好，豎看不悅。

所以一聽說這件事，裴老夫人便趕過來，沒想到這父子二人卻已對峙起來。

「母親，您怎麼來了？」裴延兆就是對兒子有再大的火，也不敢惹自己的母親生氣。於是他趕緊轉身，上前扶著裴老夫人。

上。

裴老夫人已知道了事情的經過，只是搖頭嘆道：「家門不幸，當真是家門不幸啊。」

「母親您別生氣，都是兒子不孝，沒能管好這孽障。」裴延兆把過錯全怪在裴世澤身上。

裴老夫人恨不得拿枴杖去敲他的腿，可一想到兒子也是老大不小的年紀，不好當著孫子的面這般教訓他。她氣急敗壞地道：「我早就同你說過，寧姊兒這孩子，性子太……」到底是親孫女，老太太也不願意把話說得太難聽，卻還是忍不住嘆道：「遲早是要惹出大禍的。你以為如今那紀家小姑娘，只是姓紀嗎？」

裴延兆就算聽母親這樣說，也還是沒放在心上。不過是小女孩之間的爭執罷了，若真得罪了這位紀姑娘，他明日讓謝氏到紀家走一趟，賠賠罪便是了。

裴老夫人見他一臉不在意的模樣，便知道他還沒想明白，當即冷笑道：「你別不放在心上，皇上待紀七姑娘如何，想來你是忘了吧？」

還不就是時常叫進宮裡頭陪著皇后解悶，或是多賞了點東西罷了。她若是男子，裴延兆倒還忌憚幾分，可不過是個嬌滴滴的小姑娘，哭一聲、鬧兩下，還能如何了？就算皇上再疼愛她，也沒給她封個縣主啊。

裴老夫人簡直是失望透頂，她總算瞭解丈夫早些年對這個長子的失望。明明是費盡心機教導的長子，卻偏偏天資不足，又不開竅；倒是長孫，一生下來就透著一股子聰明，到了三、四歲的時候，跟別的孩子相比，就更顯得其獨特了。

於是老國公乾脆把所有的餘力都拿去教導孫子。

「渺哥兒還受著傷呢，你先回去瞧瞧他吧。」裴老夫人不想再與他多說，便打算將他支開，她要和孫子單獨說說話。

裴延兆這般氣勢洶洶地找過來，卻灰頭土臉地被裴老夫人攆回去，他心裡對裴世澤的怨懟也因此更深了些。但母親的話他也不敢違背，便點點頭，轉身出去了。

裴世澤趕緊上前扶著裴老夫人，緩緩地走到羅漢床邊。

裴老夫人淡淡地掃了一眼被扔在上頭的劍，旁邊的小几上擺著一塊白布，上頭還沾著血跡。

裴世澤立即叫子息進來，讓他把白布和劍都收下去。

裴老夫人嘆了一口氣，輕聲道：「以後你就算要嚇唬他們，也不能動刀動劍的。」

裴世澤臉上露出一絲微笑。在這個世界上，到底還是有瞭解他的人啊。他在裴老夫人身邊坐下，難得地露出疲倦之色。

他打小便只和祖母親近，自從祖父去世後，他就算是在軍營中，也會時常給她老人家寫信，每回都是報喜不報憂，就連身上中了數箭，差點死掉，他都沒在信裡提起過。

「真是作孽啊。」裴老夫人拉著他的手，嘆了一句，又道：「若是紀家那邊不同意的話，祖母便是不要這張老臉，也會幫你把媳婦給求回來的。」畢竟裴家的姑娘做出了這樣的事，又有哪戶疼姑娘的人家肯再把孩子給嫁過來呢？

「祖母，別！」裴世澤握著祖母的雙手，即便祖母看起來精神有多矍鑠，可她的手掌還是枯瘦得像樹皮一般粗糙。

他還記得自己年幼時，祖母的一雙手是多麼溫暖又柔軟。

祖母是這個家裡唯一一個懂得他心思，且又真心疼愛他的人，他不能因為自己的婚事，讓祖母活到這把年紀，還必須放下尊嚴，失了面子。

雖然這麼多年來，就只有紀家那個小姑娘能入得了他的眼，但或許，他們終究是有緣無分……

當天夜裡，裴世澤便病了。

他作了一夜的夢，夢見沅沅竟成了魂魄，終日在他的院子裡徘徊，可他一伸手，卻觸碰不到她。

子息是半夜裡發覺世子爺不對勁的，於是在大半夜開了府門，去請來大夫。

裴世澤是上過戰場的，之前曾經有好幾枝箭插在身上的時候，他都活了下來，可這次的怪病卻來勢洶洶，讓他接連好幾日都高燒不退。

紀延生自是得了消息，可他還在氣惱裴家那個惡毒姑娘做的事，要不是曾榕勸著，他恨不得上門去討個說法。

而他原本已同意的婚事，這會兒完全當作沒這回事。反正不管是嫁了什麼樣的人家，像裴家這樣的龍潭虎穴，肯定不行。

所以裴玉欣送帖子過來的時候，馬上被曾榕攔住了。

裴世澤病了五日，持續高燒昏迷，一點起色也沒有。

最後連宮裡的聖上都驚動了，便派了雲二先生到定國公府去替裴世澤看病，總算將病情穩住。

裴玉欣來看他，心底卻很難過。裴玉寧做的事她也知道了，又想起自己送了帖子去紀家竟跟石沈大海一般，心下便更加難過。

她沒當著裴世澤的面哭，反倒是躲到外間去哭，沒想到卻被子息聽到了。

當裴世澤問起裴玉欣去哪兒的時候，子息原不想說的，又怕惹得他不悅，最後還是架不住，說出了口。

「公子不必傷心，我想這中間肯定有什麼誤會，待公子與紀姑娘說清楚了……」子息越說，聲音越小。

裴世澤默不作聲，眼神深沈而幽暗，不知在想些什麼。

他在家中養了足足半個月的病，這才進宮給皇上請安，而皇上恰巧有閒情逸致，便決定在御花園裡招待他。

自上回在寧國公府見到方孟衡之後，韓氏心中便是一萬個願意讓女兒趕緊嫁給方孟衡，便催著韓太太，急著要把婚事定下來。方家那邊自然也是同意的，兩家這會兒已是說得差不多，馬上連小定都能下了。

方皇后知道姪兒要娶的是紀家大房的姑娘，便叫了紀清晨進宮，想要問一問紀寶茵的性情。

誰知紀清晨進了宮，在經過御花園的時候，一抬頭就瞧見對面穿著三品朝服的高大男子。

她身旁的杏兒隨即低聲道：「姑娘，是裴世子。」

可杏兒歡喜的聲音剛落，就見原本朝她們這邊走過來的裴世澤，竟轉身從前頭的小路離開了。

他避著她……

當這個念頭在腦海中掠過的時候，紀清晨只覺得臉上涼涼的，伸手一摸，才發現自己滿面是淚。

第九十九章

紀清晨掏出帕子，迅速地擦掉臉上的淚水，可一旁的杏兒還是瞧見了。

杏兒低聲喊了一句「姑娘」，隨後嗓音帶著哭腔，低聲道：「裴世子大概是有急事吧。」

紀清晨也在心底告訴自己，他肯定是有什麼事，可眼淚還是不爭氣地落了下來。

就算有再急切的事情，也不至於在看見她之後，才特地選了條小路離開，這分明就是躲著她。

身後的小太監見眼前的這位主子竟站在御花園裡哭起來，不禁慌了手腳，趕緊對杏兒道：「前方有個亭子，不如先請姑娘到裡頭休息吧？」

「姑娘，咱們先去前面的亭子裡歇一會兒吧？」杏兒何曾見過姑娘這般委屈，此時她一雙愛笑的雙眸泛著水霧，粉嫩的唇瓣拚命抿著，明明看起來已難過得不得了，卻還是極力克制的模樣，讓杏兒看得也不禁落淚。

裴世子究竟是怎麼回事？先前還好端端的，怎麼今兒個瞧見姑娘竟躲著呢？

「我家姑娘素有頭疼症，這會兒突然發作，還請公公見諒。」杏兒知道姑娘是為何哭泣，但這個原因可不能讓旁人知道。

幸好這個小太監方才在她們身後，還隔著好幾步，並未聽到她低聲與紀清晨說的話。

小太監心中雖有疑惑，還是立即道：「要不奴才去請太醫過來瞧瞧吧？」

這理由就是杏兒隨口編造的，因此立即擺手道：「不用了，我先扶著姑娘到亭子去歇息，只要坐一會兒便不礙事。」

紀清晨也知道自己失態了，趕緊扶著杏兒的手臂往前頭走去。

待到了亭子中，杏兒請小太監去倒杯水過來。小太監點點頭，便趕緊離開。

紀清晨見這會兒身邊只有杏兒，眼淚落得更厲害了。她從小到大就被裴世澤捧在手心，就算想要天上的星辰，他都能架個梯子爬上去給自己摘，何曾受過他如此冷淡的對待？一想到他居然躲開自己，紀清晨便覺得委屈。

「姑娘快別哭了，眼睛若是哭腫了，一會兒皇后娘娘瞧見，問起來該怎麼說呢？」杏兒見她哭個不停，擔憂地道。

紀清晨拽著手中的帕子，好一會兒才帶著哭腔，恨恨地道：「那便如實說，就說他欺負我。」

杏兒無奈地搖搖頭，知道姑娘如今是在說著氣話呢。

而此時站在遠處望向涼亭的男人，因紀清晨背對著自己而坐，所以他只能看見她的背影。那纖細柔軟的肩膀，此時正微微顫抖，手上拿著粉色帕子，不停擦拭眼淚。

她在哭……

裴世澤的眉頭已皺在了一塊兒。方才他剛從小路離開時，才走過去便已後悔了。他站在原地等了許久，一直看著她扶著丫鬟的手，走到涼亭裡坐下。

他本想走過去抱抱她、安慰她，可明明讓她哭的人是自己。

就算是死，裴世澤都不曾害怕過，他唯一害怕的，就是讓她受到傷害，可偏偏自己的家人卻要傷害她。

不管裴世澤有多不喜歡裴玉寧，她是他親妹妹的這個事實，卻是無法改變的。

如果不是因為這件事情，無論如何，他都不會放手。可偏偏現在他就算不想放手，卻也不知該如何繼續下去了。他已在裴家這個泥潭中無法脫身，不願再讓她也跟著深陷進來。

他寧願所有的事情都不如意，只盼著能與她如意，偏偏他心底最後的這點念想竟也無法如願以償。

裴世澤站在灌木後，看著涼亭中的身影，許久都捨不得離開。

跟在他身後的宮人，瞧著這位世子爺站在這兒半晌，也不說話，也不動彈，只是盯著遠處的涼亭，心中感到頗為奇怪，卻也不敢多問。

宮人突然想起來，方才她跟在世子爺身後時，就瞧見迎面走來了紀家的七姑娘。

在勤政殿裡當差的，就沒人不認識這位小主子的。皇上膝下沒閨女，簡直將她當成心肝兒寵著，沒想到，裴世子倒是對這位小主子挺上心的。

宮人雖瞧見了不該見的，卻也不敢聲張。主子們的事情，可不是他們這些奴才能夠隨意拿來說嘴的。

裴世澤站在那裡好一陣子，見紀清晨的肩膀漸漸不顫抖了，才輕聲道：「走吧。」

宮人也不敢抬頭，只小步地跟在世子爺身後。只是世子爺身高腿長，一步邁出去竟比得上旁人兩步，宮人最後幾乎是一路小跑步地跟著他才勉強跟上去。

紀清晨不知道裴世澤在後面看了她許久，她哭著、哭著，眼淚突然就乾了。

她握著拳頭，帶著鼻音道：「不行，我得問清楚。」

何止是問清楚，她還要叫他給她道歉，居然敢躲著她！以後她可是要嫁給他的，難不成他還能躲到天上去？

杏兒見她不哭了，自然高興，可一聽說要問清楚，又怕姑娘這會兒就跑去找裴世子，趕忙道：「姑娘，咱們如今可是在宮裡頭。」

紀清晨拿著帕子擦了擦眼淚，「嗯」了一聲，抬起頭好笑地瞧著杏兒。「妳以為我要現在去問？」她斜睨了杏兒一眼。「妳當我傻啊。」

裴世澤被帶到另一處涼亭中的時候，就見亭內擺著烹茶的小爐。

皇上正坐著，桌上擺著筆墨和宣紙，竟是在作畫。

「景恒，你來得正好，瞧瞧朕的這幅畫如何？」皇帝朝他招招手。

裴世澤踱步過去，一低頭便瞧見桌上鋪著的畫卷，面前的水光山色躍然於紙上，就連不遠處的那幾隻仙鶴，都悠閒地出現在畫上。

他低聲道：「皇上的畫技叫微臣佩服。」

殷廷謹朗聲大笑。他自個兒也覺得這次畫得不錯，所以才特地叫裴世澤過來鑑賞一番。

隨後他又用毛筆沾了沾旁邊的朱紅顏料，在畫紙上添了幾筆。

待畫完之後，旁邊的小太監趕緊把畫抬到一旁風乾。

楊步亭則親自擰了帕子，上前給皇帝擦擦手掌。

殷廷謹仔細看了一下裴世澤，見他兩頰凹陷，竟比上回瞧見時還要瘦了一些，登時問道：「身子可休養好了？」

「謝聖上關心，微臣的身體早已無大礙。」裴世澤立即低頭道。

此時殷廷謹揮揮手，楊步亭便帶著所有的太監和宮女都退到涼亭外頭，亭中只留下他們二人。

「你上回受傷的事情，朕知道是何人所為，只是如今這朝堂中波詭雲譎。」殷廷謹冷笑一聲，寒著臉道：「就讓他們再囂張幾日，早晚要收拾了。」

以郭孝廉為首的那幫朝臣，為了反對先靖王封號一事，竟派人暗殺裴世澤。

皇帝心中原本十分滿意裴世澤能在這個時候站出來支持自己，畢竟這出頭鳥的滋味可不好受。沒想到這幫人竟連定國公世子都敢謀害，當真是膽大包天。

可下手的是定國公府裡的奴才，如今人又找不到了，生不見人、死不見屍，這幫人手腳倒是乾淨俐落得很。

不過越是這樣，越讓殷廷謹對這些個尸位素餐的臣子深惡痛絕。

「過幾日的大朝會上，朕會正式叫內閣擬定父王的封號。」殷廷謹撇頭瞧了一眼裴世澤，只見對方點點頭，表示明白。

待說完朝中的事，殷廷謹又瞧了裴世澤一眼，道：「我聽說前些日子沅沅去寧國公府作客，中途出了些意外。」

「皇上。」裴世澤立即拱手，卻又不知該說些什麼。是該說管教不嚴？可裴玉寧只是他的妹妹，上頭祖母健在，更有她的父母，哪裡輪得到他這個做哥哥的去管教。

但裴玉寧要害沅沅的事情卻也是千真萬確的。

「微臣家中管教不嚴，出了這等事情，還請皇上嚴懲臣下。」

殷廷謹見他一肩扛下所有責任，搖頭道：「據朕所知，你那妹妹是你繼母所生，並非與你是同一個母親吧？」

裴世澤正要說他生母只有他一個兒子，卻突然想到了景然，反倒又閉嘴了。

殷廷謹見他沈默，便伸手拍拍他的肩膀。「這些年讓你受委屈了。」

裴世澤露出一絲苦笑。

「不過這件事可不能就這麼算了，沅沅乃是朕的外甥女，如今竟有人敢打她的主意……」這簡直就是在太歲頭上動土。

要不是皇帝念在裴世澤剛為他衝鋒陷陣，還叫那幫狗東西傷了身體，他早就下詔給裴家了。

裴世澤抿嘴，輕聲道：「但憑皇上處置。」

紀清晨回去後，便寫了一封信給裴玉欣，還特地吩咐杏兒，絕對不可以讓太太知道。

自從上次在寧國公府出了事情，紀清晨懷疑曾榕如今對裴家也沒什麼好感了。裴玉寧那顆老鼠屎，當真是禍害了許多人。

好在這會兒信已送到裴玉欣的手上。她一拆開，便趕緊去找裴世澤，誰知他竟不在府中。

裴玉欣著急地問子息：「三哥可有說什麼時候回來？」

「世子爺走的時候未曾說過，況且世子爺要去哪兒，也不是咱們這些奴才能過問的。」子息無奈地回道。

這可把裴玉欣給急死了，連忙指著子息道：「你趕緊派人去把三哥找回來，就說事情十萬火急。」就怕裴世澤不放在心上，裴玉欣還附了一句。「跟他說，事關紀七姑娘。」

子息一聽說是有關紀姑娘的事，立即點頭。世子爺有多喜歡這位姑娘，他比誰都清楚。就說紀姑娘送的那兩方帕子，樣式看起來是再簡單不過，可世子爺恨不得揣在身上，天天都帶著才好。

而紀清晨這裡，自是找了個理由要出門去。

曾榕怕她偷偷去見裴世澤，硬是不准她出門，最後還是她拉著曾榕的袖子求了半天，曾榕實在是拗不過她，便道：「妳出門可不許在外頭待太久。若要買什麼東西，便即刻去買，買到了就馬上回來。」

明知道她肯定不是去買東西的，曾榕終究不忍心看她傷心難過，也只能睜一隻眼、閉一隻眼。

紀清晨早在香滿樓訂了包廂，待她下了馬車，便到房中等著了。只是此時離她訂下的時間還有半個時辰，所以她便托著腮，無聊地望著眼前的滿堂富貴屏風。

香滿樓乃是京城有名的酒樓，就算只是在大堂點菜，一頓下來也要花上好幾兩銀子呢，所以包廂更是貴得離譜，若非達官貴人是消費不起的。再加上這裡的店小二口風可緊，不管瞧見什麼都不會往外面說去，也就更多權貴人家喜歡到這裡來了。

紀清晨如今不願去定國公府，便約了裴世澤在此處見面。

她不相信她的柿子哥哥會那般躲著她，所以她一定要問個清楚。只是等啊等，待她打開身上帶著的懷錶，發現竟已過了她在信中約定的時間，心底原本的那份篤定，漸漸地開始動搖。

難道柿子哥哥真的後悔了？

是因為那日裴玉寧的事嗎？以她對裴世澤的瞭解，除了有可能會傷害到她的事會讓他生氣和有所改變之外，他不會無緣無故就這般冷淡地對她的。

可一想到這裡，她不但沒有絲毫感動，還特別生氣，氣到恨不得立即跑到定國公府去逮住他，大罵一頓。

她在不知不覺間，又等了大半個時辰，但他還是沒來。

紀清晨在心中暗自下了決定。她再等他一個時辰，若是一個時辰後他還不來，她便要離開了。

可就算她給了他一個時辰，包廂的門，始終還是沒被推開。

紀清晨捏著手中的懷錶，慢慢地站起來。

她不等了！

當她失落地打開門，卻一眼瞧見站在門口的男子時，登時失聲問道：「你……你什麼時候來的？」

裴世澤一瞬也不瞬地看著她，紀清晨這才發現他一向深邃烏黑的眸子，竟布滿了紅色的血絲。

「我要回家了。」紀清晨怕自己忍不住會心疼他，便推開他，準備走出去。

可誰知她的話一說出來，面無表情的男子反而一把握住她的手腕，將她帶進房中，隨後門就被關上了。

兩人面對面站著，誰都沒先開口。

紀清晨瞧著他白玉般的下巴上頭，冒著短短的青色鬍碴，眼裡滿是血絲，她還是第一次看到裴世澤如此頹唐的模樣。

方才她打開門的時候，還在想著要多久不跟他說話的。可這會兒瞧見他，他這副形容憔悴的樣子，竟讓她心疼得什麼都忘了。

他在定國公府裡是什麼處境，她又不是不知道，想必這些日子心中一定不好受吧……

兩人繼續沈默著，一陣異樣的氛圍，瀰漫在他們之間。

紀清晨抬頭看著裴世澤，可他卻微垂著眼，並沒有看向她，不過他的手掌，卻緊緊地抓著她皓白的手腕。

「你是不是故意躲著我……」

「對不起，我不是有意……」

兩人幾乎是同時開口。

紀清晨震驚片刻後，撇頭看向一旁，拚命克制住嘴角掀起的那抹笑意。

「關於裴玉寧所做的事，皇上會替妳作主的。」裴世澤瞧著近在咫尺的人兒，卻還是一臉淡漠地說。

紀清晨聽著他的話，一陣火氣頓時上來了。她看著面前的人，惡狠狠地問：「裴景恒，你看著我。」

她從來沒這般連名帶姓的叫過他，讓裴世澤不禁露出錯愕的神情。

「裴景恒，你看著我的眼睛告訴我，就算我嫁給別人，你也不在意是不是？就算我以後成為別人的妻子，你也不在乎？」

裴世澤眼中出現一絲慌亂，有些不知所措。

紀清晨捕捉到他浮動的眼神，於是繼續往下說：「會有一個人叫我沅沅，稱呼我是他的內子；幾年之後，我會為他生兒育女……」

「生兒育女」這四個字猶如點燃了他一般，他登時上前，捧著她的臉便深深地吻下去。

紀清晨不想叫他得逞，馬上往後退一步，可他卻寸步不讓，他的唇舌像是帶著火苗般，拚命地壓著她，甚至伸出舌頭勾著她的丁香。他含著她的唇瓣，那曖昧的響聲在這安靜的房中響起，讓她羞得面紅耳赤。

紀清晨知道此時還不是原諒他的時候，於是便拚盡全力推開他。

正沈迷於甜膩親吻中的男人，眼神中露出一絲迷惑。

只見紀清晨惱火地說：「今日咱們便一次說清楚了，省得你總是以『為了我好』的理由把我推開。你要是再這樣，那咱們以後就不要再見面了，反正想娶我的人多著呢。」

最後那句純粹是氣話，因此紀清晨一說完，恨不得咬了自個兒的舌頭。

倒是裴世澤安靜地瞧著她，突然舔了下嘴唇。

她瞧著他舔唇的樣子，心底不知費了多大的勁，才沒衝上去吻他。都說秀色可餐，她今兒個才知道，男色也能叫人把持不住的。

「還有誰？」他開口問道。

紀清晨氣得滿臉通紅，她哼了一聲，腦子裡迅速地轉了一圈，才道：「孟元寶啊，他不知吵著、鬧著多少次，說非要娶我回家不可呢。」

裴世澤仔細想了下，才知道她說的是忠慶伯府的那個嫡長孫。當年沅沅進京的時候，把他從人販子手中救回來，這小子日漸長大後，便總是喊著要娶沅沅。

「他可是比妳小三歲。」裴世澤滿不在乎地道。

紀清晨見他已開始考慮起孟元寶的年紀，難不成他還真打算讓旁人娶自己不成？她越生氣，就越冷靜，想也不想地哼了一聲。「女大三，抱金磚，咱們適合著呢。」

她話音一落，裴世澤便又上前來，這會兒他乾脆把她壓在房門上，讓她退後不得，也無法前進，根本無處可逃。

他捧著她的臉頰，像是要將她生吞一般，親到她身子都軟了，再也沒力氣去推開他。待他離開她的唇，才低頭瞧著她緋紅的臉頰。「女大三？」他挑眉問了一聲之後，又低頭親了她一口。

他再度離開她的唇，又問了句。「抱金磚？」

他親一口，問一句，最後問到紀清晨在心中暗暗發誓，她這輩子都不提孟元寶了。

第一百章

「你怎麼會這麼傻呢？」紀清晨坐在裴世澤的腿上，伸手摸著他的臉頰。

裴世澤將她拉進懷中，抱得有些緊，低聲道：「沅沅，別的我都可以不在乎，唯獨擔心妳會受到傷害。我不在意謝氏和裴玉寧想要對我做些什麼，我只怕她們會傷害妳。」

但凡牽扯到紀清晨的事，連裴世澤自己也發現了，他竟會變得瞻前顧後，一點都不像他的性子。

他人生中僅有的幾次驚慌失措，都是因為她。

她掉落山崖的時候，他恨不得馬上跳下去救她。

在戰場上，他被射了好幾箭、危在旦夕的時候，想到的除了祖母之外，便是她。他怕她哭、怕她難過，更怕她因為自己而心碎。

對他來說，不管是裴玉寧或謝氏，他從未放在心上。在他還是個孩子的時候，謝氏所使的那些挑撥離間的計策，他從未在意過；他與父親之間的關係，只是因為父親不喜歡他這個兒子，並不是謝氏的挑撥起了作用。

可就算他不跟謝氏母女計較，她們卻仍要去害紀清晨。

那日他明明就在寧國公府中，可最後卻是大皇子告訴他這件事。後宅女人間的那些陰謀，有時候真叫人防不勝防。

紀清晨要不是被他抱著，差點沒氣得跳起來。她哼了一聲，嬌聲嬌氣地說：「就裴玉寧那點小手段能害到我？你該擔心她才是。」

她在靖王府的時候，連殷月妍都能收拾了，還怕收拾不了一個裴玉寧嗎？

可裴世澤聽著她嬌滴滴的聲音，心想這麼軟乎乎的一個小東西，能算計得了誰啊？他下意識裡，還是把她當成是過去那個需要人保護的小沅寶了。

「不許胡鬧。」他在她額頭上親了一下。

紀清晨心底直哼哼。也不知他從哪兒學來的，動不動就親她，親得她心都軟了，哪裡還有一點怒氣呢。

不過紀清晨這次是認真想和他說清楚的，她一臉嚴肅地說：「柿子哥哥，我知道你心疼我，但你放心，我會保護好我自己的，我一定不會讓自己受傷，也不會讓你擔心。」

裴世澤低頭瞧著懷中的小姑娘，揚唇輕聲道：「方才不是叫我裴景恒嗎？」

景恒是他的表字，紀清晨只聽過舅舅這般叫他，方才一生氣，她竟脫口而出了。

他如今提起，讓她的俏臉一紅，便想起身。

可誰知裴世澤卻把她摟得更緊，貼著她的耳旁輕聲說：「乖，再叫一聲，我聽聽。」

她叫慣了「柿子哥哥」，哪裡好意思再直呼他的名字？可是方才叫他名字的時候，卻又有種說不出來的心情，是和叫「哥哥」時不一樣的感覺。

裴世澤自然體會到了。她剛才雖然生氣，可從她口中喊出自己的名字時，他的心都跟著酥了起來。

於是他捏著小姑娘的手腕，非要聽她再喊一聲。

「你不要鬧我，再這樣，我可要生氣了。」紀清晨不好意思地叫嚷著，他卻偏偏不放開手，害得她又羞又惱。

他的下巴一直摩挲著她凝脂般的脖頸，而她渾身上下就沒有一處肌膚是不嬌嫩的，被他用那短短的鬍碴碰著，感覺又癢又疼。她伸手推著他的頭，輕聲喊道：「裴景恒，你不要再鬧了。」

「再喊一聲。」他像上癮一般，蹭著紀清晨的脖頸，輕聲說。

紀清晨才不上他的當，馬上伸手去推開他的下巴，可裴世澤就是不放開她。

輕軟又纏綿的笑聲，在房中一陣一陣地響起來。

還沒到午膳時，紀清晨就得回家去了。曾榕讓她出來已是格外開恩，她總不能叫太太難做。於是她便低聲道：「我要回家去了。」

裴世澤捏著她的耳垂，「喔」了一聲。

紀清晨見他還緊緊地箍著她的腰身，便掙扎了下。「那你趕緊放開啊。」

她一雙眸子本就水潤，此時更帶著些許嬌羞，讓裴世澤看了，竟捨不得放開她。好在明年她便及笄了，要不然還真不知道要忍到什麼時候。

小姑娘此時就像一朵含苞待放的嬌花，本就美得過分，若是再長大一些，還不知會是怎樣的傾城之貌。他真想把她變成一個小人兒，隨身藏著才好。

「過幾日我再進宮求求皇上。」裴世澤在她耳邊，輕聲說了一句。

紀清晨一張白皙的俏臉，登時又紅了。

進宮求舅舅嗎？雖然害羞，可她卻鄭重地點點頭。她也想嫁給他，她想早些成為他的妻子。

離開的時候，紀清晨不許他跟著一塊兒出來，非要讓他等自己上了馬車之後，才能出包廂。

畢竟如今他們兩人還沒名沒分，若是叫旁人看見，傳出去豈不是壞了？

於是她小心翼翼地帶上門，提著裙襬便趕緊下樓去。

裴世澤站在窗邊，瞧著她在香寧的攙扶下正要上車。只是她臨上車前，還回頭往他待的包廂方向瞧了一眼，這才依依不捨地坐上馬車。

香寧瞧著姑娘自從上車之後，臉上便掛著笑意，便知道她與裴世子的誤會定是解開了。先前姑娘從宮裡回來後，就一直悶悶不樂，還是杏兒偷偷告訴她，她們在宮裡撞上了裴世子，誰知他一瞧見姑娘，便轉身離開。

這可把香寧給驚呆了。她也是早就知道自家姑娘與裴世子之間乃兩情相悅，只等著裴世子上門求親。

而紀清晨此時是真的開心，所以路過南大街的時候，她特地吩咐車夫先去一趟百味閣。這家可是京城裡頭賣果脯、點心最出名的店鋪，紀清晨喜歡吃杏脯，曾榕也同樣喜歡。

曾榕這次允許她出來，她自然是要去買點東西回去，好好地孝敬、孝敬她了。

只是她剛下了馬車，就見一旁的香寧低聲道：「姑娘，旁邊那個好像是咱們小少爺啊。」

紀清晨吃了一驚，便轉頭看過去，就見幾個少年此時全進了一間鋪子。雖說只看見背影，她卻還是認出了那便是紀湛的身影。

只是今兒個學堂沒有休沐啊，他怎麼會在這裡？

下一刻，香寧脫口而出的「逃學」二字，倒是讓紀清晨惱火起來。好呀，小小年紀就敢逃學，看她不扒了他的皮，再狠狠地教訓他一頓。

香寧還沒來得及拉住自家姑娘，就見她一路往鋪子的方向走過去。

說來這間竟是一家專門做船來品生意的鋪子，一進門就聽到裡頭的那些個少年，正嘰嘰喳喳地說話。

「這座鐘倒是不錯，不過卻沒什麼好稀罕的。」是個紀清晨從未見過的少年在說話。

待她定睛一瞧，便找到了紀湛，她緩緩地走過去。

站在紀湛身邊的少年轉頭瞧過來了，一看見她便歡喜地喊道：「清晨姊姊，妳怎麼在這兒啊？」

紀清晨瞧見孟祁元，登時愣住了。

說來孟元寶這孩子如今也有十一歲了，生得一張斯文俊俏的好相貌，不過小時候，紀清晨最喜歡捏他的臉蛋了。小少年如今還沒徹底長開，臉上還是有些軟嫩的嬰兒肥。

一旁的紀湛被嚇得魂飛魄散。他八百年才逃一回課，居然就能被尋常不出門的姊姊給抓住。

「清晨姊姊，妳別罵湛哥兒，是我拉著他出來玩的。今兒個先生病了，沒人給咱們上課。」孟祁元挺有大哥哥的風範，趕緊替紀湛解釋。

這會兒屋子裡的其他少年們也都瞧了過來，想著是發生了什麼事？

誰知紀清晨還未說話呢，就見紀湛的眼睛一下子亮起來，身子微微一低，便從旁邊鑽了出去，往她身後狂奔，一邊跑還一邊喊道：「裴哥哥，你怎麼在這裡啊？」

紀湛只記得這位裴哥哥可是極喜歡他的，而且他和姊姊的關係也不錯，據說是打小便和姊姊認識，只盼著他能在姊姊跟前幫自個兒說說話。

「今兒個不用上學堂嗎？」裴世澤摸了下他的頭，柔聲問道。

孟祁元趕緊走過來，又把方才的話說了一遍。

裴世澤看著他，突然道：「你就是孟元寶吧？」

小少年沒想到眼前的男子會叫出自己的小名，當即紅了臉頰。

裴世澤卻看向紀清晨，意味深長地說：「還真是巧啊。」

紀清晨恨不得捣住臉，找個洞把自己埋起來。

真是太丟人了，果然不能在背後隨便說別人的。

幾天後，紀家與方家下了小定，正式把紀寶茵和方孟衡的婚事給定下來。雖說韓氏之前因為這件事被老太太狠狠地罵了一頓，可如今也算是揚眉吐氣。

下定的第二天，突然前院來稟，說是宮裡頭來旨意了。

眾人雖然一頭霧水，卻還是到正堂去聽旨，只是大家都想著，難不成方家還特地去向皇后娘娘請旨了？

韓氏這心裡更是滿意，只覺得方家果然挺重視這門親事的。

可一到正堂，卻瞧見來宣旨的是楊步亭，那可是皇上身邊的總管太監啊。

一家老小跪下後，便靜靜地聽著他宣讀聖旨，只是聽完之後，卻是一陣鴉雀無聲。

雖然詔書很長，可總結起來便是：紀家七姑娘品性賢淑，才貌雙全，因此朕特地將她賜婚給定國公世子裴世澤。

「紀大人，接旨吧。」楊步亭拿著聖旨老半天了，見紀延生沒站起來，趕緊提醒了一句。

待紀延生緩緩地站起身來，才剛上前兩步，整個人竟猛地往前倒去，要不是楊步亭及時托住他，只怕就要摔了個大跤。

楊步亭心下大驚，難道紀大人這是高興得昏頭了嗎？

三天前，皇上舊話重提，而且這次是下定了決心。先前他只說死人的事情，這次倒是從活人身上下手了。

皇帝原本是想先替死去的父親爭名分的，可這才發現難得很，於是乾脆圍魏救趙，為嫡母爭名分。

死人不會說話，但活人卻不一樣。

群臣原本是想用「拖」字訣，拖到皇上改變心意。

可靖太妃雖是六十好幾的人了，卻還能再活幾年呢。親生兒子沒了，如今庶子倒是有出息，成了皇帝。而庶子這般有出息，總不能不孝敬一下嫡母吧？

於是皇帝幾乎是聲淚俱下，當著內閣的面，說著靖太妃當年在王府中，是多麼辛勞地將他撫育成人。

雖說大臣們都是千年的狐狸了，可還是有人被皇帝的這一招所折服。

誰不知道靖王府裡頭的那點事啊，世子爺是個病秧子，身子骨不好，而皇帝那時候是個庶出的，卻處處出色，特別討先靖王爺喜歡，靖太妃簡直就把他看成眼中釘一般，又怎麼可能會辛苦撫育他呢？

可皇帝也不在乎了，畢竟不管怎麼說，靖太妃乃是他爹的嫡妻，不管他爹的死後待遇如何，反正靖太妃是差不了的。

不過，他心中真正在意的是自己早就過世的親娘。就在今年四月，他已派人前往遼城，將生母楊氏的墓遷到先靖王的陵寢中，與其合葬。

可親爹娘的陵墓遠在遼城，他當然不會就此罷休，所以他又想著要遷墳到京城。

此舉又踩著那幫朝臣的尾巴了，一個個恨不得跳起來反對。

只聽說過帝王陵寢修在京城的，誰聽說過藩王的陵寢能修在京城？關於先靖王的封號爭論都還沒定下來，可皇帝卻已是步步緊逼，讓這些朝臣們措手不及。

裴世澤又在此時上疏，就連大皇子也拉攏了新科狀元謝忱。恩科狀元倒向聖上那一邊，還頗不以為然地只回了朝臣一句話：他乃天子門生，自該向著天子說話。

凡事只要有個帶頭的，便能引出一群跟風的。

想當初皇帝在朝堂上是多麼孤立無援，數百朝臣簡直是將砲口對著他一個人。

自從裴世澤站出來之後，局面就像是被打開了一個小口子；再加上謝忱也站出來，相較於裴世澤所帶領的多是勛貴，謝忱卻是認識不少文官。

之前反對皇帝最盛的，就是這幫自詡國士的文臣。誰知這會兒就從文臣中分離出了那麼一小部分的人，轉而支持皇上，這可比之前裴世澤領著勛貴站出來時還要讓他們憤怒。

畢竟勛貴和文臣，一向是涇渭分明的。

勛貴站出來，頂多被文臣罵一句攀附皇上，可他們這些個文臣的風骨可都還在呢，誰知如今自己人之間竟出現了叛徒，那還不弄得人心惶惶嗎？

之前大家敢這般堅決地反對，一是存了死志，二是仗著反對的人多，想來皇上也不敢將滿朝文武都給奪了官職。

而謝忱站出來，不僅讓這些個文臣不爽，還叫裴世澤也冷眼瞧著。

又聽說謝忱與大皇子殷柏然來往密切，殷柏然還帶著他出入紀家和晉陽侯府。

於是便有了今日這一齣——賜婚聖旨突然降臨。

裴世澤實在是等得不耐煩。他不想再讓旁人惦記著他的小姑娘了，他想要紀清晨的名字前頭，烙上「裴世澤」這三個字。

不過這道聖旨，卻先把他未來的老丈人給嚇著了。

雖說別人家十四歲的閨女也差不多都在說親了，可是給他來個這麼突然的，紀延生是真的差點兒受不住。

楊步亭扶著他的手臂，趕緊討好道：「恭喜紀大人喜得佳婿。」

紀延生一股氣堵在胸口，不上不下的，恨不得對楊步亭的臉狠狠罵一句：我呸！哪來的小子，也敢拐走我精心養大的寶貝女兒。

可是這個小子，卻也是他從小看著長大的。

二十三歲的男子，這年紀可比他閨女大太多了。可在這個年紀便已位列正三品，在朝堂中來說，卻又太年輕。說來他這個未來老丈人，都還沒他位高權重。

他要是敢罵出那句話，只怕傳出去，旁人都要說他不知好歹，得了便宜還賣乖。

可紀延生心底是真難過。他的沅沅啊，打小就沒了娘，他這個做爹的又不負責任，讓她受了好些年的委屈。如今他都還沒疼夠他的沅沅，她就要離開他身邊了……

曾榕見丈夫好久沒說話，就知道他心裡又開始泛著起漣漪了。於是趕緊叫人上前扶著他。

她又叫人去包了紅封過來。這可是大喜事，總不能讓宮裡的公公們白跑一趟。

於是丫鬟從帳房拿了銀子過來，十兩一錠的銀元寶，跟著來的公公一人便送了兩個。這已是大手筆了，可單獨給楊步亭，卻是一個紅喜封，薄薄的一份，捏在手心裡卻又叫人心裡踏實。

楊步亭自是不客氣地收下了。到了他這個位置，銀錢已不是頂重要，可是有些錢，卻又是必須要收的。

「恭喜夫人，七姑娘素來得皇上喜愛，如今又得此良婿，可真是天大的喜事啊。」楊步亭拱手道。

曾榕莞爾一笑，回答得體。「這是聖上的恩典，也是咱們家七姑娘的福氣。」

站在後頭的紀清晨，一動也不動地盯著爹爹手中的明黃聖旨。

在她身旁的紀寶茵瞪大了眼睛，伸手扯了扯她的衣袖。「沅沅，我沒聽錯吧？皇上把妳指婚給裴世子了？」

紀寶茵的聲音有些大，被前頭的韓氏聽見了，登時回過頭來瞪著女兒，惱火地說：「都在說些什麼呢？這可是好事一樁。」

紀寶茵輕吐了下舌頭。她又沒說不是好事，娘親這般著急做什麼？

而一旁的紀寶芙眼眶泛紅，輕聲對紀清晨道：「七妹，恭喜妳了。」

這樣一件大喜事，沒一會兒整個紀家就都傳遍了。

楊步亭走後，紀清晨便去向老太太請安。

一屋子女眷，都滿嘴地誇讚著紀清晨得了好姻緣。畢竟裴世澤來過紀家好些回，眾人也都是見過的，光是那模樣，配清晨便是再好不過，兩人站在一塊兒，就是一對璧人。

再說他還是定國公府的世子爺，又是正三品護軍參領，別說紀家的小輩裡頭沒有這般有出息的孩子，便是在整個京城裡，他也算是數一數二的。

韓氏原本還覺得自己給寶茵找了個不錯的女婿，可誰知一轉頭，二房的姑娘就得了如此好的一門婚事。

想當年紀寶芸與紀寶璟一起說的親事，紀寶璟嫁的可是侯府，一進門就是現成的世子夫人；可自己的女兒卻是嫁到她的娘家，雖說也不錯，可比起二房的姊姊，到底是差太多。

紀寶茵倒是一點兒都沒因為紀清晨得了這樣好的親事而嫉妒，只是打趣道：「先前我還想著誰能嫁給裴世子呢，沒想到居然是七妹妳啊。」

她這句話逗得眾人紛紛笑起來，就連紀清晨也羞紅了雙頰。

一直到旁人都走了，房中只留下祖孫二人，老太太摸著靠在自己肩頭上小姑娘的長髮，柔聲道：「開心嗎？」

紀清晨哪好意思說開心或不開心啊，可雖沒說話，臉上卻已經露出笑容。

結果老太太的下一句話，卻讓紀清晨愣住了。「可算是讓妳等到了。」

待她轉過頭瞧著祖母，有些撒嬌地問道：「祖母說什麼呢，沅沅怎麼聽不懂啊？」

「還聽不懂。」老太太伸手捏了捏她的臉蛋，哼笑道：「哪一回人家來，妳的眼睛不是直勾勾地盯著瞧的？」

紀清晨：「……」有這麼明顯嗎？

第一百零一章

宮裡的聖旨來得太過突然，不過曾榕到底是當了多年的主母，當即便大手一揮，讓帳房給府裡的丫鬟、婆子和小廝們打賞，一人多賞兩個月的月銀。雖說這會兒紀家表面上還未分家，可其實東西也都分得差不多了。

不過在這個時候打賞，就連大房那邊的下人也必須要有，畢竟老太太還在大房的上房裡住著。

曾榕大手筆，用的又是自家銀子，韓氏自是管不著的。

只是回了房中，韓氏不禁生起悶氣。

紀寶茵跟著母親回到院子後，還在那兒歡歡喜喜地笑著。畢竟裴世澤也是她自幼便認識的大哥哥，如今和沅沅喜成好事，她替他們開心呢。

「妳啊妳，是在傻樂什麼？」韓氏見女兒高興不已，心中不禁有股恨鐵不成鋼的無奈，便伸出手指在她額頭上彈了一下。

紀寶茵被母親罵得莫名其妙，無奈道：「娘，這是好事啊，我替沅沅高興也不行啊？」

「妳替人家高興，怎麼不想想妳自個兒？」韓氏不悅地說。

可母親這番話反倒叫紀寶茵聽不懂了。沅沅的婚事和她有什麼關係，沅沅又不是搶了她的親事。

「妳們一塊兒定的親事，可瞧瞧人家，又是皇上賜婚，又是定國公府的世子爺，哪一樣是妳能比得上的？」韓氏一想到將來那些親戚的目光，心中便不悅起來，原本在她眼中十成好的婚事，如今乍然打了個對折。

紀寶茵沒想到母親說的是這件事，登時嬌笑一聲，輕聲道：「我覺得方公子也是極好的啊。」

雖說裴世子處處都好，可她眼中就只看得見那個人。就算旁人再好，不是她心底的那一個，她也不會羨慕的。

況且那是一樁她原本不情不願的婚事，沒想到千迴百轉，他竟是自己初見時便已動心的那個人。

紀寶茵看著韓氏端起茶盞，喝了兩口，似乎心頭的火氣還沒壓下去，便笑道：「娘，妳不也說過了，方家可是皇后娘娘的娘家，又是大皇子的外家，等方公子腿疾好了，便可考科舉，不說要考上個進士，就算只是考個舉人，大皇子都會抬舉方公子的。這般的好親事，要不是因為方家才剛入京，那還真是打著燈籠都找不著。」

這話確實是韓氏說過的，先前紀寶茵不願意的時候，韓氏就是這麼勸說她來著，如今這些話，倒是原原本本地還給了韓氏。

其實韓氏倒也不是嫌方家這門婚事不好，只是突然有了這樣的對比，讓人一時接受不了。聽紀寶茵這樣說，她露出微笑，瞪了女兒一眼。「就妳是個沒心眼的。」

「娘要是真的心疼我，到時候我出嫁，您便給我置辦上一份厚厚的嫁妝。」紀寶茵摟著韓氏的腰身，撒嬌道。

紀寶芸出嫁的時候，韓氏就給她置辦了一份豐厚的嫁妝，如今她就膝下只剩下這個小女兒，自然不會虧待。

於是母女兩個轉而討論起嫁妝來。

曾榕盯著一旁的紀延生。從方才接過聖旨到現在，他一句話都沒說過，明明是件好事，他卻一臉嚴肅，害得曾榕也不敢太過歡喜。

誰知紀湛從學堂回來，一進門便嚷嚷道：「娘，姊姊要嫁人了？」

他一進門見爹爹也在，卻還是撲到曾榕懷中。都是大孩子了，可他還是喜歡依偎在娘親身上。

曾榕也素來寵愛這個兒子，她立時做了個噤聲的動作，讓他別說話。

只是紀湛看不明白，以為曾榕是嫌他聲音太大，便小聲地問：「娘，姊姊要嫁給裴哥哥了？」

其實他還挺喜歡裴哥哥的，長得英俊，又生得那般高大，而且性子也好。上回他與元寶哥哥一起從學堂逃學，被姊姊抓住，要不是有大哥哥在，只怕真的要被姊姊罵了。所以今天回來，他一聽到這個消息，可真叫他開心。

紀延生看著紀湛歡欣的神情，不禁冷哼一聲，起身拂袖而去。

「爹爹為什麼不高興啊？」紀湛奇怪地問道。不過隨後他像是想起了什麼似的，嘆了一口氣，輕聲說：「我覺得爹爹肯定是捨不得姊姊，其實我也捨不得的。」他還沒出生的時候，大姊便已經嫁人了，從他記事開始，陪在他身邊的就是紀清晨。雖然他也喜歡大姊，可是那種喜歡是和清晨姊姊不一樣的。

小傢伙一想到姊姊嫁人後就要離開紀府，方才的歡天喜地一下子便煙消雲散。他趴在曾榕懷中，嘟囔道：「娘，我不想讓姊姊嫁人。」

雖說孩子的情緒本就變得快，可曾榕見他前後變得這般快，也是哭笑不得。她只得摟著兒子，輕聲安慰。「姊姊這會兒還沒嫁人呢，皇上如今只是先把姊姊的婚事給定下來而已。」

紀清晨還沒及笄，皇上也就是先賜婚，舉行婚禮勢必要等到她及笄後。

這道賜婚聖旨，不只在紀家激起了千層浪，就連在裴家也是。

楊步亭是先到定國公府宣旨，才去紀家的。

謝萍如跪在地上，聽著楊步亭高聲唸著聖旨裡的內容，卻是越聽越驚、越聽越怕，最後連手腳都軟了。要不是身邊的庶出姑娘將她攙扶起來，只怕她都沒法子起身。

在寧國公府的那件事發生之後，裴老夫人勃然大怒，將裴玉寧禁足在院子裡，不准踏出院門一步。

謝萍如心疼閨女，況且兒子又平白挨了一劍，於是她便在裴老夫人跟前哀哭不已。

可裴老夫人早就看透了她的伎倆，任憑她怎麼哭，都沒有心軟。而且裴老夫人也早早就說過了，這件事還沒完呢。

果然今兒個就等來了這一道賜婚的聖旨，皇上將紀七姑娘賜婚給裴世澤。

謝萍如心底其實已經隱約猜到。裴世澤待那個紀家的小姑娘不一般，可玉寧才剛和紀清晨起衝突，皇上卻突然下了這道聖旨……就連謝萍如都不知道，玉寧以後會如何了。

她不禁擔心，裴玉寧的事情會不會連累到裴延兆和裴渺父子二人？女兒是她親生的，她也心疼，可若是會牽扯到丈夫和兒子，這兩人可都是她後半生的依靠，便是連女兒都得往後站一站了。

而裴老夫人在接到這份聖旨時，卻是真心實意地替裴世澤高興，她心裡的大石頭總算落地。如今，她也能給亡夫一個交代了。

裴玉欣也是真的高興，整日追著裴世澤要他請客。「三哥，恭喜你終於抱得美人歸，我要紅封，大紅封。」

董氏見女兒實在不像話，便親自過來逮她，怒道：「不許跟世子爺沒大沒小的。妳不想著給妳三哥做點針線活，倒是整日想占妳三哥便宜。」

四姑娘裴玉敏也拉著五姑娘裴玉晴過來向裴世澤道喜。

裴玉晴突然輕聲問道：「皇上賜婚的這位紀姑娘，是不是上回三哥病了，來看望三哥的那位啊？」

裴世澤倒是沒想到她會這麼問，當即便點頭。

「她長得可真好看。」裴玉晴也是個喜歡美人的，一想到那位紀姑娘是如此清麗動人，難怪皇上會把她賜婚給三哥。

雖然裴玉晴挺害怕裴世澤，可這位嫡出的哥哥，待她們一直都很好，每年過年的時候也都會給她們包一個大紅封，紅封裡的銀子抵得過她們一年的月錢。

謝萍如表面上雖然是個大方的，衣裳、首飾也都不會虧待她們，可生在定國公府這樣的大戶人家裡頭，手中要是沒點兒銀子，就是打賞丫鬟都拿不出手。但謝萍如可不會給她們銀子，兩個姑娘的姨娘又不是得寵的。倒是裴世澤每次都直接給她們銀子，雖然俗氣了點，可偏偏就是她們最需要的。

所以兩個小姑娘表面上不敢靠近他，心底卻還是挺敬重和喜歡這個哥哥的。要不然怎麼會在他病了之後，兩人每日都過去瞧一瞧，而針線活做得還不錯的裴玉敏，更是時常給他做東西。

「那以後妳們要好好相處。」裴世澤今日難得一臉溫和。他長得本來就好看，要不是平常總是冷著一張臉，也不至於讓兩個妹妹不敢靠近。

裴玉晴見他居然這麼溫和地與自己說話，不禁耳根發燙。她認真地點點頭，保證道：「三哥，你放心吧，我一定會和三嫂好好相處的。」

「說什麼呢，是未來三嫂。」裴玉敏見她傻乎乎的樣子，立即推了她一下。

裴玉晴輕吐了下舌頭，又躲到裴玉敏的身後去了。

到了晚上，紀延生總算緩過來了，曾榕這才敢與他說話。

「再過兩個月，就是芙姊兒的及笄禮了。」曾榕瞧了丈夫一眼。雖說紀寶芙只是個庶出的，可紀家可沒有苛待庶女的事情，曾榕待紀寶芙也是極好的，但凡給紀清晨的，曾榕也不會少了她那一份，只是身分使然，總會比紀清晨差那麼一點兒罷了。

紀延生點頭，主動道：「我知道今年妳一直帶她出去參加宴會，可有相中的人家？」

一提到這個，曾榕不禁苦笑。這親事可是要雙方都看對眼才行。

紀寶芙的模樣溫柔可人，相貌像足了衛姨娘，溫柔如水，每回瞧著她，就連曾榕都難免心頭泛酸，難怪當年紀延生會喜歡衛姨娘。這樣的小家碧玉，怎不叫人心生漣漪？

可紀寶芙這模樣，卻又叫外頭那些個正房太太不滿意，畢竟人家是要給兒子找個能挑得起一家子內務的媳婦。

就說她與清晨站在一處吧，還不用介紹，旁人便能瞧出誰是嫡出，誰是庶出的。

紀清晨也是愛撒嬌的性子，可她在外卻是端莊大方，看起來就是個好相處的性子，而紀寶芙則是柔弱過了頭。

況且如今紀家二房裡，姊妹們的親事都定下來了。

雖然她和嫡出的不能相提並論，可她一個嫡姊嫁進侯府，如今連嫡妹又定給了定國公府。她的兩個姊妹都得了好親事，讓曾榕有些拿不定該給紀寶芙說個什麼樣的親事才好？

若是太差的，就算她沒私心，外面的人都要罵她這個嫡母刻薄了；可太好的婚事，又怎麼輪得到她一個庶出的姑娘呢？

「老爺的同僚中可有適合的？」曾榕是真的相看了一圈，都沒相看到適合的。

紀延生聽她這麼問，倒是覺得奇了，便道：「難不成就沒一個適合的？」

曾榕早就懂得紀延生的性子，知道他不喜歡旁人騙他，所以她也把如今的問題與他細細道來，末了還說：「咱們紀家的姑娘拿出去比，哪個都是不差的。幾個姑娘小時候您就給她們請先生，琴、棋、書、畫、讀書、寫字，樣樣都拿得出手。可六姑娘到底是庶出的身分，比不得寶璟，更比不得沅沅。」

紀清晨這婚事是怎麼來的，裴世澤自個兒願意是一回事，可也有皇上的意願在裡頭。那是沅沅的嫡親舅舅，娘舅大過天，如今舅舅發達了，哪有不寵著外甥女的道理。

紀延生也知道這個道理，他沒多說什麼，只是嘆了一口氣，便上了床。

曾榕還坐在梳妝鏡前，卻見紀延生突然又從床上坐起來，看著她問道：「妳覺得喬策那孩子如何？」

「世子爺，這個點該洗漱了，要不奴才叫人把熱水抬過去？」子息進來，問著坐在榻上的裴世澤。自從在老夫人的院子中用過晚膳回來後，世子爺便一直是這般模樣，直盯著手中的帕子瞧個不停。難不成上頭有花？

裴世澤沒說話，子息便又小聲地喚了句。

這次裴世澤終於抬起頭來，臉上帶著說不出的複雜神情，最後竟是一下子笑了出來。

「子息，我要成親了。」

第一百零二章

驛道兩旁的樹葉泛著金黃，微風拂過，葉子便隨風而落，打著轉後緩緩地落在地上。

這裡乃是通往京城的驛道，每日來來往往的車馬頗多，極是熱鬧。

此時有一輛馬車從路上疾馳而過，馬車跑得雖快，不過裡面卻相當平穩，只是從外面看不出是京城哪個大戶人家的馬車。

「姑娘，別擔心，夫人一定不會有事的。」一個身穿淺綠色綢衫、丫鬟打扮的女子，正安慰著坐在車內錦墊上的姑娘。

只見這姑娘身著一身月白底子蘭花紋鑲淺紫緞面襴邊對襟褙子，頭上戴著的髮簪則是銀製的，這一身素倒是像在孝中。

誰知姑娘還沒說話呢，主僕兩人便猛地往前衝了下，要不是有丫鬟托著，只怕那姑娘便要摔在馬車裡了。

馬車猛地停住，兩人又往後撞了下，幸虧這馬車外頭瞧著不起眼，裡面的陳設卻是極好，座位上鋪著厚厚的一層墊子，車上還擺著好幾個錦墊，這才沒讓姑娘和丫鬟撞傷。

「怎麼回事？姑娘險些要被撞疼了。」小丫鬟脾氣來了，衝著外頭怒氣沖沖地喊了一句。

外頭趕車的人立即回了句：「還請姑娘恕罪，前頭突然竄出來一個孩子。」

也不知為什麼，這趕車人的聲音雖然高，卻透著一股子違和，就像是被人掐著脖子說話般，聲音細得厲害。

此時趕車的人已經下了馬車，就見地上躺著一個小孩。如今快要入冬，那小孩還是一身短衫，褲子只到小腿肚，上頭左一塊、右一塊的補丁，臉上還髒兮兮的，簡直就是個小乞丐的模樣。

「小乞丐，你沒長眼睛啊？」車夫下車，就見小孩在地上哎喲、哎喲地叫喚，他不僅沒關心，反而惡狠狠地罵了一句。

小孩抱著腿大喊道：「我的腿、我的腿要斷了，你把我的腿壓斷了。」

「我呸！也不知從哪兒跑出來的小乞丐，居然想訛到爺爺頭上，你也不瞧瞧爺爺是什麼人。」雖然只是個趕車的，可這會兒說出來的話卻是狂到沒邊了。

他正罵著的時候，就見不遠處又跑來兩個女孩，身上的衣裳沒比躺在地上的小男孩好到哪裡去。

兩個小女孩跑到小男孩跟前，便立即大喊道：「小弟，你怎麼了？」

「原來是窮鬼一家子。」車夫冷哼一聲，口吻中帶著不屑。「是這小鬼自個兒跑來撞我的馬車，我可沒銀子給你們，別想要訛我。我告訴你們，像你們這樣的騙子我見多了。」車夫越說越生氣，聲音也越發尖銳。

兩個小姑娘這時候一個人抱著弟弟，一個人竟一下子躺在馬的前頭，只聽那個抱著小男孩的女孩哭嚎著說：「你把我小弟撞了，還想欺負人，你乾脆把我們都撞死吧。」

車夫見這些個小孩子竟如此難纏，怒氣更盛，挽起袖子就要打人。

此時有一人騎著馬從遠處趕過來，待到了跟前的時候，見車夫要動手打這幾個孩子，他立即喊道：「住手。」

車夫恍若未聞，直接伸手去拖那個躺著的小女孩。小姑娘本來穿的衣裳就少，如今身子被車夫拖著，更是被路上的尖石給磨出了血珠子。

男子見他不但沒住手，還變本加厲，便立即下馬，一把推開他，再將地上的孩子扶起來。待看到女孩背後都磨出了大片血痕，便氣得怒道：「你可還有人性？竟對一個小孩子下如此毒手！」

「這些個小畜生想要訛我，我沒把他們打死就算好的了。」車夫可不怕他，惡狠狠地反駁道。

此時他們爭執的聲音大到坐在馬車裡的人都聽得一清二楚。

「藍翠，妳出去瞧瞧究竟是怎麼回事？」說話的是坐在車裡的姑娘，她有些不耐地對丫鬟道。

藍翠便走到車門口，掀了門口的綢簾，便瞧見那俊秀的男子，手中牽著一個髒兮兮的女孩，正與車夫爭執著。

「你撞人在先，還敢惡人告狀，又傷了這個女孩，難道你家主人就這樣任由你在外頭行凶，敗壞主家名聲嗎？」

因藍翠掀開簾子，馬車裡的姑娘便往外頭瞧了一眼。只見一個挺拔如松的男子站在外頭，他擲地有聲的話語，分毫不差地傳進馬車裡，讓那個原本在馬車裡一直冷著臉的姑娘，忍不住多瞧了他幾眼。

「姑娘，現在要怎麼辦啊？」藍翠有些為難地道。

少女「哼」了一聲，有些煩躁地道：「給他們幾兩碎銀子，叫他們去看病吧。母親那裡還等著呢，咱們路上不能再耽擱了。」

藍翠應了一聲，便下了馬車，從荷包中拿出銀兩。

本來車夫還想攔住藍翠的，只是她卻低聲道：「這是姑娘的意思。」車夫這才閉嘴。藍翠上前給女孩一些碎銀子，只是小女孩卻抬頭瞧了男子一眼，就見他輕輕搖了下頭。

「這位姑娘，妳把銀子收回去吧，還請妳轉告妳家主人，這車夫囂張狂妄，著實敗壞了妳家主人的名聲。」男子搖頭，堅定地說。

藍翠沒想到他真的不要銀子，立即道：「這銀子是給他們幾個的，你讓他們拿回去，買身好衣裳，再買些吃食。」

這三個孩子實在是瘦得厲害，一看便知道是家中特別窮困。

誰知男子卻又道：「先前這個車夫一口一聲咬定了他們就是要訛銀子的，所以我才叫妳拿回去，以免他們的清白遭受質疑。至於給他們買衣裳、看病，我自會出銀子。」

藍翠倒是被他說得有些不好意思，她悄悄地抬眼朝他看過去。這人倒是生得眉清目秀，身上穿著寶藍色錦袍，腰間掛著一枚白玉玉珮，看起來也頗為富貴的模樣。

他不要銀子，藍翠反而不好意思，她低聲說：「公子，這孩子是被我家的馬車所撞，怎好叫你出銀子呢？」

只是男子堅決不要，藍翠沒法子，只得回去稟告馬車內的少女。

其實車內的人早就聽到他們的對話，她方才從車窗偷偷地打量過他，倒是生得一副好樣貌，沒想到連心腸也這樣好。

男子彎腰抱起在另一個女孩懷中的小男孩，將路讓開。

等馬車走後，那個髒兮兮的女孩便開口問男子。「喬策哥哥，你怎麼今日來了啊？」

喬策低頭瞧著她，輕輕掀起嘴角。「湊巧。」

而馬車在駛離他們後，車窗簾子卻被輕輕挑開，少女從車裡望了出去。

此時坐在馬車內的藍翠，低聲對身旁的少女說：「姑娘，那位公子心腸可真好。」

少女沒有開口。

沒一會兒，馬車便朝著山莊直奔。

這山莊原本是空著的，只是從今年年後卻突然住進了人，附近原本的村民也都被趕走了，不允許任何人靠近這一帶。

馬車直接駛入莊子內，少女一下馬車，就趕緊往正堂而去。

此時坐在正堂羅漢床上的女子看見了她，淡淡地道：「妍兒，妳來了。」

「娘，您近日可好嗎？」殷月妍坐在她旁邊，有些懼怕地說。

原來這莊子上住著的人，乃是先靖王府的世子妃李氏。今年過完年之後，先靖王妃便被請入京城，原本李氏和殷月妍是不該離開的。只是留下她們母女兩人，靖太妃是如何都不願意的，所以皇上便命殷柏然將她們一起接入京城。

不過靖太妃能住進皇宮中，李氏卻是萬萬不願意的。她的丈夫沒了，小叔子成了皇帝，她要是住進宮中，那是算什麼？

殷廷謹見她如此堅持，倒也沒勉強，便在京城尋了一處宅子，將她好生安置下來。

不過李氏卻硬是要住到這個莊子上來，說來這還是她陪嫁的莊子。李氏也算是出身名門，被許給靖王世子後，嫁妝自然也是厚厚的一份。

可靖太妃卻不許殷月妍跟著李氏在莊子上一同住著。畢竟李氏是守寡之人，殷月妍卻還是個少女，待父孝過了之後，仍要許配人家的，靖太妃又怎麼捨得讓她一直住在那偏僻的山莊裡？

李氏點點頭，便問道：「妳祖母身子可好？」

「很好。娘，過幾日便是祖母的冊封大典了，您不過來嗎？」殷月妍小聲地問道。

李氏的面色一下子冷下來，殷月妍便不敢再提。

待用過午膳之後，殷月妍便在莊子裡走了走，突然瞧見李氏身邊的丫鬟，便叫住了她。

「怎麼這個時候不在我娘身邊伺候著？」

「姑娘，今日是夫人給附近村子的人發米糧的時候，夫人讓我去瞧瞧情況。」丫鬟立即輕聲道。

殷月妍突然想起今天來的路上，那個被她的馬車撞到的小男孩。馬車撞到他的地方就離這個莊子不遠，或許他家就住在這附近？

於是她便叫藍翠跟著去瞧瞧，若是真見到了那個男孩，便讓人多給他幾兩銀子。

藍翠應聲，便走出去了。

十月中的時候，經過這大半年的鬧騰，皇上終於贏得了初步的勝利。靖太妃在他的堅持之下，被封為安靖太后。

雖然只是初步勝利，可清流一派卻已經節節敗退。原本他們與皇上爭，爭的就是一個「禮」字。可是當眾人漸漸發現，這一切的爭奪，不過都是內閣首輔郭孝廉為了對抗皇權的手段而已，便有人不像先前那般反對了。

所以安靖太后的冊封儀式，更是比照之前秦太后冊封時的禮儀，內外命婦都要進宮祝賀。

謝萍如作為國公夫人自是要進宮的，所以她一早便穿了禮服，打扮妥當進宮。因二房和三房的妯娌都沒品級，所以這次入宮的就只有她一人。

她來得有些早，便想著先去皇后娘娘宮中請安，誰知跟著宮人往裡走的時候，竟是半路上險些撞上了駕輦。

「大膽，撞到我們夫人，還不跪下。」就見為首的內官呵斥了一聲。

謝萍如心中惱怒。自從她成了國公夫人之後，還未曾遭受過這般的大聲呵斥。

「三保，不得無禮。」就聽一個柔柔的聲音從上頭傳過來。

謝萍如聽著這熟悉的聲音，循聲望過去，臉上登時如死灰一般。

「裴夫人，奴才無禮，還望妳別計較。」安素馨溫柔地看著她，輕聲道。

第一百零三章

安靖太后的冊封大典熱鬧至極，只是謝泙如卻心不在焉，便是身邊有人與她搭話，她也只是敷衍兩句，便又沈寂下來。

方才她瞧見的那人，絕對是安素馨沒錯。

雖然她已經很多年沒見到她了，但一定不會記錯的。

年少時，安素馨便是她們這些大家閨秀所仰望的人，她是汝南侯唯一的女兒。

汝南侯當年深受皇上器重，西北有定國公鎮守，汝南侯則在浙江、福建一代震懾倭寇海賊。兩人如戰神般，守衛著大魏的西北和東南。

後來兩家結親，汝南侯嫡女安素馨，嫁給了定國公的兒子。

那場盛大的婚事，謝泙如至今都還記憶猶新。

那時候她才十歲，跟著祖母和母親去汝南侯家中作客，小姑娘家好奇，便跟著去前頭看嫁妝。那貼著大紅喜字的嫁妝，不論是綾羅綢緞、金銀玉器，都叫人看得眼花撩亂。

那時候，連謝泙如都沒想到，最後成為定國公夫人的，會是她自己。

汝南侯後來被御史上摺彈劾，說他殺良民、冒倭寇，滿朝震驚，就是皇上也都震怒不已。最後更是被查出，他將大魏的武器賣給倭寇，引得倭寇不斷攻擊沿海，他再帶兵去討伐，因此戰神之名才越發顯赫。

要知道在御史揭發之前，他的聲勢已凌駕於定國公之上，畢竟西北長年無戰事，那些游牧民族雖會南下搶掠，可是卻已掀不起大風浪。原本並駕齊驅的兩人，倒是汝南侯這股東風，壓倒了定國公這股西風。

當這件事被揭發之後，眾人這才知道這麼多年來，為何倭寇屢禁不止。

最後，汝南侯自浙江被押解到京城，皇上判了汝南侯府滿門抄斬。

安素馨那時已出嫁數年，更是生下了兒子裴世澤。她本欲服毒自盡，卻被丫鬟攔住，後定國公府上呈為長子裴延兆請立世子之位，而安素馨則為世子夫人。

可誰知裴延兆被請立世子一事，皇上卻遲遲沒同意。

一個月後，安素馨乘船出遊散心，卻在船上跳湖自盡。

定國公府當時瞞住了消息，只對外稱她是受不住汝南侯一案的打擊，生病去世。

本以為她早就成了一副白骨，可是當人活生生地出現在謝萍如眼前的時候，她甚至無法安慰自己那只是個長相相似的人。雖然已經過去了十幾年，可自己依舊將她的模樣記得清清楚楚，甚至是她說話的聲調。

方才那個太監，稱呼她為夫人……

謝萍如突然想起了京中的傳聞，大皇子和二皇子的生母各有來頭，偏偏只有那個三皇子的母親，身分不詳。雖說靖王府離京城頗遠，可自從皇上登基之後，靖王府的那些舊事難免也成了京城貴族圈中茶餘飯後的話題。

有人說這位三皇子的生母乃是異族人，所以皇上才會遲遲不肯接這個外族人進宮。

看來……她就是三皇子的生母吧？

難怪她第一次見到三皇子的時候，就覺得有種熟悉的感覺。他雖長得像皇上，可偏偏那雙眼睛卻和安素馨一模一樣。

對，就連裴世澤也有一雙那樣的眼睛，又黑又明亮，盯著你看的時候，彷彿能把你心中所想都看穿。

一想到她還活著，謝萍如竟有種心虛的感覺。

典禮結束之後，宮中並未設宴，只叫內、外命婦都回去。

安靖太后折騰了一個上午，也疲倦得很；而紀清晨乃是外孫女，自然是要留下來的。

只是她看著殷月妍陪在安靖太后的身邊，面色有些冷肅。她與殷月妍之間可謂是撕破了臉面，那時她還是靖王府世子的嫡長女時，紀清晨便沒怕過她，如今她不過是依靠著舅舅罷了，自然更不用在意。

「說來清晨前些日子被聖上賜婚，哀家還沒賞過東西呢。」安靖太后抬眸瞧了她一眼。

紀清晨立即起身，輕聲道：「謝太后娘娘關心，不過今日乃是太后的好日子，理應是清晨恭賀太后娘娘才是，怎好要太后娘娘賞賜東西呢？」

「一事歸一事，妳如今定下了婚約，也免得讓聖上和皇后這般日日掛念著了。」太后輕笑了一聲。

紀清晨愣了下，不知安靖太后說這些話到底是什麼意思？

此時殷月妍在旁邊說道：「祖母，別說聖上和娘娘，便是您如今都記掛著她呢，真叫人羨慕。」

「好孩子，待妳出了孝期，我自會請皇上也給妳找一門妥當的婚事。」安靖太后拉著她的手，心疼地道。

這剛開始還是在說紀清晨的婚事，沒想到話鋒一轉，卻轉到殷月妍的身上去了。不過倒是讓紀清晨明白了，為何安靖太后偏偏在這個時候提到這件事。想來是怕舅舅只關心她一個人，把殷月妍給落下了。

方皇后坐在一旁，臉上依舊是溫和端莊的笑容，只是心底卻已掀起怒意。太后雖說只是提了殷月妍的婚事，可她卻知道太后這是在不滿之前的事。

先前太后竟將皇上召至她宮中，開口便要皇上封殷月妍為公主。真是荒唐至極！皇上如何排除萬難才能給她請封太后的，難道她沒看見嗎？可她不僅不體諒聖上，還說既然能給她請封太后，便也能給殷月妍請封公主。

可太后也不想想，她是什麼身分，殷月妍又是什麼身分？

太后是聖上的嫡母，即便再不喜歡，該有的尊榮，聖上還是得給她。可殷月妍不過是前靖王世子的女兒，頂多也只能封個縣主。

沒想到太后卻是獅子大開口，竟想替殷月妍要一個公主的位分，就連方皇后這樣好脾氣，如今都忍不住想要罵人了。

殷月妍面上一紅，低聲道：「月妍不嫁，我一輩子都要陪在祖母的身邊。」

「妳這孩子，就是太孝順了。」安靖太后眼眶一紅，十分心疼。

紀清晨安靜地聽著。反正不過是左耳進、右耳出而已，可是卻苦了方皇后，她總不能不開口吧。

公主的位分是萬萬不可能的，不過一門好親事，方皇后倒是能作主。

「母后放心，月妍這孩子是我看著長大的，您只管放心吧。」方皇后倒也沒把話說死，不過卻還是讓安靖太后覺得這話聽起來順耳多了。

隨後安靖太后便叫人把賞賜給紀清晨的東西拿上來。是一套紅寶石頭面，還有一盒子南海粉珍珠，都夠再打一套珍珠頭面了。

這已算是重賞了，紀清晨立即起身謝禮。

待給了賞賜後，安靖太后便叫方皇后退下，紀清晨便也隨著方皇后一起離開。

等她們走後，殷月妍便扶著安靖太后起身，把她扶到殿內的軟榻上坐著歇息。因安靖太后到底年紀大了，所以殿中日日都要焚著安神的香料。

殷月妍要給她捏一捏肩膀，倒是被她拉住了手。「裡裡外外都有可供使喚的宮人，哪裡還要妳親自動手。」

「那些宮人的手，哪能與我比。」殷月妍笑道。

安靖太后聽著她貼心的話，也跟著笑起來。

如今兒子沒了，殷月妍這個孫女便是她唯一的牽掛，所以安靖太后向她保證道：「只要祖母在的一日，便會替妳將一切都安排妥當的。」

方皇后回宮後，也是一臉疲倦，如今她執掌後宮事務，這可不是靖王府的那些庶務能比的。一早便要起身，到底還沒有根基，時常有摸不著頭緒的感覺。

待坐下後，方皇后瞧著紀清晨，笑道：「上回見妳的時候，妳還是個小姑娘，沒想到這回妳再進宮，都已定了親事了。」

紀清晨被她說得有些不好意思，忍不住低下頭。

「聖上這回也把婚事定得太急了些，連本宮都嚇了一跳呢。」雖說之前是裴世澤護送紀清晨來靖王府的，可兩人看起來還是差了一些年紀，卻沒想到，倒是讓皇上給牽了紅線。而裴世澤主動要求賜婚一事，皇上不說，旁人自然也不會知道，就連皇后都以為，這是皇上瞧中了裴世澤的青年才俊，才選他作為紀清晨未來的夫婿。

「一切都由舅舅作主就好。」紀清晨決定把一切責任全推給舅舅就行了。

方皇后心疼地瞧著她，道：「之前寧國公府裡的事情，妳柏然哥哥回來便與我說了。妳放心吧，妳舅舅必不會叫妳吃虧的。」

紀清晨生怕裴世澤會受到影響，便道：「裴玉寧只是世子爺的繼母妹妹而已。」

他們雖是同一個爹，可不是一個娘，而且柿子哥哥是打小就被裴老夫人養大的，與謝萍如母女頂多也就是住一個府裡而已。

她說得含蓄，可方皇后卻聽明白，當即便笑了。「這還不是人家的媳婦呢，便處處向著他說話了。」

方皇后打趣地瞧著她，讓紀清晨羞得連耳根都紅了。紀清晨本就生得白嫩，一張小臉如同剝了殼的雞蛋般，又白又滑，面皮又薄，一臉紅，那殷紅的顏色就像在臉上鋪了一層胭脂。

「舅母。」紀清晨低聲喊了一句。

方皇后這才沒繼續打趣她。

她每回來宮裡，都是被留了飯，用完膳才回家去的。今兒個方皇后照常留了她用膳，卻沒想到中途的時候，便有宮人來稟，說是大皇子在校場練武時受了傷。

這可把方皇后嚇了一跳，馬上便要去尋他。

「舅母，還是我去瞧瞧柏然哥哥吧，您過去只怕不妥當。」紀清晨開口道。畢竟那是校場，若是方皇后過去，倒是把小事鬧成了大事。況且瞧著宮人回稟的情況，也不是極嚴重。

經她這麼一勸，方皇后倒是斂了斂心神，點點頭。

方皇后叫人去把治傷的膏藥都拿出來。在皇后宮中的這些傷藥，自然是頂好的。接著又尋了個小宮人叫她揹著藥箱子，紀清晨便趕過去了。

說是校場，其實就是皇上特意給幾個皇子練武的地方。

先皇就只有一個兒子，精心細養的，哪裡捨得讓他到校場來受罪？而殷廷謹登基之後，便又重開了校場，殷柏然也時常過來。這裡的師傅都是頂級的，不管箭術還是馬術，或是其他功夫，都是一等一的高手。

勛貴人家的子弟去參加科舉的是少之又少，像溫凌鈞那般還能正經考上進士的，更是百年來的奇葩。

勛貴子弟多是靠著皇上的賞識，只是這賞識也得有個法子才是，所以歷年來的春狩秋獮，便是這些個勛貴子弟大展身手的時候。先皇即便是去世的前一年，都還舉行了秋獮。

今年倒是什麼都沒舉行，畢竟還是先皇去世的頭一年。不過從明年開始，殷廷謹便打算先舉辦春狩，到時候可以順便瞧瞧京城裡這些勛貴子弟的資質。

文官這邊，今年多開了一門恩科，明年還有一科。而年輕進士雖說如今在朝中的官職微末，可也算是一股力量。

先前要不是謝忱領著一幫新科進士上疏，皇帝未必能這麼快取得初次勝利。

他除了想要考校一下這些勛貴子弟，也想讓自己的兒子在眾人跟前露臉。

殷柏然的騎射打小便是他教的，殷明然是跟著師傅學的。不過他們自小就長在遼城，那裡民風粗獷，就算是女子會騎馬的，也不在少數。

倒是殷景然的騎射，比起兩個哥哥還差了些。不過上了校場，可沒人會管你是皇子還是你年紀小，大家都憑真本事說話。所以皇帝特地把裴世澤指給了殷景然當師傅，就是緊抓他的騎射，務必在明年春天，教出個模樣來。

紀清晨到的時候，殷柏然已被人扶到旁邊的屋裡歇息。這會兒太醫也到了，就在屋子裡。

她一進來，便想進去內室，誰知卻被殷景然擋在門口。

「男人在裡頭治傷，女人可不能進去。」殷景然穿著一身勁裝，袖口收緊，褲子也紮在長靴裡。大概正是長個子的時候，上回見他還只是到自己脖子的高度，如今再見，竟是齊額了。

瞧著他小小年紀，便一口男人、一口女人，紀清晨登時便氣笑了。只不過她著急殷柏然的傷勢，便問道：「柏然哥哥沒事吧？」

「還行吧，就是斷了一條腿而已。」殷景然淡淡地道。

紀清晨嚇得臉色都白了，就要往裡頭衝，卻被殷景然一把捏住手腕。別看他瘦得跟竹片似的，手上的勁頭可是不小。

「你放開我，我要進去看看。」紀清晨一時著急，便伸手去推他。

紀清晨之前聽宮人來稟，還以為只是小傷而已，沒想到竟然摔斷了……

兩人在門口的動靜，倒是讓裡面的人聽見了，緩緩地走了出來。

裴世澤一看見殷景然抓著紀清晨的手腕，當即便伸手扯著他的後脖領子，沈聲道：「給我鬆手。」

殷景然立即鬆開手，狠狠地哼了一聲。

「柿……裴世子，柏然哥哥的傷勢怎麼樣了？」這還是賜婚之後，紀清晨第一次見到裴世澤。雖然之前嚷嚷著要嫁給他，可這會兒真的定下婚事之後，一見到他，便有種說不出的害羞。

就連稱呼，也都不好意思再像之前那般，無所顧忌地喊一聲「柿子哥哥」了。

裴世澤一挑眉。裴世子？這個稱呼可真是稀罕了。

「殿下無大礙，只是受了點皮肉傷而已。」裴世澤淡淡地道。

一旁的殷景然瞧著他們這般說話，登時嗤笑了一聲。「裝什麼裝？誰不知道你們訂親了啊？倒是裝起不熟了呢。」說完，他便轉身進屋。

裴世澤：「……」

紀清晨：「……」

這小子是欠收拾吧！

不過紀清晨能感覺到裴世澤的目光一直盯著自己，她怕被人瞧出來，便低著頭，也匆匆進了房。

只是經過他身邊的時候，突然她寬袖下的小指頭，被他溫暖的尾指勾了一下。

第一百零四章

殷柏然坐在屋內的長榻上，太醫這會兒已經給他包紮好了，只是旁邊用過的白布上頭，血跡斑斑的看著挺嚇人。

見她一進來，小臉就嚇得雪白，他登時輕笑著安慰道：「別擔心，柏然哥哥沒事。」

紀清晨看見他腿上纏著厚厚的白布，臉上的笑容也都是勉強的，又哪裡是沒事的樣子。她立即走上前，問道：「可有傷到骨頭？」

傷筋動骨可是要休養個一百天的。

「姑娘請放心，方才下官已經替殿下檢查過了，並未傷到骨頭。」太醫立即恭敬地回道。雖說紀清晨身上並無品級，可是在這宮裡當差的，如今誰不知道，這位那可真是深受皇恩。

紀清晨這才徹底地放心，一直繃著的小臉，也露出了點笑容。殷柏然瞧著她臉色好看了，便拍了下身邊的長榻，招呼她坐過去。他瞧她這小臉蛋白的，就怕她一個受不住昏過去。

「柏然哥哥，你怎麼這麼不小心啊？方才舅母與我聽到都險些嚇壞了，舅母還想親自過來看一看你呢。」紀清晨坐下後，便小聲地道，她倒是不忘叫人趕緊回去給方皇后報平安。

殷柏然被她一頓數落，不僅沒生氣，反而伸手在她頭上揉了一下，無奈地扯了扯唇，道：「這般嘮嘮叨叨個不停，還真是個管家婆。」

紀清晨沒想到他會這麼說，愣了下，又偏頭去看裴世澤，有些手足無措。

「大哥，雖說這次沒傷到骨頭，不過您還是好生休養吧，也免得母后擔心。」就在紀清晨尷尬得不知如何開口，站在她身側的殷景然突然開口了。

他如今說話一板一眼，便是連殷廷謹都誇讚，是那些大儒先生教導得好。

不過紀清晨之前總是笑他學得一副小學究模樣，這次他替自己解圍，倒是叫她心底感激不已。

這滿室圍著的都是宮人，就連太醫也還在，人多口雜，紀清晨心底知道柏然哥哥待她如同自家妹妹，可若是傳出去，總怕惹出什麼流言，反倒壞了他的名聲。

正想著的時候，殷明然竟也來了，他一進來，就瞧見了坐在殷柏然身邊的紀清晨。小姑娘依舊清妍絕麗，此刻臉上帶著淡淡的愁容，怕是正在擔心殷柏然的傷勢吧。

雖說都是表兄妹，可到底親疏有別，殷明然每回見到這位紀家小表妹，倒是跟陌生人一般。

他知道父皇喜歡她，便想親近她，不為旁的，一番他們兄妹相處融洽的場面，也能讓父皇看得開心。沒承想，紀清晨待他卻始終淡淡的，便是連景然那小子都與她熟識。

「大哥，聽說你受傷了，真叫人擔心壞了。」殷明然一向待殷柏然恭敬，一進門，雖掃了紀清晨一眼，卻還是先給殷柏然行禮。

殷柏然笑道：「不過是不小心磕破了膝蓋，倒是把你們都驚動了。」

「今時不同往日，如今大哥乃是千金之軀，總該顧好自個兒的身體才是。」殷明然幽幽地道。

一家三兄弟，本來嫡庶分明，倒是生不出什麼亂子。

可如今殷廷謹繼承的不是靖王府，而是皇位，卻叫人生出了不該有的心思。往前翻翻這史書，繼承皇位者，有幾人又是皇后嫡出的呢？王府裡生不起來的風浪，反倒在這裡蠢動起來了。

舞臺大了，心也跟著大了。

殷柏然本來是要自個兒走回去的，可誰敢讓他走？校場的師傅趕緊讓人準備了駕輦，將他抬回皇子所。

如今他們三人都還未冊封，所以也沒分到宮外去住。

紀清晨自然是要跟著去瞧瞧。臨走的時候，她看了裴世澤一眼，就見他眼露深意地瞧著自個兒。她本就心虛，這會兒被他看得更心虛了。

好在他也只是輕聲地安慰道：「妳也別太擔心，連太醫都說沒事了。」

校場上時常都會有誤傷的情形出現，只是因為殷柏然身分尊貴，所以便讓人不得不多顧慮幾分。

紀清晨想了想，還是輕聲地叮囑。「你自個兒要多多小心，別再受傷了。」

她小鹿般明亮軟萌的眼睛直盯著他瞧，把裴世澤的心都給看軟了。地方總是不對，就算想與她多說兩句，這周圍也都是人。

紀清晨還想叮囑幾句，可殷景然的眼神已瞟了過來，看得她怪不好意思的。於是她馬上說了句。「那我先走了。」

「嗯。」裴世澤點頭，瞧她領著丫鬟離開，一身杏子紅衣裳，從背後看，襯得她腰肢纖細玲瓏。

待紀清晨走後，殷景然見裴世澤還是一副戀戀不捨的模樣，登時又譏諷嘲笑了一聲。方才一個喊裴世子，一個叫紀姑娘，倒是把他當三歲小孩般騙著呢。

在遼城的時候，他就瞧出了他們的不對勁，特別是裴世澤，對旁人冷面冷心，唯獨在她面前，就一副溫柔似水的模樣。

殷景然原本還嫉妒紀清晨嫉妒得厲害，畢竟不管是殷柏然還是裴世澤，都喜歡她勝過自己。可是那回他一求她，她便幫忙請了裴世澤去莊子上看望娘親，倒是讓殷景然刮目相看，之後便再也不好意思對她說一些太過分的話了。

紀清晨也是頭一回來殷柏然如今住的地方，偌大的皇子所，只有他們三兄弟住著，自是寬敞。況且殷柏然還沒成親，便是連個通房都沒有，所以這般大的地方，就住著他一個主子。

早上出門的時候還好好的，最後卻是被人給抬回來，難免讓整個皇子所的人都擔心不已。

「不過就是磕了腿，流了點血，你們何必把陣仗搞得這般大？」他身邊的貼身內侍洪林要扶著他到床上躺著，卻被他拒絕了。

紀清晨也勸著他。「雖說只是磕著，可柏然哥哥你也不能不當一回事啊，要不然下回我就請舅母親自來說你吧。」

「小丫頭，如今倒是管到我身上來了。」殷柏然瞪了她一眼。

紀清晨打小就不怕他，他在自個兒眼中，就是隻紙老虎。於是她說道：「若是不想讓我擔心，柏然哥哥你自己可要多加小心才是。」

殷柏然被她念叨到耳朵都快起老繭，趕緊討饒道：「好好好，妳教訓得是，我受教了。」

聽他這般回答，紀清晨總算安心。

放下了心，她便起身打量起他所住的地方。

此時殷柏然坐在暖炕上，上頭還擺著一張小几，小几上面擺著紫檀木鑲玉如意，紅雕漆盒一件。

東面擺著一張書桌，上面擺滿了他尋常使用的文房四寶，後頭是個頂天立地的書架，書籍堆滿了整個架子。

雖說富麗堂皇，不過依舊充滿書卷氣。

殷柏然自然瞧見她四處打量，只是隨她瞧著，又吩咐洪林去準備些果脯小吃。

「我該回去向舅母回報了。」紀清晨忙阻止道。

「妳可得在母后跟前，好好為我美言幾句。」殷柏然故意逗她。

紀清晨見他對於休養一事，這般不上心，登時便道：「那也得看柏然哥哥的表現了，你若是不好好歇著，我肯定要與舅母告狀。」

「小丫頭，妳倒是連我的話都敢不聽了。」殷柏然有些感慨，說著，還真想起了他頭一回見到她時的模樣，那小肉般的臉，又好小一隻。

當時他就在想，這小姑娘的臉，若是能捏一捏，該多舒服啊。所以他真的伸手去捏了，而小姑娘眼中的驚訝也沒逃開他的眼睛。

一晃眼，她連婚事都已定了下來。

說來這也是紀清晨被賜婚之後，第一次見到殷柏然。

「柏然哥哥，你是不是有什麼心事啊？」紀清晨見他不說話，終於把話問出口。從方才在校場旁的屋子裡，她便覺得殷柏然有點兒不對勁。

殷柏然倒是一笑，反問：「我能有什麼心事？」

紀清晨就是猜不透才問他的，特別是他方才說她是管家婆，她總覺得他是當著柿子哥哥的面故意這麼說的。當然她也沒生氣，就是覺得奇怪而已，這不像是他的作風。

不過他既然不願說，紀清晨也不會追問。她垂著頭，低聲說：「柏然哥哥，你早些休息吧。」

「沅沅，妳現在開心嗎？」殷柏然伸手拉住她的手腕，突然輕聲問道。

紀清晨被問得沒頭沒腦的，卻還是點頭，如實說：「開心啊。」

怎麼會不開心呢？舅舅終於賜婚了，只要她再大一點，便能成為柿子哥哥的妻子。

祖母的身體很好，昨兒個還與她一起吃了一碗紅燒肉呢。

爹娘也很疼她，就連紀湛都乖乖上學了。

還有小外甥，她去晉陽侯府瞧過他了，生得白白嫩嫩的，不知有多可愛。

「連沅沅都有婚事了。」殷柏然突然落寞地說了一句。

他突然情緒低落，可真把紀清晨看得心疼死了，便小聲地問：「柏然哥哥，你是因為舅舅給我賜婚才不開心的嗎？」

原來柏然哥哥真的這般在意她啊。紀清晨又欣喜又有點害羞，一時間竟不知該如何是好了。

「是啊，連沅沅都要成親了，我卻還是孤家寡人。」

紀清晨：「……」合著你只是想成家了啊？

白高興一場的紀清晨，登時噘著嘴說：「柏然哥哥若是想成親，只管與舅母說便是了，包管明日整個京城未嫁的貴女都會進宮來，任君挑選。」

她氣呼呼的，原本以為他的失落是因為自個兒呢。

畢竟一向寵愛的小妹妹，竟突然被指婚給隔壁家的臭小子，身為哥哥的他心頭失落，覺得妹妹被人搶走了，那也是人之常情。

誰知他失落的居然是……自己比他先被指婚。

就在她氣呼呼的時候，突然爆發出一陣大笑聲，讓她目瞪口呆地瞧著殷柏然。

就見他摀著肚子，竟笑得上氣不接下氣。紀清晨哪裡見過他這個樣子，登時又驚訝又慌張。難道她又說錯話了？

「妳這小丫頭，不會真的相信了吧？」殷柏然覺得她還真是傻乎乎的，竟對他的話如此深信不疑。

紀清晨氣得直咬唇，要不是這樣，她真怕自己會動手了。

好在殷柏然也知道逗她可不能逗太久，這才漸漸止住笑聲，柔聲說：「好了，不逗妳了。」

紀清晨依舊不說話。

殷柏然知道自己是真的把小姑娘弄生氣了，他越發溫和地說：「即便是妳指婚了，難不成我還能有別的妹妹不成？柏然哥哥最疼的還是妳啊。」

紀清晨簡直要被他的胡說八道給氣壞了。所以這就是他最疼自己的表現？又是嚇唬她，又是騙她的。

於是殷柏然作的孽，還得自個兒收場，哄了好久才叫小姑娘勉強不計較他。

殷柏然在校場受傷，到底還是叫方皇后擔心不已，只是他身邊的宮人時常過來通傳他的傷勢，所以方皇后也沒前往皇子所。

又過了幾日，他能下床走動了，便過來給方皇后請安。

方皇后一見他進來，便趕緊叫宮女上前，扶起他坐在自個兒身邊。「不是叫你好生養傷，怎麼又下床走動了？這腿上的事情可麻煩不得。你瞧瞧你孟衡表弟，當初不就是小傷變大傷的。」

因著自家姪子就有腿疾，所以方皇后對他的傷勢格外上心。好在這會兒有太醫的保證，說他只是皮肉傷，並未傷及骨頭，她才沒有請雲二先生進宮來。

「母后放心吧，兒臣的傷勢兒臣自己清楚，況且太醫不是也同您說了，這點兒小傷不要緊。」殷柏然就是怕她擔心，所以才沒過來給她請安。

「你啊你，我早就叮囑過，不可太過放肆，你卻一點兒也不拿自個兒的身子當一回事。」方皇后瞧著兒子，又是一陣嗔怪。

如今他可是皇上的嫡長子，沒意外，那便是未來的太子，國之儲君，自然不能和從前一樣了。

不過殷柏然一向會哄她，說了一會兒，便叫方皇后安心下來。

只是瞧著他這樣，方皇后便忍不住老生常談，道：「說來你的年紀也不小了，先前在遼城的事情，你父皇是怕誤了你，才沒給你娶親，如今你父皇與我商議，想著明年四月選秀。」

方皇后到底心疼他，特意說：「你若是有中意的，便趕緊與母后說，只要對方人品貴重，家世什麼的倒是不拘。」

之前是殷廷謹不願讓他娶親，就是怕他那時候尷尬的身分，會說不到好親事，可後來是殷柏然自己不願意了，方皇后看著更是急在心頭。

誰知她一說完，心頭正幽幽嘆氣時，就聽他淡淡地道：「兒臣一切但憑母后作主。」

方皇后一臉驚詫地瞧著他，不敢相信地又問了句：「你說什麼？」

殷柏然微笑，一臉淡然。

「兒臣的婚事，但憑母后作主。」

第一百零五章

「太太，寶珍坊把及笄禮上用的釵和笄都送了過來，您可要瞧瞧？」已成了管家媳婦的司琴走進來，如是道。

曾榕正看著帳冊。眼看著又到年底了，這莊子上的出息還有鋪子裡一年的收入，又要上交過來。曾榕的嫁妝沒多少，不過紀延生名下卻有不少田產鋪子，只是大多都在真定，因此莊子上每年都要送東西上京城來。

還有她娘家那邊。她爹五年前被調到浙江去，還是沒能進京，倒是品級升了升，如今也是個正四品官了。她那幾個妹妹也都嫁在江南那邊，而她的親弟弟曾玉衡，也在四年前娶了親。

曾榕那時原是想賣了自個兒手底下的一個莊子為弟弟出聘禮錢，那也是她陪嫁的唯一一個莊子了。其實她手頭並不缺錢，當年成親的時候紀家給的聘禮，雖說讓繼母留下了一些，可是大部分還是在她自己手裡。只是到底是紀家的銀錢，曾榕也沒想過要動用。

誰承想被紀延生知道了，便直接給了她一千兩銀子，說小舅子成親，他也該給個紅封。

這哪裡是紅封，只怕曾家能給曾玉衡出的，也不過就是三、四千兩銀子，他這個做姊夫的出手卻如此大方。曾榕原是不要的，可架不住紀延生這般。後來她派人把銀子給了曾玉衡，還叮囑他就算連爹爹那裡也別說出去。

畢竟紀延生是大姊夫，繼母也有孩子，單只給曾玉衡，傳出去豈不是難聽？

曾玉衡在上一科鄉試便考中了舉人，上科會試以及今年的恩科卻都未參加。他寫信給紀延生，說是還沒把握，想要再認真研讀幾年。

曾榕自然是欣慰他的穩重，可又想著好多年沒見他，就連已經兩歲多的小姪子也是從未見過面，便想著叫他進京來。畢竟會試是在京城，這天下學子不知有多少是客居京城，潛心讀書的，只是曾玉衡卻一直沒答應。

誰知前幾日紀延生卻收到他寄來的信，說是已經在來京的途中，請姊夫和姊姊幫忙找一處小宅子。

這突然間又上京來了，曾榕心中是又驚又喜，懷疑是不是他在家中出了什麼事？可這會兒人已經在路上，就算回信也找不到人。她只能在京城等著他抵達，再細細地問了。

一想到這裡，曾榕又是重重地嘆了一口氣。

司琴有點兒驚訝，還以為太太是為了及笄禮的事情傷神，便又問了一遍。

曾榕這次沒分神，聽了之後便點點頭，讓司琴把東西拿進來給她瞧瞧。

東西都是頂好的，光是這枝金鑲玉赤金雙頭曲鳳步搖，便要上百兩銀子；還有旁邊的笄也是寶光燦燦，這一套打下來便要好幾百兩銀子。及笄禮可是姑娘家的大事，這重要性也就僅次於大婚了。

曾榕自然不會在這上頭馬虎。就算紀寶芙只是個庶出的，可畢竟也是紀家的姑娘。待她瞧過了，便交代司琴道：「妳拿去給六姑娘瞧瞧，再問問六姑娘衣裳可試好了？若有什麼地方要改的，只管讓繡娘過去改。」
紀寶芙的及笄禮只剩十來日，衣裳、首飾處處都是馬虎不得。
司琴得了吩咐，便叫來丫鬟捧著盒子，一起去了紀寶芙的院子。
待進了院門，門口的小丫鬟就進去通傳。沒一會兒，裡頭就出來一個穿著蔥綠比甲的丫鬟香平。她急忙迎過來，口中客氣道：「榮嫂子，今兒個怎麼是妳親自過來了？」
如今司琴嫁了丈夫，因此連稱呼都改了。
「六姑娘及笄的釵、笄都做好了，方才寶珍坊送過來了，太太便立即吩咐我趕緊拿過來，給六姑娘試戴看看。」司琴一臉笑意。
香平一聽，登時大喜，趕緊將司琴迎進屋裡。今日姑娘去衛姨娘的院子時，姨娘還在念叨，說怎麼及笄禮要用的釵、笄還沒送過來。
待進了裡屋，司琴就瞧見紀寶芙手裡正捧著一本書，靠在羅漢床上，她身上穿著一身青碧綾紗斜襟短襖，看起來楚楚動人。紀家的姑娘就沒有長相一般的，不說紀清晨那樣的傾城絕色，其他姑娘在京城裡，也都算是極好的容貌。
見司琴來了，紀寶芙坐起身，笑著問了話。
司琴忙叫捧盒子的小丫鬟上前，說是得了太太的吩咐，過來送東西的。
紀寶芙便叫旁邊的墨書把匣子接過來，放在羅漢床的小几上，她自個兒伸手打開了盒子。一打開，便是寶光四射，連屋裡都乍然亮堂了些。她看著盒子裡的東西，心底有著說不出的感覺。

爹爹那些同僚、上司女兒家的及笄禮，她也參加過好幾場。別說那些庶出的，便是嫡出的及笄禮，只怕都沒人趕得上她面前這一匣子的首飾。

「太太說了，這首飾先拿過來給姑娘試一試，若是不喜歡，還可以讓寶珍坊的人拿回去重新改改；還有及笄時要穿的衣裳，不知姑娘試得如何了？要是寬了或窄了，可立即讓繡娘來改過。」司琴的話句句妥貼，顯現出曾榕處處考慮得當。

紀寶芙的心中真真切切地明白，曾榕對她的事情，也是極為上心的。

她柔聲道：「衣裳已經試過，正好合身。麻煩榮嫂子回去稟報太太一聲，首飾和衣裳，我都喜歡得緊。」

紀延生從衙門回來的時候，外面的天都黑透了，他一進門，就聽到裡屋傳來一陣歡聲笑語。待走進去，便瞧見今日人倒是來齊了，紀清晨和紀湛都在，就連紀寶芙也在。

「爹爹，你瞧，這是六姊給我做的手套。」紀湛原本正靠著紀清晨說話，見他進來了，便獻寶似的舉起手，給紀延生瞧一瞧。

紀延生見這手套倒是與尋常的不一樣，竟是五隻手指的。

「這樣就可以戴著寫字了。」京城的冬天本來就冷得厲害，學堂裡就算是生了爐火，可那麼大的地方，總不比家裡暖和，要不是曾榕日日給他抹膏藥，只怕這雙小手早凍傷了。

「這手套瞧著倒是新奇。」紀延生點頭讚了一句。

曾榕立即笑道：「你也別羨慕，也有你的。」

紀延生坐下後，曾榕便叫他試戴了下，還道：「芙姊兒倒是個細心的，知道你們冬天寫字凍手，便特地給你們做了兩副手套，還能替換著用。」

待紀延生試戴了之後，覺得這手套是真暖和。他溫和地看向紀寶芙，道：「如今妳也大了，是弟弟、妹妹的好榜樣了。」

「爹爹和太太為了我的及笄禮這般辛苦，這些都是女兒該做的。」紀寶芙輕聲道。

聽話的孩子，父母自然都喜歡。紀寶芙小的時候，紀延生也喜歡她，只是後來衛姨娘和她鬧出那麼多事，倒是把那點兒喜歡都給折騰沒了。不過這幾年紀寶芙一向安安靜靜的，又懂得孝敬長輩，紀延生心底自然欣慰，覺得她如今也長大了、懂事了。

父慈子孝的情景，自是叫他滿足。他擺出一副慈父的姿態來，柔聲對她道：「等妳及笄後也是大姑娘了，妳的事情，我們都放在心上呢。」

十五歲的姑娘，正是該說親的時候，只是之前尋來尋去，卻也沒適合的。不過瞧著紀家這些個姑娘的婚事，便是十六歲才訂婚的也有，最緊要的是婚事得讓人滿意才好。

這會兒紀清晨和紀湛都在，紀延生不好說得太明白，不過紀寶芙卻還是聽懂了。

紀寶芙嬌羞地低下頭，心底不禁有一絲迷茫。她原本是想求一求爹爹的，可她也知道婚事是父母之命，媒妁之言，她豈能隨便置喙。

可她喜歡喬策，偏偏喬策的身分又是那樣尷尬。他是姨娘的表姪，不說父親，便是太太只怕也不會同意。

紀寶芙咬著唇，到底還是沒說出口。

紀清晨坐在一旁，瞧見了紀寶芙臉上的為難。說實話，在這個家裡這麼多年，就算平日裡感情再不好，可仍舊是姊妹。她前世就知道喬策是個怎樣的人，若是單論才華，他確實算得上是個青年才俊，可此人的人品卻是下下乘的。

也就是因為如今紀家對他還有些用處，所以他才會對紀寶芙這般上心。可少女情懷總是詩，就算她現在去提醒紀寶芙，只怕她還會覺得自己是想害她呢。

她一直派人盯著喬策。他自恩科落第之後，便在家中潛心讀書，青樓楚館這樣的地方，他是一次都沒去過，便是連酒樓，也都是與同窗好友一起去的。要不是紀清晨前世知道他是什麼樣的人，如今只怕也要被他騙了，只是一直抓不住他的把柄。

過完年，三月便又要會試了，若是照著前世的軌跡，喬策在明年必會上榜，到時候他是進士出身，若真的來紀家提親，只怕爹爹也不會拒絕。

想到這裡，紀清晨暗暗咬牙。無論如何，她一定要抓住喬策的狐狸尾巴。

又過了十來日，紀寶芙及笄禮的前一天，曾玉衡帶著妻子榮氏還有年幼的兒子來到了京城。曾榕一收到消息，便趕緊派人去城外接他們入城。他們是從水路來的，坐船到了天津衛，又轉了馬車才到京城。

等到家的時候，剛一進門，曾榕便哭了。也不知是一路上奔波太過勞累，還是這幾年過得並不順心，曾玉衡看起來老了許多，倒是像曾榕的哥哥一般。

站在一旁的紀清晨也不禁驚訝起來。還記得年幼時她見過這位小舅舅，那會兒他還是一副意氣風發的模樣，如今倒是像飽經風霜一般，看著令人感到唏噓不已。

「姊姊，一家人見面，好端端的妳怎麼哭了？」曾玉衡笑出了聲，倒是讓紀清晨找到了一點他當年灑脫的模樣。卻沒想到他一開口，曾榕哭得更難過了。

這會兒曾玉衡的妻子榮氏就站在他旁邊，手邊牽著一個小男孩，只是看起來精神不怎麼好，只怕是這一路上累的。

紀清晨瞧著榮氏的打扮，一身緋紅錦緞斜襟長襖，衣裳料子倒是上乘的，只是瞧著她牽著孩子的袖口，都磨得有些起毛邊了，想來是好衣裳不多，因此穿了許久也捨不得丟棄。

這就讓紀清晨有些吃驚了。曾家雖說不如紀家這般富貴，可也不至於讓嫡長媳婦連件好衣裳都沒有吧？

「太太，舅舅和舅母一路上只怕都累壞了，還是先請他們坐下，再慢慢說話吧。」紀清晨見曾榕哭得厲害，於是趕緊上前將她扶住。

曾玉衡也安慰著曾榕，見她開口，愣了一下，試探地問道：「妳可是七姑娘？」

見紀清晨頷首，他立即大笑。「上回見妳還只是個小丫頭，如今已長成大姑娘了。」

曾榕原本已拿起帕子擦眼淚，聽見他這句話，便忍不住在他心口狠狠地打了幾下，怒道：「你還說呢，我早就與你說了，讓你帶著弟媳婦和小姪子一塊兒上京來，你在京城裡讀書，你姊夫也能指點你一番。可你偏偏就倔，非不要上京來。」

曾玉衡在心底嘆了一口氣。他不就是怕上京給姊姊添麻煩，怕被人說閒話嗎？

待坐下後，曾榕瞧著榮氏，趕緊道：「說來這還是我頭一回見妳呢。都是一家骨肉至親，沒想到如今才能見到面啊。」

「大姊別難過，雖說我沒見過大姊，卻時常聽大爺提起。」滎氏趕緊說道，又扯著懷中孩子的小手，讓他趕緊叫姑姑。

曾榕滿臉笑意，視線落在滎氏牽著的孩子手上，卻一下僵住。她的眼眶登時便紅了，卻還是拚命忍住，伸手對她懷中的孩子招呼道：「這便是銓哥兒吧？到姑母跟前來，讓姑母瞧瞧咱們銓哥兒。」

小孩子雖說沒什麼精神，可瞧見這般漂亮的姑母，也是一笑，步履蹣跚地走了過去，直接撲到曾榕的懷中。曾榕摸著他的小腦袋，小傢伙還沒留長頭髮呢，只有腦袋前頭剪了桃心般的一塊，後頭又留了一條小辮子。

曾榕素來喜歡小孩子，這又是自己的親姪兒，她更是疼愛得跟什麼似的。只是摸著小傢伙凍得通紅的小臉，心疼道：「你們該給孩子戴頂帽子的，瞧瞧把咱們銓哥兒的小臉給凍的。」待她牽起孩子的小手，才瞧見竟已凍出瘡來了。

這次她沒忍住，眼淚又啪嗒、啪嗒地往下掉。別說曾榕瞧著難過，就連紀清晨看見小孩子那雙可憐的小手，也心疼得厲害。

她之前就在想，這都那麼多年了，曾榕叫曾玉衡上京來，他都拒絕了，如今怎麼會突然上京來了？看來其中必有隱情。

第一百零六章

「對了，湛哥兒不在家嗎？」曾玉衡瞧著屋子裡只有兩個姑娘在，便問道。

曾榕立即道：「他這會兒還在學堂裡呢，我已讓人去等著了，待他下課後，便馬上叫他回來。」

隨後，榮氏便給紀寶芙和紀清晨兩人見面禮，一人一支金簪，紀清晨這支也就只比紀寶芙的好一點兒，不過兩人接過後，也都是恭恭敬敬地道了謝。

榮氏見她們沒有一絲嫌棄的表情，才稍稍放鬆下來。

方才一進門，榮氏瞧著這金碧輝煌的屋子，便是連案桌上擺著的香爐都是鎏金的，處處都透著富貴氣息，讓她不免有些束手束腳，生怕做了什麼失禮的事，讓人笑話了去。

曾榕自然早早就給榮氏和銓哥兒準備了東西，赤金項圈和寄名鎖，都是在寶珍坊打造，是上回和寶芙的釵、笄一塊兒送過來的。

榮氏一瞧竟是這般珍貴的東西，當即擺手道：「大姊，他一個小孩子，哪裡用得著這樣的東西？實在是太貴重了。」

「這也是我的一點心意，哪有什麼貴重不貴重的。」曾榕伸手刮了下銓哥兒的小臉蛋。

榮氏還要說話，卻瞧見曾玉衡朝她使了個眼色，這才收口。

曾榕又叫人去拿果子上來。丫鬟自是早就準備好了，漆盒裡裝了九樣果脯點心。曾榕低頭見銓哥兒眼睛盯著直瞧，就是不伸手，她便抓了一把塞進他的手心。只是小傢伙沒抓住，掉了好幾個，他著急地要去撿，卻滾到了紀清晨的腳邊。

紀清晨伸手把地上的桂圓拾起來，隨後一捏，外面的脆殼便崩開了，露出裡頭的果肉。小傢伙眼巴巴地瞧著她，紀清晨只覺得好玩，便餵進他嘴裡，還叮囑道：「核兒得吐出來，可不能吃下去喔。」

他聽話地點點頭，沒一會兒便把核兒吐出來。

曾榕想單獨與曾玉衡說話，又不好把榮氏支開，所以也只能耐著性子。等紀湛回來的時候，就瞧見他娘的屋子裡竟多了好幾個不認識的人。

曾榕趕緊道：「還不趕緊給你舅舅請安。」

紀湛這才知道，原來一旁坐著的陌生男子，便是他的親舅舅。

他也是這幾年才知曉，他與姊姊不是同一個娘生的，可他不在意，反正不管如何，姊姊仍是他的親姊姊。可每回一提到他的親舅舅，娘便會傷心好久，因此這次舅舅決定上京來，娘不知有多開心呢。

不過這會兒瞧見了本尊，他反倒有些扭捏起來，垂著頭乖乖地喊了一聲舅舅和舅母。

此時老太太讓人傳話過來，說是今兒個在大房那邊擺宴，要給曾玉衡一家子接風。曾榕這才驚道，她還沒帶他們去向老太太請安。

於是一行人又去上房給老太太請安，銓哥兒便又得了老太太和韓氏的見面禮。家裡好久沒見到這般小的孩子，所以大家都喜歡逗他玩。

黃昏時，紀延生回來。他聽家裡下人前來稟報，說是小舅子已抵達府中，所以他也沒耽擱，即刻就回來。

待見到了曾玉衡，兩人便是一陣閒談，有說有笑，好不歡快。

紀延生不由想起了金鑾殿上的那位。他身子一抖，不敢再想了，左右那位舅老爺，如今他是再也不敢惹。

待晚上的時候，一家人在曾榕的院子坐了一會兒，曾榕見天色晚了，便想著叫他們先回去休息，反正這日子還長著。

沒想到曾玉衡卻說：「大姊，先前我託妳找的房子，只怕如今是用不上了。抱歉，勞妳費心了。」

曾榕自然沒在意，反正院子是現成的，也就在紀府裡頭。她原本想著要留他們在府裡住著，待過了年之後再搬走也不遲，最好是住到他參加完會試才好。

「與我一同上京的一位朋友，家中正好有一處閒置的院落，可以租給咱們住。」曾玉衡微笑著說。

曾榕臉色一僵，登時便道：「你在家裡住著就是，何必要搬出去？如今這樣冷的天，也不知那房子暖不暖和呢。」

紀延生也立即道：「就是，你且寬心在家中住著，反正咱們家裡的院落也挺多的，你可別與你姊姊客氣，都是一家人，不能生分了。」

曾玉衡無奈，卻還是道：「可我與那位朋友已經說定了，如今也不好反悔。」

「你朋友是何人？既然也是剛上京的，不如就讓你姊夫下帖子，請他到家裡來作客，也算是答謝他一路上對你們的照顧。」曾榕如今當慣了一家主母，馬上便下了決定。

曾玉衡原本想拒絕，只是一想到朋友對自己的百般援助，他猶豫了一下，才道：「他是揚州華絲紡阮家的少東家，這次還多虧是他讓家中下人騰出一艘船給咱們，否則咱們一時還沒法子上京。」

曾榕正要說，那就更得請人家到府裡來作客時，就聽見「啪嗒」一聲。

紀清晨竟把手中的茶盞摔在了地上，滾燙的茶水潑得她手上、腿上到處都是，可她不僅沒覺得疼，心中反而升起說不出的狂喜。

華絲紡，阮家，她前世的家人……

大哥他上京來了！

雖說冬天衣裳穿得厚實，可一杯熱茶潑在身上還是夠嚇人的。

紀延生馬上從羅漢床上跳起來，身後的杏兒也趕緊上前關心。

曾榕被嚇了一跳後，指著旁邊內室的門喊道：「還愣著做什麼？趕緊把姑娘扶進房裡，瞧瞧可否燙傷了？」

曾榕的丫鬟司音趕緊上前，與杏兒兩人一左一右地將她扶到內室。

杏兒立即替她解了衣裳，只見茶水已滲透到中衣，臉色登時又白了一分。

紀清晨卻不當一回事，這會兒她心底是真的高興啊。

「我沒事的，都別怕，只是不小心灑了茶水而已。」紀清晨反倒安慰起兩個丫鬟來。

杏兒都快要哭了。「姑娘，您瞧瞧您這手都紅成什麼樣了，還說沒事。」

沒一會兒司琴又進來了，她把治療燙傷的藥膏拿過來，這還是她特地去紀清晨院子找的，如今她院子裡的藥膏都是內造的。

待碧綠清透的藥膏抹在她的手上，登時一股清涼之意透進心底。

「這孩子怎麼這般毛躁。」紀延生站在外頭，一臉擔憂地道。

曾榕實在是等得有些焦急，便親自進來。「身上可燙傷了？」

「太太放心吧，只是手上有些燙傷。」紀清晨輕聲回她，還把手舉起來給她瞧了瞧，又道：「都塗上膏藥了，不礙事的。」

「妳啊妳，怎麼這般不小心？」曾榕又是心疼、又是無奈地道，好在只是虛驚一場。

曾榕也不再多留曾玉衡一家三口，趕緊叫人領著他們去早已準備好的院落歇息。

到了晚上，曾榕躺在床上輾轉反側，就是睡不著。

因她不時地翻身，還不斷嘆氣，弄得紀延生都沒法子睡。他開口問道：「夫人，為夫明日還要早朝呢，妳若是有心事，倒是說出來啊。」

「我真是太心疼了。」曾榕一下子便坐起來。

紀延生一聽她的聲音帶著哭腔，也趕緊跟著起身，問道：「這又是怎麼了？」

「我晚膳那會兒才知道，弟弟他們一家進京，統共就三輛馬車。除了銓哥兒身邊的奶娘之外，就帶了四個僕人，兩個使喚丫頭、兩個小廝。還有，銓哥兒那小手上全都是凍瘡……他們肯定是在家裡吃了苦頭，我弟弟沒辦法，這才上京來的。」

曾榕沒找到機會問曾玉衡，可光是她看到的這些，就夠叫人心酸的。

紀延生頓時唏噓不已。不說旁的，就連紀湛那麼個半大的孩子，身邊伺候的丫鬟、小廝和婆子，加起來都有十來個人，沒想到伺候曾玉衡一家子的下人，加起來竟然才五個。

曾榕又繼續哭訴道：「還有我那弟媳婦身上穿的衣裳料子，我一眼便認出來了，是那年他們大婚時，我叫人送過去的。這都過去多少年了，竟還穿著。」

「妳也先別著急，有什麼事情，先問清楚再說。」雖然他也覺得曾榕猜想得沒錯，可這大半夜的，總要先讓她安心才好。

曾榕依然擔憂地說：「你又不是不知道玉衡那孩子性子有多傲氣，若不然他也不會這麼多年都不上京來，還不就是怕旁人覺得他沾著你的光。這會兒肯定是在家裡受了極大的委屈，才會來找咱們的。」

紀延生聽她這話，立即道：「妳放心吧，玉衡是我的小舅子，不管如何，我都會照拂他的。明年三月就是會試，到時候叫他下場試一試；若他想直接選官，我也會幫他通一通路子的。」

他倒不是誇下海口，要幫曾玉衡謀個縣令之類的小官，對他來說還真不是什麼難事。

聽他這樣說，曾榕才稍稍放心。

隔天便是紀寶芙的及笄禮，紀家擺了十來桌，衛姨娘雖不能到人前去，可是聽著都覺得臉上有光。

紀寶芙請了不少姑娘過來，有庶出的，更多的卻是紀延生下屬官員家中的嫡女。

之前曾榕怕場面上不夠氣派，便私底下問了紀清晨，看她可否也幫忙請幾位姑娘過來，好歹能撐撐場面。

紀清晨倒是沒拒絕，不過她平常很少出門，能叫的也就是裴玉欣和謝蘭。於是她給兩人都下了帖子，兩人都派人來說，會前來祝賀的。

紀寶璟則是一大早便帶著孩子回來。昨日她就接到消息，知道曾家舅舅上京，所以今兒個特地早些過來。只是這會兒天氣已經冷了，所以小寶寶便沒帶回來，只帶了溫啟俊過來。

紀湛一瞧見溫啟俊，便得意地對他說：「我也有個新弟弟了。」雖然是表弟，可也是個弟弟，省得溫啟俊整日在他跟前嘮叨個沒完。

溫啟俊不相信，於是紀湛便帶他到屋子裡去見銓哥兒。

今日一早，曾榕就叫人把自個兒新做的、還未穿過的衣裳送給了榮氏，說是怕她上京匆忙，還未來得及製冬衣。

榮氏自然是感激不盡。她統共就那麼兩身好衣裳，昨日穿了最好的一套，今兒個偏偏又趕上人家姑娘的大日子，她心底正為難呢，曾榕卻好似理解了她的難處。

她還問了曾玉衡，是不是大姊瞧出了他們的窘迫？

夫妻兩人雖說表面都像是無事人一般，可他們此次上京實在是太窘迫，就算大姊看出什麼，也不奇怪。

曾玉衡如今反倒是平靜了，他什麼東西都不要，只想帶著妻子和兒子來到京城。裡子都沒了，外在的體面又有什麼用呢？

不過託曾榕的福，榮氏在紀家六姑娘及笄禮這一日，倒是打扮得光鮮亮麗。此時，邀請的客人差不多陸陸續續地到了，曾榕也都一一為榮氏介紹。

都說人靠衣裝，佛靠金裝，昨日榮氏進門時，還有些束手束腳，如今換了一套新衣裳，又戴上華麗的首飾，心中倒是有了底氣，就連與人寒暄，都透著一股爽利大方。

晉陽侯夫人也與紀寶璟一塊兒來了，曾榕特地請她來給紀寶芙插笄。晉陽侯夫人自是沒拒絕，所以她今日是主賓，一進門就被曾榕請到上首坐下。

紀寶芙這會兒自然是沒法出來的，所以紀清晨便幫著招呼來作客的小姑娘們。

姑娘們見紀清晨說話和和氣氣，待人又極有禮，即便是那些庶出的姑娘，她都一視同仁，這讓本來對她有些偏見的姑娘，反而敢大著膽子和她說話了。

「說來，我很少在一些宴會上見到七姑娘呢。」紀延生一個下屬家的嫡女，有些惋惜地道。

只是這位姑娘一說完，一旁便有人笑了。

倒也不是故意要取笑她，只是覺得她這話說得確實逗趣罷了。

她們這些姑娘出來參加各種宴會，無非就是想博個知書達禮、端莊大方的好名聲，好為了日後結親的時候，能成為助力。

但紀七姑娘可不用考慮這些，又何必出來拋頭露面呢？

況且她就算要結交朋友，也都是跟那些公侯府中的嫡女玩在一塊兒，又豈會和她們這些低品級的官員女兒混在一處？

一說到親事，滿屋子的姑娘又要忍不住要羨慕紀清晨了，她可是定給了裴世子啊。

裴世澤雖說名聲是毀譽參半，可那張俊俏的臉就夠吸引人了。小姑娘誰不愛俊俏的男子啊，只不過她們誰都沒見過裴世澤本人，也就是道聽塗說而已。

這時候，紀清晨已經接到裴玉欣了，她正跺著腳在喊冷。紀清晨急忙將她拉進屋裡，歉意地說：「大冷天的，煩勞妳跑一趟了。」

「妳還與我客氣什麼呀！咱們是什麼關係，別在意那麼多。」裴玉欣說完，伸手抵了抵她的肩膀，還衝著她眨眼睛。

紀清晨正高興她這般給面子，結果就瞧見她揶揄的表情，登時脹紅了面頰，薄怒道：「妳要是再這樣，我以後可就不請妳了。」

「那可不行，我還想著要叫妳陪我一塊兒去看花燈呢。」雖說還沒過年，不過裴玉欣已經開始惦記正月十五的元宵節了。

去年因為先皇過世未滿百日，所以花燈節都沒熱鬧起來，大街上冷冷清清的。她憋了一年，聽說今年的花燈節將會熱鬧至極。

紀清晨一扭頭，悶聲道：「我可不去。」

「妳可別因為與我置氣，便連花燈節都不去了啊。」裴玉欣又輕撞了她一下，嬉笑著問道：「還是因為是我來邀請妳，而不是我三哥，所以妳不高興了？」

「別亂說話。」紀清晨心中不樂意，便不搭理她，又去招呼其他人了。

沒幾日便進了臘月，京城的第一場雪總算來了。

待紀清晨從老太太院子裡請安回來後，便想著要去堆雪人。她派人去請紀寶茵，腳上穿著一雙鹿皮靴子，身上披著一件大紅鑲兔兒毛的披風。

她一路跑到花園裡，這會兒園子觸目所及，都是一片雪白。

紀清晨一個人滾著雪球，一旁的杏兒想要幫忙，卻被她喝止住了。

等她自個兒滾了兩個雪球，正想著該怎麼搬起來時，驀然聽到旁邊響起一個聲音，問道：「需要我幫忙嗎？」

「柿子哥哥，你怎麼來了？」她歡喜地看著身旁的男子，他穿著墨色緙絲大氅，領口圍著一圈黑色皮毛。她從未見過他這般打扮，覺得又溫暖又英俊。

裴世澤走過來，瞧著她微紅的小臉，想來是在雪地裡太久凍的。

「我是親自來邀請妳去看花燈的。」

第一百零七章

銀裝素裹的天地間，穿著大紅披風的小姑娘，就是銀霜世界中最顯眼的那抹顏色。純白色皮草圍在她的脖子上，毛絨絨的一圈，襯得她的小臉如凝脂般無瑕。

大抵是在雪中太久了，她的鼻子泛著淺淺的紅色，水汪汪的大眼睛又黑又亮，帶著一絲狡黠，正亮晶晶地盯著他瞧。

「外面這麼冷，就知道胡鬧。」裴世澤瞧著她一張小臉已凍得泛紅，不禁心疼道。

果然，裴玉欣又回家告狀去了。只是紀清晨沒想到他真的會來，於是她低頭，害羞得說不出話。

「我聽說妳的手前幾日被茶水燙傷，如今可好了？」裴世澤見她不說話，又開口問道。

提到這個，紀清晨倒是想起來，他還特地讓人送來治燙傷的膏藥。她立即抿嘴點頭。

「早就好了，你放心吧。」

「我瞧瞧。」雖然周圍冷得厲害，可他的語氣卻像是帶著溫度，一點一點熨貼著她的心。

紀清晨不由握緊自己的手。也不知怎麼回事，如今她一看見裴世澤就越來越害羞，竟連抬頭看他都瞬間覺得羞澀起來。

裴世澤見她不說話，乾脆上前將她的手腕捉起來，低頭瞧著她雪白的手。手背上還隱約有些紅印，不過大概是塗了膏藥後，已好了不少。

「怎麼這麼不小心？」他低聲問了句，可又覺得聽起來像是責備，便軟了語氣，說了句。「很疼吧？」

「不疼，一點兒都不疼。」見他露出心疼的表情，紀清晨登時笑開來。其實她只是因為與裴世澤訂親，多多少少有點小女兒的嬌羞。

之前再喜歡他，可到底沒名沒分的。不過現在卻不一樣了，她可是裴世澤的未婚妻，等明年她及笄禮之後，很快就可以出嫁。

這麼一想著，她便盼著及笄能早點到。

「沅沅。」紀寶茵一到花園，就瞧見紀清晨以及與她攜手站著的裴世澤，她登時吐了下舌頭，喊了聲。「裴世子。」

紀寶茵低頭瞧著兩人牽在一起的手，紀清晨注意到她的視線落在何處，趕忙收回手臂，急急解釋道：「柿子哥哥聽說我的手被燙傷，便幫我瞧瞧傷口恢復得如何。」

她越是這般欲蓋彌彰，紀寶茵臉上的揶揄更甚。

雖然紀寶茵不敢當面戲弄裴世澤，卻難得瞧見紀清晨這般羞澀又手足無措的模樣，便轉頭對裴世澤道：「裴哥哥，你可要好好說一說沅沅了，好端端地把手燙成這樣，真是太不小心了。」

「是啊，確實是太不小心了。」裴世澤微微笑著，低頭看了眼紀清晨，才又偏頭對紀寶茵道：「所以煩請五姑娘要多讓著她一點兒。」

紀寶茵：「……」這溺愛得也太厲害了吧！

待裴世澤離開後，紀寶茵便拽著紀清晨的手臂，念叨道：「妳瞧瞧裴世子，竟還叫我讓著妳呢。從小到大，我什麼時候沒讓著妳？真是的，他這是要把妳寵上天了。」

這半酸半嫉妒的口吻，讓紀清晨不禁微微一笑。「妳若是喜歡，待我過幾日瞧見方家表哥，也會幫五姊好好說一說的。」

她一提起方孟衡，紀寶茵頓時羞得滿臉通紅。昨日方家送了好些年禮過來，可是把大伯母高興得不行，臉上那喜氣，真是擋也擋不住。

這會兒兩個訂了婚的姑娘倒是忘了要堆雪人，只一個勁兒地打趣對方。

待午膳的時候，紀清晨才知道，原來今日是定國公親自帶著裴世澤上門，一是為了送年禮，二是為了定下他們成親的日子。

這還是杏兒偷偷去打聽來的，紀清晨原以為這件婚事，要等到她及笄禮之後才會開始商議。

「這會兒定下了日子，定國公府也該提前準備起來了。要重新修葺院子，還要準備六禮，這前前後後準備下來，也要一年時間才算充裕。」杏兒說得頭頭是道，彷彿她自個兒成過親一般。

不過她說得倒也沒錯，定國公府的世子爺成親，怎麼都要準備個一年才行。

紀清晨聽完之後，立即板著臉道：「不許再出去打聽了，要是被旁人知道，還以為是我迫不及待著要嫁人呢。」

杏兒一愣，隨後便拍著胸脯道：「姑娘放心吧，都是奴婢自作主張非要去打聽的，與姑娘可沒有半點兒關係。」

紀清晨聽罷，才點點頭。

而裴延兆與裴世澤父子倆則是留在紀府中用午膳，紀延生自是作陪。

今兒個恰巧是休沐日，所以紀家大房的紀延德還有紀榮堂也在，便是曾玉衡也陪著一起用膳。

只是晚膳時，紀清晨在曾榕的院子裡頭碰到紀延生，卻見他心情似乎不大好，反倒是紀湛開心極了。

紀湛樂道：「裴哥哥說了，要帶我去打兔子呢！」

紀家乃是科舉立身的家族，家中子弟確實會騎馬，可若真要論馬背上的功夫，卻又是不足的。京中貴族冬日裡會舉行圍獵，紀湛只有耳聞，卻從未見識過。今日裴世澤應承了他，他恨不得吆喝得全世界都知道才好。

不過紀延生卻不屑一顧，只在旁邊重重地哼了一聲。

紀清晨這幾日一直想找曾玉衡說話，卻不得空，今兒個總算在曾榕這裡瞧見他，便輕聲問道：「曾舅舅，你先前說與你一起上京的乃是華絲紡的少東家，不知他如今在何處呢？」

曾玉衡一愣，倒是未曾想到她會問起這個，便道：「他如今就在京城，華絲紡乃是江南最大的綢緞莊鋪，南邊的各大城市都有他們家的鋪子，如今他們家中決定將生意拓展到北邊，所以才會著他上京。」

曾玉衡心中感到奇怪，紀清晨身為紀家嫡女，為何會問起她從未見過面的商賈家的少爺？

紀清晨心下一陣激動，只是她知道自己要是問得太直白，恐怕已經引起曾玉衡的疑惑，是以她解釋道：「我有個手帕交，先前是從江南來的，我曾聽她說過華絲紡的衣裳料子極是鮮豔好看，與其他鋪子不大一樣。」

曾玉衡對衣裳料子自是不上心，他沒想到華絲紡的名聲竟這般大，連紀清晨都主動問起來。他心下一動，想著紀清晨要是喜歡華絲紡的衣裳料子，她若能穿上華絲紡料子製成的衣裳，出席那些貴夫人舉辦的宴會，那麼對於華絲紡打開京城生意也是一大助力啊。

他能來京城，也是多虧阮文淵的幫忙，如今有了大好的機會，他當然希望能幫上好友的忙，這樣一來，也能報答他之前的恩惠。

所以他立即激動地道：「妳要是喜歡，我便叫他送些料子過來。」

「好呀。離過年還有大半個月，正好裁了衣裳，我可以穿著進宮參加宴會。」紀清晨笑咪咪地道。

曾玉衡一聽到「進宮」二字，心下顫抖。他乃是讀書人，這般寒窗苦讀十幾載，為的就是有朝一日能報效皇上。他是沒那個身分見皇上的，可一想到面前這小姑娘的親舅舅便是當今聖上，讓他這個後來的舅舅，難免有些汗顏。

待他晚上回去後，便與榮氏說他明日要出府一趟。

榮氏自是問了原因，待聽到是為了這件事時，她登時拍手稱好。阮文淵待他們一家有大恩，榮氏就盼著他家裡的生意能紅紅火火。

接著，她卻苦笑一聲，道：「昨兒個大姊叫了人來給咱們做衣裳，我雖推辭了，可卻拗不過大姊。光咱們銓哥兒，大姊就讓人做了六套。你說一個小孩子，哪裡需要這樣多的衣裳？」

榮氏知道曾榕待他們好，可她總覺得他們一家三口住在紀家已給曾榕添麻煩，如今又是給他們做衣裳，又是給他們添置新東西的；況且她聽說紀家都還沒分家，她擔心曾榕這般補貼他們，若被大房瞧見，可是會說閒話的。

曾玉衡聽著她的話，知道她是一心為大姊考慮，心中既感動，又傷心。

他安慰道：「妳不要太過憂慮，姊姊如今在紀家也是當家主母。只希望我明年能高中，別辜負了姊姊的一片苦心才是。」

次日，他便出府去找阮文淵。

阮文淵在來京城之前便先找好了鋪子，這會兒正在刷油漆，待年後才會開張。他就住在鋪子後頭的小院子裡，所以曾玉衡一上門，正巧撞上他的小廝拎著一大包東西進門。

「這是怎麼了？」曾玉衡見小廝手裡拿著的東西像是藥包，便擔憂地問道。

小廝立即道：「曾爺，我家少爺自來京城之後就病了，這幾日病得越發嚴重，我都算不清抓了幾回藥，可就是治不好。」

曾玉衡一聽也是著急不已，便隨小廝去了後院。

待進了屋內，曾玉衡就聞到裡頭一股濃濃的中藥味。走到床前，只見阮文淵躺在床上，雙頰泛著不正常的殷紅，看起來燒得厲害。小廝正想叫醒他，卻被曾玉衡制止。

等到了外間，曾玉衡問道：「到京的那日我瞧著還好好的，怎麼才幾日的工夫，就病得這般厲害了？」

「曾爺你有所不知，全都是這間鋪子給鬧出病的。」小廝嘆了一口氣道。

原來阮文淵來到京城之後，才發現鋪子竟還未修繕好，就連外頭的門匾都沒做好。細問之下才知道，先前阮家派來的那個掌櫃竟撒手不管了。他查了帳簿，見原本裝修鋪子用的銀兩也全都不翼而飛。

他怒氣沖沖地去尋那個掌櫃的，卻發現如今人家早已攀上了高枝，竟打通侯府的路子，進到侯府當下人去了。

阮文淵一時不得其門而入，拿那個掌櫃的沒辦法，鋪子卻又不能撒手不管，只好又多花些銀子來修繕鋪子。結果他心急鋪子來不及開張，銀子被偷走又找不回來，心底實在是悶得慌，竟一病不起了。

曾玉衡也為他打抱不平，卻又想不出法子。

沒一會兒，阮文淵便醒過來。聽見裡頭的動靜，曾玉衡和小廝趕緊進去，見他要起身，立即道：「阮賢弟，你還是躺著吧。」

「我這般模樣，倒是叫曾大哥你見笑了。」阮文淵苦笑一聲。

曾玉衡登時道：「阮賢弟你說的是什麼話。你也真是的，連病了都瞞著我，若不是我今日前來，只怕到現在還不知道呢。」

阮文淵垂下頭沒說話，曾玉衡咬著牙又道：「這件事你且放心，待我回去，便請我姊夫幫個忙，就算是侯府，也得講個道理不是？哪有縱容府中下人在外頭這般欺負人的。」

「曾大哥，這事還是算了，不過就是千兩銀子罷了，這點錢我阮家倒是不心疼。」阮文淵苦笑一聲，道：「我擔心的是我華絲紡的印染方子。這印染方子是我父親當年親自到各地蒐集而來的，而這個掌櫃在我家已有十幾年，若不然我父親也不會放心讓他上京來。」

前兩日阮文淵才發現，前面那家原本做酒樓的鋪子竟被人盤下來，說是要改成賣布料，後來他一打聽才知道，居然就是那個掌櫃盤下來的。

「這真是欺人太甚了！」曾玉衡咬牙怒道。

阮文淵苦笑，人家若是正常做生意，他自然不說什麼，可這會兒卻是衝著他們阮家來的。此時阮文淵不由想起了在江南時，父親的為難。

每年華絲紡不知要孝敬多少銀子，打點上上下下，那些人不過是動動嘴皮子，便能剝削走華絲紡將近三成的利益。一想到這些，阮文淵便在心中苦笑，他懷疑這次的事情，是有人盯上他們阮家了。

曾玉衡也不知該如何安慰他，畢竟這些事情並非發生在華絲紡一家商戶身上。不過他倒是想起了自己過來的目的。「說來，今日我帶了個好消息給你。」

待曾玉衡把紀清晨想要他家衣裳料子一事說出來時，他見阮文淵臉上並無太大激動，便又說：「你可別小瞧這個紀七姑娘，你可知她親舅舅是何人？」

阮文淵初來京城，自然是人生地不熟。

「她親舅舅可是當今聖上。她也與我說了，若是你的料子新穎又別致，她過年進宮參加宴會時，便會穿上。」曾玉衡一口氣道。

這會兒阮文淵一下子便坐起來，激動地問道：「此話可當真？」

若真能讓這樣的貴人瞧中自家的料子，對華絲紡日後在京城打開銷路可是有極大好處的；況且能與這樣的貴人結善緣，日後也是個依仗。

「我還會誆你不成？」曾玉衡見他來了精神，登時笑道。

阮文淵面露歉意地說：「曾大哥，我不是這個意思。」

曾玉衡自然知道他不是這個意思，便拍拍他的肩膀，笑著搖搖頭。

待曾玉衡回去後，又在曾榕的院子裡遇見了紀清晨，便一併將阮文淵病了的事情告訴她，說他不能親自送料子過來，倒是可以派人明早將料子送到紀府。

「病了？嚴重嗎？」紀清晨滿心擔憂。大哥那性子就跟老水牛似的，即便是病了、累了，也從來都不知道休息。

曾玉衡怕她對阮文淵不滿，只得如實道：「有些嚴重，已經好幾日無法下床了。」

居然這麼嚴重！紀清晨忍不住又追問道：「可請大夫了？要不拿爹爹的帖子請萬太醫去一趟吧。」

她一連串說完，曾玉衡都傻眼了。

沒等曾玉衡開口，紀清晨已對曾榕道：「太太，那位阮公子怎麼說都對曾舅舅有過恩情，咱們應該知恩圖報，所以妳拿了爹爹的帖子，讓人請萬太醫去給阮公子看病吧。」

曾榕沒想到她對曾玉衡的事會這般上心，心中十分感動，只是她有些為難地說：「這事總該與妳爹爹說一聲吧？」畢竟是請太醫給一介商賈看病，這天大的面子可丟不起。

「我會同爹爹說的。放心吧，爹爹絕對不會生氣的。」紀清晨保證道。

曾榕聽她這麼說，只得點頭，便拿了紀延生的帖子叫人去請萬太醫。

曾玉衡怕小廝不知道阮文淵住在何處，便也跟著去了。

「妳啊妳，就是這般熱心腸。」曾榕摟著她，認真地道。

紀清晨不禁有些尷尬。其實她不是為了曾玉衡，她是捨不得大哥。這麼多年來，她一直生活在京城，可前世的爹爹、娘親還有大哥，仍在江南。雖然這一世對他們而言，自己只是個陌生人，可在她心中，她卻一直記得他們待自己的好。

前世時，爹爹最大的願望是將華絲紡發揚光大，可偏偏她前世身死後，大哥便回了江南，從此華絲紡未再踏上京城。她知道爹爹和大哥是受到喬策的逼迫才下此決定的，他那樣的人，怎麼可能允許有威脅自己的事情存在？

這一世，她不僅會幫著他們在京城立足，她還要讓華絲紡名揚天下！

第一百零八章

正月初一，宮中設宴。

紀清晨端坐在席上，只是周圍不少人都往她這邊瞧過來。她素來喜好淡雅素淨的衣裳，大都是淺碧、淺藍這樣的顏色，可今日她穿了一身華麗至極的衣裳，將她整個人襯托得明豔亮眼，與平日裡簡直是判若兩人。

朱紅色雲錦廣陵大袖錦袍，那顏色看起來也與尋常的紅不一樣，有種奪目的美，叫人挪不開眼。

尋常人在這樣華麗的衣著下，難免會失了光彩，叫旁人把注意力都被這衣裳吸引去了。可偏偏她生得實在是方桃譬李，素雅打扮時是清妍絕麗，如今這般華貴的打扮，那絕美容貌不但沒被衣裳壓下去，反而越發明豔。

她還特地塗了緋紅口脂，讓紅唇看起來更加嬌豔；而原本就如濃墨般的雙眸，此時在燈光下更加晶瑩水亮，如蘊含著一整片清澈的湖泊般。

裴世澤遠遠地望著她，嘴角揚起一抹笑。

「沅沅今兒個穿得可真好看。」一旁的溫凌鈞瞧著正與紀寶璟坐在一處的紀清晨。這小姑娘實在是太耀眼了，連他都有些詫異。

紀寶璟轉過頭瞧了紀清晨一眼，笑道：「這身裝扮，可不像是妳的風格。」

「是不是因為太漂亮了？」小姑娘眨了下眼睛，一臉調皮，倒是把身上的那股冷傲給沖淡了，又成了嬌滴滴的紀家小七。

紀寶璟抿嘴笑了聲，輕斥道：「也不害臊，哪有這般誇自己的。」

紀清晨可不管這些，拉著她的手便道：「姊姊，妳若是喜歡，我叫人送幾疋料子過去給妳。」

之前紀寶璟見到她這身打扮，大吃一驚的的時候，紀清晨便與她說了華絲紡的事，還推薦她若是喜歡，大可以到這家店鋪去買料子。

說來京中這些勛貴人家的衣裳料子都來自固定的鋪子，有些人家得了宮裡青眼的，也會有內造的絲綢賞賜下來。

不過女子衣裳多，一季便要好幾套，出門會客穿的、在家裡穿的，還有大場合要穿的，分門別類，所以向來綢緞莊的生意都不差。

只是這些綢緞莊一多，難免會競爭，就看哪家壓箱底的手藝好了。

雖說有句老話，酒香不怕巷子深，可這再香的酒，要是沒人懂得欣賞，那也沒用啊。

紀清晨也不費口舌去一一推薦，她只管把華絲紡的料子穿在身上，叫所有人看見效果，自會是有人追著她問了。

紀寶璟聽她這麼說，伸手捏了捏她的鼻尖，好笑道：「難不成這家鋪子還給妳銀子了？竟是這般賣力地替他們招攬生意。」

她瞭解紀清晨的性子，不是個喜歡出風頭的。尋常姑娘參加宴會，哪個不是費勁心思打扮，想要在宴會上豔冠群芳，好叫所有人都瞧見自己的美。

可紀清晨卻是個怕麻煩的，參加宴會素來都是老老實實，既不搶風頭，也不喜歡出風頭，所以今日她穿了這樣一身出盡風頭的衣裳過來，紀寶璟便覺得奇怪。再聽到她說起華絲紡，她就猜到原因了。

不過紀清晨也不怕旁人猜，她就是喜歡華絲紡的衣裳，那又如何？

紀清晨立即嬌笑道：「姊姊只管說要還是不要嘛，左右是我出的銀子。」

「既然妳非要孝敬我，那我只好收下了。」紀寶璟見她這般撒嬌的模樣，不禁寵溺地道。

等到了元宵節這日，紀清晨早早就梳妝打扮好了。今日她依舊選的是紅色衣裳，不過這次是緋紅底灑金繡折枝百合長褙子，口脂則換成了大紅色的，原本淺粉如櫻花瓣的菱唇，塗上了這般濃豔的紅，讓她整個人看起來比那雪團還要白皙。

就連看慣她的杏兒和香寧，都不由得看呆了。

「姑娘，妳這樣打扮起來，可真是太漂亮了！」杏兒忍不住感慨道。

這些口脂都是紀清晨專門讓人調製的，她雖說不會弄這些東西，卻極有眼光，每回總是能想出不同的顏色。就說這大紅色，先前杏兒和香寧都覺得這樣的顏色塗起來，豈不是跟吃了小孩子的血一般？血盆大口的，能好看嗎？

可是今兒個瞧見，她們這才發現，竟是美得令人都不知該說什麼了。

紀清晨驕傲地站起身來，笑道：「先前妳們還勸我別亂配色，如今知道厲害了吧。」

「姑娘說得是，是奴婢們目光短淺了。」杏兒登時笑道。

今日除了老太太不願出去湊熱鬧外，就連韓氏都一塊兒出門了。畢竟是一年一度的元宵花燈節，況且去年還未舉辦，今年算是新皇登基後，頭一次舉辦元宵花燈會，所以商販們也都卯足了勁，一一製作出最耀眼的花燈。

原本今兒個舅舅還叫她進宮，說是陪著他一起登城門、看花燈。紀清晨想了想，她都已經答應了柿子哥哥，只好無奈地拒絕了舅舅。不過舅舅瞧著她說那假理由的時候，眼神可是懷疑著呢。

紀湛非鬧著要和她坐同一輛馬車，所以紀清晨帶著他，曾榕則是領著榮氏還有紀寶芙，一起坐另一輛馬車。

之前紀清晨已和曾榕說過，她約了裴玉欣一起看花燈。曾榕也知道她的小心思，只是如今都是過了明路的人，倒也不必拘著了。讓這對未婚小夫妻培養、培養感情，往後的日子才能甜甜蜜蜜嘛。

「姊姊，妳不和咱們一起去玩嗎？」紀湛有些不開心地問。

雖然出發之前他已經問過好幾遍，卻還是忍不住再問了一遍。

紀清晨摸著他的小腦袋，安撫道：「姊姊都說了，要和裴家姊姊一起玩；況且你都約了元寶還有俊哥兒，你們三個在一起，豈不是更好玩？」

孟祁元和溫啟俊今日自然也要出來湊一湊熱鬧，他們三個一向愛在一塊兒玩；而且又都是家裡的親戚，長輩們也樂得讓他們在一起，總好過在外頭結交了什麼壞朋友，給帶歪了性子。

一想到自個兒的小夥伴，紀湛倒也沒那麼難過了。

等下了馬車，眾人便準備各自逛去。

曾榕瞧著街上的人這樣多，便叮囑香寧和杏兒一定要護著小姐，可別讓人衝撞了。

本來曾榕不放心，還想多帶幾個人出來，只是紀清晨不願意罷了。難得出來一趟，她可不想太過拘束。

紀清晨轉頭便去了與裴玉欣約定好的酒樓，誰知到了那裡，竟只瞧見裴玉欣還有她帶來的丫鬟。

「別找了，我三哥被討人厭的東西叫走了。」裴玉欣氣哼哼地道。

紀清晨感到奇怪。「討人厭的東西？」

「可不就是討人厭的東西，粗俗無禮不說，嗓門還特別大，在這裡說話，只怕連街對面的人都能聽得清清楚楚。」裴玉欣柳眉一豎，帶著明顯嫌惡的表情。

紀清晨一聽，登時樂了，她可從未見過裴玉欣對誰這般橫眉豎目。

「這個討人厭的東西得罪過妳？」紀清晨立即便笑問道。

裴玉欣只怕是憋了許久，見紀清晨問起，竟一股腦兒地全都倒了出來。「妳是不知他有多討厭，每回見到我時，那雙眼直勾勾的，不知道什麼叫做非禮勿視嗎？真是一點兒教養都沒有，也不知道三哥為何會與這種人來往？如今倒是好了，三哥竟被他一叫就走了，還叫咱們在這裡等著。」她瞧著紀清晨，問道：「沅沅，妳是不是站在我這邊的？」

紀清晨瞧著她惱火得要死，立即點頭，鄭重地表明。「那當然了。」

「那行，咱們現在就出去逛逛，叫三哥一會兒好好找一找咱們，要不然他頭一回這樣，妳若是不生氣，往後他還會這般讓妳等呢。」裴玉欣彷彿化身軍師，開始出起主意來。

只不過紀清晨倒是沒生氣，畢竟柿子哥哥若真有要緊的事，總不能耽誤了吧？可瞧著裴玉欣這會兒正在氣頭上，也不好不順著她，就先陪著她出去轉一轉吧。

紀清晨叫丫鬟在原地等著，若是柿子哥哥回來了，便讓他先不要離開，到時候自己再想法子把裴玉欣哄回來。

「那行，咱們先去逛逛。」紀清晨挽著她的手，笑道。

裴玉欣沒想到她這般好說話，隨即露出笑容，又拿了兩個面具出來。「這是我專門叫人做的，可不是外頭那些粗製濫造的東西。」

紀清晨戴上了面具，兩人牽著手便下樓去了。

這會兒街上已經熱鬧起來，街邊的攤子上擺著各式花燈，有些商鋪為了招攬生意，特地請人做了精美的花燈。有透明的琉璃燈，也有婀娜多姿的美人燈，還有錦鯉燈，讓人看得眼花撩亂。

街上南來北往的小吃，散發出誘人的香氣，紀清晨晚膳沒用多少，此刻肚子裡的饞蟲倒是被勾了上來。

就見一處攤子前竟滿滿的都是人，裴玉欣自個兒是不敢往前擠的，便吩咐婆子過去瞧一瞧。沒一會兒那婆子回來說，前頭攤子是賣羊肉串的。

「羊肉串？還有這樣賣的啊。」裴玉欣登時好奇起來，只能說這烤羊肉的攤子真是太香了。

說來這一串還不便宜，竟要十個銅錢。可偏偏今日街上不少都是大戶人家的少爺、小姐，這點小錢在他們眼裡不算什麼，所以這攤子前的生意非但不差，反而擠了好幾圈人。

於是裴玉欣便派人去買。只是這烤的時間有點長，因此她們也不往前走，就在這附近逛著。

就在裴玉欣去買冰糖葫蘆時，紀清晨注意到旁邊酒樓門口傳來一陣騷動。待她定睛瞧過去，瞬間怔在原地。

阮文淵也是沒法子了，他以為自己不去追究那一千兩，這件事就算過去了，可他後來才知道，自己實在是太天真，自從他叫人裝修鋪子，便不斷有無賴上門來搗亂。一開始他請了官衙的人過來，可不僅沒用，那些無賴還變本加厲。

後來他以為是得罪了京城哪條道上的人，便又託了人暗中周旋，想要了結此事。誰知竟發現人家根本就沒瞧中他這間小鋪子，而是看中了華絲紡這個招牌，想要分紅。

一張嘴便要分紅，這跟明搶沒什麼兩樣。

他再打聽之後，便有些絕望了。原來這幕後的主使，便是之前偷了銀兩的前掌櫃所攀上的那個大戶，康安侯，而這次想要分紅的，則是康安侯的嫡次子孫炎。

孫炎不斷地派人到他的鋪子去騷擾，就連京兆尹都不敢管。

阮文淵本來是想要上門求見孫炎，卻求見無門。所以他後來打聽到孫炎今日會在這裡與友人宴飲，這才找上門來。

誰知他剛到，就趕上孫炎要離開。他趕緊上前攔住，待說明自個兒的身分後，孫炎馬上冷笑道：「你算個什麼東西，也配到我跟前來說話。」

旁邊與孫炎在一起的少爺們也都哄然大笑，就連路人都停下來，圍在一旁看熱鬧。

阮文淵面上一紅，卻還是硬著頭皮說：「孫公子，我有幾句話想和你說，不知可否行個方便？」

「想和我說話？」孫炎上下打量他一眼，面露不屑地道：「除非你先跪在地上爬三圈，再叫一聲爺爺，我便給你這個機會。」

紀清晨走過來時，就聽到孫炎這番厚顏無恥的話。

她看著阮文淵既難堪又不知所措的神情，卻還要極力忍耐著，登時所有的怒氣都衝到腦門上。

「他不過要與你說兩句話而已，你若是不願意，只管走便是，又何必這般羞辱他？」待紀清晨回過神時，憤怒的話語已脫口而出。

她渾身都在顫抖。阮文淵受到那種羞辱，就如同她自己遭受了一般。

前世的時候，那些所謂的貴夫人和小姐們，也是這般輕蔑地打量著她的吧？只不過她們沒有出言赤裸裸地羞辱她而已。

想來爹爹和大哥，一直都是受這些人的白眼……

孫炎沒想到會有個小姑娘幫阮文淵說話，他打量眼前這位小姑娘的身段，雖說這會兒穿著厚衣裳，可照樣能看出那不盈一握的腰身。只可惜她戴著面具，無法知道這面具下頭是什麼樣的容貌，不過倒是個嗆口小辣椒。

「妳又是誰？」孫炎問她。

阮文淵一見到孫炎這般露骨的打量，登時著急地對紀清晨道：「姑娘，謝謝妳。只是這裡的事情實在不是妳能插手的，妳還是趕緊離開吧。」

紀清晨看著他的模樣，覺得眼淚都要落下來了。

大哥，大哥！

「狗東西，這裡輪得到你說話嗎？」孫炎見他叫紀清晨離開，登時怒了，他一揮手，身後的小廝便如惡狗般地撲上來。

杏兒和香寧見狀，立即大喊著護在紀清晨身前，生怕她被傷到。

只是那些小廝卻是衝著阮文淵而去的，孫炎則已走到紀清晨跟前，笑道：「小妹妹，妳別害怕，這種人最是假惺惺了，我只是教妳看清楚他的真面目而已。」

「你趕緊放開他！」紀清晨見阮文淵被打了，便著急起來。

孫炎調笑道：「妳若是摘了面具，我便叫人放開他。」

紀清晨想也不想，便摘了自己的面具。

此時圍觀的人個個都瞪大了眼睛，這難道是天女下凡不成？

「你現在給我放開他！」紀清晨見阮文淵被打得都不出聲了，眼淚頓時落下來。

孫炎不由得看呆了。待他回過神，便又笑著問：「小妹妹，妳叫什麼名字啊？」

「三哥！」也不知從哪兒傳來一聲大喊。

旁邊隨即竄出來一個人，當頭一拳，便把孫炎打得摔倒在地上。接著他又上前將孫炎拽了起來，哪裡也不打，就直衝著他的面門打下去。

阮家的小廝一見主子被打，馬上放開阮文淵，全圍了上來。

裴世澤回頭看了一眼，冷聲道：「護好你們嫂子。」

於是一幫人便把紀清晨給團團圍住。

紀清晨站在原地，看著裴世澤將那些人一個個地打趴在地上。

這一世，他終於來了……

她心底一直期待著的，那個能護著她的人，終於來了。

第一百零九章

「身為大魏朝最驍勇善戰的火器營統領，你竟帶著下屬當街鬥毆，還驚動了京兆尹，不知出動了多少人才把你們拉住。」皇帝把面前的摺子一股腦兒地全甩在地上，有幾本還砸在裴世澤的身上，只是他跪在那裡，就算是被砸到了，也只是微蹙了下眉。

皇帝指著地上的摺子。「你瞧瞧，這些全都是彈劾你的，說你身為統領，卻立身不正，還有說你帶著下屬滋事，敗壞我大魏將士的名聲。對了，還有這本說你們在花燈節擾民，簡直是罪加一等。」

裴世澤已在這裡跪了一刻鐘，皇上也指著他罵了足足一刻鐘。

待皇上歇了一口氣，一旁的楊步亭趕緊上前替他倒了杯茶，叫他潤潤喉嚨。殷廷謹一口氣喝了一杯茶，才又坐下來。

「你說說你，素來冷靜沈穩，這次究竟是怎麼一回事？」殷廷謹有些無奈地道。

這一架打得可是驚天動地，孫炎直接被他打到連爹娘都不認識了；還有其他幾家少爺，腿瘸的瘸，胳膊斷的斷。

裴世澤所帶領的火器營將士，乃整個大魏最精銳的部隊，裡頭的軍士哪個不是驍勇善戰的？就那幾個酒囊飯袋的少爺，即便人數是他們的兩倍之多，也不是他們的對手。

「聖上，此事都是微臣一人之責，還請聖上處罰微臣就好。」裴世澤沈聲道。

殷廷謹聽見這話，都快氣笑了。

「打架是一起打的，如今這責罰你卻準備一個人擔著了？」

這小子還想談義氣，那打架的時候怎麼就沒想想後果？

昨日才打完架，今兒個彈劾他的摺子就跟雪花般倒在他的案桌上頭，皇帝就算是有意要祖護他，也都說不過去。

一大清早，康安侯便進宮來哭訴，說他那嫡次子被人給打得鼻青臉腫不說，身上還斷了好幾處骨頭，只怕不在床上躺個兩、三個月，是好不起來了。

本來清流一派就視裴世澤如眼中釘，畢竟他可是在先靖王封號之爭中，頭一個站出來支持皇上的，如今逮著他的錯誤，他們自是一窩蜂地全衝上來。

都察院的那些御史，個個義正詞嚴，看著他們的摺子，皇帝都要以為裴世澤是什麼十惡不赦的千古大罪人。

只是裴世澤自個兒倒是坦蕩蕩，表示人是他打的，後果他也願意承擔，而且他還要一個人承擔。

「你別以為這次可以糊弄過去，只怕連內閣那幫人，都要到朕的耳邊嗡嗡叫個不停。」皇帝看著他，生氣地說。

裴世澤卻不害怕，只道：「皇上只管處罰微臣，微臣願意領受。」說來說去，都是這句話。

就在此時，有個小太監趴在門口，小心地朝裡面瞧了好幾眼。

楊步亭發現了，便悄悄地走過去，輕斥道：「探頭探腦的在做什麼呢？」

這小太監乃是楊步亭的乾兒子，說來也巧，那模樣長得還真是和楊步亭有幾分相似。

「紀姑娘來了，在外頭鬧著要見皇上，奴才實在不敢攔著。」小太監輕聲道。

小太監叫楊柳，這姓也是認了楊步亭之後才改的，是個機靈又懂得上進的，所以楊步亭也格外看重他，時常指點他一些門道。

他們這些跟在聖上身邊的太監，最要緊的就是伺候好聖上，得揣度著聖上的心思。不能說摸透個十成十，可八九不離十卻還是要的。

之前楊步亭早就交代過他，這位紀家小姑娘可是極得聖上歡心，待她一定要客氣再客氣，恭敬再恭敬，但凡是她過來，一定要第一時間進來稟告，所以楊柳這不就立即進來稟告了。

楊步亭一聽是這位小祖宗來了，趕緊出門，就見她站在門口不遠處。

「見過姑娘。」楊步亭立即向她請安。

紀清晨瞧見了他，趕緊問道：「楊公公，裴世子可是在裡頭？」

她今兒個一早便進來給方皇后請安，就是想著今日舅舅要是召見裴世澤，可以立即趕過來。昨天裴世澤可是為了她才把那個姓孫的給打成那樣子的。

只是打到一半的時候，裴世澤立即叫人把她和裴玉欣都給帶走。大概是怕她們兩個姑娘會被牽扯其中，壞了名聲。

她被送回家後，輾轉反側了一夜都沒睡著。

待今兒個早上，她瞧見爹爹的臉色不大好看，便偷偷地問了曾榕，這才知道他們昨日打架竟是驚動了京兆尹。

紀清晨也顧不得旁的，便趕緊進宮去，就想著要在舅舅跟前替他求情。畢竟都是因為她，柿子哥哥才會當街與人打架的。

結果沒想到，舅舅一直都在接見朝臣，竟不得空見她。待知道裴世澤進了勤政殿，她才匆匆地趕過來。

「聖上正在裡頭與世子爺說話呢。」哪裡是說話，也就是單方面地罵人，可楊步亭見她一臉擔憂的模樣，便沒敢說出口。

不過也是，畢竟世子爺如今已與紀姑娘訂了親事，如今世子爺出事，難怪紀姑娘會這般擔心。

「楊公公，你能進去通傳一聲嗎？就說我有急事想見舅舅。」紀清晨著急地道。

楊步亭有些為難。這會兒皇上正在裡頭罵人，誰進去誰倒楣，可若是不通傳，他又怕紀清晨以為自個兒是故意為難她。紀清晨已從袖中拿出一個錦繡袋子，伸手遞給楊步亭，笑道：「說來年節裡見楊公公忙碌，便沒來得及給，如今還沒出正月，倒也不算遲。」說著，她便不由分說地將錦袋塞進楊步亭手中。

楊步亭一驚，連忙道：「姑娘，這我可不能要啊。」

紀清晨微微擺手。「倒也不是什麼貴重東西，不過是新年裡圖個喜氣，就當是個好彩頭。若舅舅還在與裴世子說話，那我就先在這裡等著吧。」

她倒也不急著進去了，反正這會兒只怕舅舅該罵的也都罵完了。

楊步亭見外頭的寒風呼呼地颳著，這小姑娘的臉頰是何等嬌嫩，要是凍傷了可怎麼是好？他趕緊引著她走進大殿，輕聲道：「姑娘先到殿內等著吧，老奴這就去通傳，還請姑娘您恕罪。」

待楊步亭進了內殿，就見聖上這會兒面色已不似先前那般盛怒，他走到殷廷謹的身邊，低聲道：「皇上，紀姑娘來了，正在大殿等著呢。」

他聲音雖輕，可還是叫裴世澤聽見了，他忍不住抬起頭。

殷廷謹一聽，緩緩地笑了，連連搖頭。「這丫頭，真是……」才定了婚事幾日啊，便開始擔心起這小子了。

不過他沒把這話說出口，就是不想讓裴世澤太得意了。

「皇上，外頭颳著風呢。」楊步亭又輕聲說了句，就見殷廷謹揮揮手，讓他去把人給領進來。

紀清晨一進到東暖閣，就瞧見裴世澤跪在地上，她一時心疼得要命。

她收斂心神，才上前給殷廷謹請安。

殷廷謹叫她起身後，便沒說話，只等著小姑娘開口。

紀清晨垂眸往旁邊瞧了一眼，只見裴世澤穿著一身墨綠底子繡寶相花暗紋嵌黑色襴邊的錦袍，此時他跪在地上，袍子前襟後襬鋪在暗金色的地磚上。

「舅舅，昨日裴世子打架一事，完全是因我而起，若舅舅要責罰他的話，便也一併責罰我吧。」紀清晨跪下來，膝蓋碰在地上的聲音，讓坐在紫檀木案桌後頭的殷廷謹，頓時心疼起來。

他沒想到，紀清晨竟也摻和在這次的鬥毆事件裡。

裴世澤皺眉看著她。這人是他帶著部下去打的，他可不想讓自個兒的媳婦來替他求情。

只是紀清晨可不看他，只管盯著上首的殷廷謹，繼續道：「昨日我與定國公府裡的三姑娘裴玉欣約好要一塊兒看花燈，結果我們在街上閒逛的時候，卻撞見那個孫炎仗勢欺人，我一時氣不過要上去與他理論，結果……」

紀清晨說到這裡，便哽咽得說不下去。

殷廷謹立即勃然大怒。他方才也問了裴世澤緣由，畢竟裴世澤並非魯莽之人，可裴世澤偏偏不說，只說自己打了孫炎，火器營的那幫人也是聽命行事才會打架的。所以，他才會罵了裴世澤半天。

「這個狗東西，竟是敢欺負到妳頭上去了。」殷廷謹一想到康安侯竟還有臉到他跟前哭訴，他心中就來氣，裴世澤怎麼就沒把那個叫孫炎的給打死了？

「我當時臉上戴著面具，他竟叫我摘了面具，還當眾羞辱我。舅舅，柿子哥哥都是因為想護著我，才會一時不忿上去揍他的，所以您要處罰他的話，請您也一塊兒罰我吧。」

裴世澤心底幽幽地嘆了一口氣，也不打算給小姑娘使眼色，她這是打算與自己同甘共苦呢。

殷廷謹這下子也氣得不輕，當即便道：「此事朕會徹查到底，這幫勛貴子弟仗著家中有爵位，便在外面為非作歹。如今倒是好了，連小姑娘都欺負上，還真是翻了天呢！」

見殷廷謹是真的動怒，眾人趕緊垂下頭。

紀清晨本來只是想假裝哭訴一下的，可一見舅舅這般向著自個兒，居然真的哭出來了。

殷廷謹見她跪在地上，垂著頭，眼淚啪嗒啪嗒地落下，白嫩的小臉都憋紅了，那模樣可不就是受了極大的委屈嗎？於是他親自起身，把她扶起來，道：「舅舅知道，這次讓妳受委屈了。」

紀清晨本不想哭哭啼啼的，可是一有人護著，她也忍不住嬌氣起來。

裴世澤走在她身邊，高大的身子擋住了從北邊颳來的寒風。

紀清晨垂著頭，亦步亦趨地跟著他，十足的小媳婦模樣。

見她不敢抬頭說話，裴世澤先開口道：「以後再遇到這樣的事情，妳不必開口替我求情。」怕她誤會，他又補了句。「皇上也只是責罵我，並不會真的處罰我的。」

這點自信，裴世澤自然還是有的。

紀清晨抬頭看著他，從她的角度只能瞧見他半張側臉，英挺俊朗得讓她忍不住揚起嘴角。她輕聲說：「可是我捨不得。」

裴世澤瞧著前頭宮殿屋脊上的明黃琉璃瓦片，慢慢地轉過頭，就看見小姑娘一臉溫柔的表情。

如果他現在不是站在這裡，身邊沒有這麼多人，他肯定會狠狠地親她。

紀清晨也瞧著他。她就是捨不得，就算舅舅只是罵一罵他，她都不捨。他以後可是她的人了，這一世，不管是好或不好，能罵他的，都只有她。可她多喜歡他啊，又怎麼會捨得罵他呢？

「下次不許再這樣了。」他匆匆地說了一句，便撇過頭。

紀清晨這才發現，他的耳朵竟泛著微紅。

他這是不好意思了？

「柿子哥哥，你害羞了？」紀清晨問道，心底已是雀躍起來。先前剛賜婚的時候，她每每看見他，就會從臉頰一直紅到耳朵根。

這會兒瞧見他居然也會羞澀，就跟乍然挖到什麼寶藏似的，打心底歡喜起來。

裴世澤不由得加快腳步，紀清晨自是趕不上，卻也不著急，慢悠悠地在後頭跟著。果然他走到前頭宮道岔口時，就停下來等她了。

待送她回了紀家之後，裴世澤又進府裡給紀延生打了招呼。其實元宵節衙門裡也會放五日假，不過裴世澤這一架打得過於震撼，朝中的御史連休息都顧不上，非要寫上一本摺子彈劾他。

紀延生瞧見他，倒也沒太過生氣。

今兒個早上，他是真的生氣了。可紀清晨自然不會讓裴世澤蒙受不白之冤，當即便把昨晚發生的事全說了一遍。

聽完之後，就連曾榕都站在裴世澤這邊，還義憤填膺地說：「打得好！」

只是紀延生到底是都察院的人，是監察百官行為的，雖說裴世澤的行徑是情有可原，可也不能鼓勵，所以他叮囑道：「以後若是遇到這樣的事情，不宜太過衝動。若實在氣不過，也該找個安靜的地方，不要擾了旁人的清靜。」

這話讓裴世澤聽得都愣住了。他還以為今日過來，難免又要落得一頓數落。

沒想到數落還是有的，卻是紀延生嫌棄他打架的地方找得不對，提議他該找個安靜的地方，把那姓孫的狠揍一頓。

一聽說孫炎當街調戲紀清晨，紀延生恨不得親自揍他一頓，哪裡還會責怪裴世澤？

原本他對這個女婿還是有點兒不滿，如今這個女婿讓他刮目相看了一回。

臨走的時候，曾榕特地給裴世澤包了燕窩，說是他受累了，讓他拿回去好生補補。

正月底，裴延兆便被宣進了勤政殿。要說這勤政殿，裴延兆還不如裴世澤來得多，所以乍然被皇上宣進宮來，心中難免有些忐忑。

皇帝瞧他進來，隨即叫人搬了椅子過來，讓他坐下。

「謝聖上。」裴延兆見他不生氣，心底便鬆了一口氣。

之前裴世澤打架的事情在京中鬧得沸沸揚揚，連裴延兆都嚇了一跳。雖說他不喜歡這個兒子，卻也不得不承認，裴世澤永遠叫人最放心，他那性子打小便是穩重的，所以出了這種事，讓他比誰都吃驚。

後來皇上倒是下了旨意，結果頭一個就是斥責康安侯，說他管教不嚴，竟放縱家裡人在外為非作歹，威逼商戶。其實這些勛貴的勢力都是盤根錯節，家裡人多了，難免有些人會在外惹出禍亂。

只是誰都沒想到，打架這事皇上竟會下旨斥責被打的那一個。待一聽原因，勛貴心底登時明白了，皇上這是不滿康安侯兒子不夠有禮。

說來這些勛貴人家除了犯下通敵、叛國這種抄家大罪，其他的衰敗都是先從內部開始。

倒是裴世澤，皇帝也責罰他了，罰俸半年。

正三品護軍參領，一年才那麼一點兒俸銀，裴世澤壓根兒就沒看在眼中，這處罰簡直就跟沒罰一樣。

「先前你選的日子朕都看過了，都是好日子。」皇帝寬和地道。

裴延兆心底一鬆，原來是為了這個啊。

「沅沅這孩子雖說比景恒小了點，可性子卻是再好不過的，又孝順長輩，與姊妹相處也是極融洽的。」反正殷廷謹就是一番誇讚，到底是自家的孩子，怎麼看都是好的。

裴延兆的心跳又提了起來。皇上與他說這些是什麼意思呢？

隨後殷廷謹便道：「對了，愛卿家中除了景恒之外，膝下還有幾個孩子？」

裴延兆心都快要跳出胸口了，立即道：「回皇上，微臣尚有一子三女。」

「哦，愛卿倒是好福氣啊，有三位千金。」殷廷謹一副閒話家常的樣子，可裴延兆面上雖是笑，手心都已經開始冒汗了。

皇上豈會無緣無故說這些？

「可都訂了親事？」

裴延兆微微搖頭，說道：「微臣長女如今十七歲，正在議親，其他兩個孩子年紀尚幼，倒是還未說親。」

「十七歲啊。」殷廷謹深思了一會兒，便微微一笑，道：「說來也巧，去年臘月的時候，端郡王倒是上了摺子，說他家中嫡長子，如今二十歲，想讓朕給指一門婚事。這樣看來，你的長女年紀十分般配啊。」

裴延兆腦子猶如被人劈了一半，一時竟說不出話來了。

端郡王的封地在雲南，他的祖父乃與皇帝的祖父是兄弟，都是世宗皇上的兒子。

只是那位王爺並不受寵，身為世宗皇上的兒子，卻不過被封了個郡王爺而已，如今更是遠在雲南，早就遠離京城這個繁華都城，是個閒散宗室了。

裴玉寧若是嫁過去的話，只怕這一世都沒辦法再回京城了。

可裴延兆看著面前笑盈盈的皇上，這件婚事，又豈是他能拒絕得了的？

不過，皇上為何要將寧姊兒嫁過去雲南呢？

想到這裡，裴延兆不禁想起幾個月前家中的那場爭執。

當時裴世澤便說，這件事不會就這麼過去的。他以為聖上一直沒提起，便是忘記了，可誰知，竟是在等待機會。

皇上這是想要讓玉寧一輩子都回不來啊！

第一百一十章

這才剛到二月，京裡便出了件喜事。

皇上賜婚定國公長女裴玉寧與端郡王世子爺。

只是這麼一樁喜事，聽見的人頭一個反應卻是——端郡王？這位是……待一細想才憶起，這位是封地在雲南的那位啊。只是京城離雲南還真是夠遠的，必須走水路一直到嶺南，再改走旱地。

這少說，也得半年才能到呢。

如此遙遠的地方，尋常只有被貶斥的人才會到那裡去。

所以這門婚事表面上看起來光彩，可仔細一想，這哪裡是高嫁，分明就是被貶了啊。不過上門恭賀的人面上還是喜氣洋洋的，一點兒都看不出來有什麼不對勁的地方，只是在私下眾人早已議論紛紛。

有人心底便疑惑，這究竟是怎麼回事？畢竟裴玉寧只是個姑娘，總不至於開罪皇上，難不成是皇上對定國公有什麼不滿？

可是一想又不對啊，定國公自皇上登基之後，也沒有過什麼不妥的舉動，不至於讓皇上這般對他。

而此時謝萍如臉上完全沒有血色地坐在榻上，隨後就見一個丫鬟進來，她立即站起來問道：「國公爺呢？」

雖說進來的是謝萍如身邊的貼身丫鬟，可如今卻是不敢開口。

「我問妳國公爺呢？」謝萍如又著急地問了一句。

丫鬟還是不敢回話。

謝萍如便推開她，直接走出去。

待她到了裴延兆的書房門口，還沒等小廝進去通稟，便衝了進去。誰知卻瞧見一個穿著緋紅夾襖的丫鬟，竟坐在裴延兆的腿上，嬌笑地問道：「國公爺，這個字該怎麼唸啊？您教教奴婢吧。」

那嬌滴滴的聲音，簡直是柔媚入骨。

謝萍如「砰」的一聲推門聲響，瞬間壞了這滿室的春情。

裴延兆沒想到她會過來，趕緊把坐在他腿上的丫鬟推下去。那丫鬟一時反應不及，整個人撲倒在地上，還伴著一聲「哎喲」的痛呼聲。

「妳怎麼來了？」裴延兆老臉一紅，起身問道。

謝萍如雙眼死死地盯著那個丫鬟。這是專門在他書房裡伺候的，模樣只能算得上是清秀，卻不想倒是被他看中了。

就算裴延兆已經納了好幾房妾室，可謝萍如卻從未像現在這般生氣。她眼睛通紅地盯著那個丫鬟，卻沒一絲軟弱，全都是惡狠狠的怒氣。

那丫鬟被嚇壞了，立即跪下，連聲喊道：「太太饒命、太太饒命。」

謝萍如上前，一腳就踹在丫鬟的胸口上，將她踢倒在地。

丫鬟痛呼一聲，惹得裴延兆心疼地也跟著叫了一聲，只是在謝萍如看過來時，他又不由得咧嘴道：「不過就是個丫鬟而已，妳何必這般生氣？」

要不是謝萍如一會兒還有重要的事情要去做，只怕是怎麼都不會放過這個丫鬟的。她指著門口，不屑地道：「給我滾出去！」

丫鬟也沒想到自個已竟能撿回一條性命，當即摀著胸口，掙扎著爬起來，趕緊退了出去。

「妳說說，妳是什麼身分，何必要與一個丫鬟計較呢？」裴延兆見她氣得胸口直起伏，立即出言安慰她。

誰知謝萍如卻死死地盯著他，她勉強壓下怒火，道：「為何我派人請你，你不過來？」

裴延兆自然知道她請自個兒是為了什麼事，可如今這件事已不是他們所能左右的了。皇上都已經下旨，聖上一言九鼎，根本就沒有轉圜的餘地。

「夫人，我知道妳捨不得寧姊兒，我也同樣捨不得她，可如今咱們又能如何呢？聖上既然已下了聖旨，咱們便高高興興地送她出嫁吧，別讓孩子心底不好過。」他伸出手，拉起她的手安撫道。

謝萍如看著他，一臉的不敢置信，她沒想到他竟會說出這樣的話。

她推開他的手掌，怒道：「你說的都是些什麼狗屁？寧姊兒可是你的親生女兒，你卻是這般待她的？她就要到那麼遠的地方去受罪了，你這個做爹的，竟然就這樣不聞不問！」

裴延兆被她說得沒了臉面，登時怒了，甩手便說：「還不就是妳自己沒教好女兒，寧姊兒會有今日，那都是她自作自受！若是她在寧國公府的壽宴上沒想著要害人，何至於有今日這樣的事情？」

謝萍如雙目圓睜，一副恨不得撲上來生撕了他的模樣。

「要不是因為安素馨，寧姊兒又怎麼會落得今日這個地步！」謝萍如喊道。

裴延兆皺起眉，覺得她當真是不可理喻。「妳好端端的提她做什麼？她人都死了，難不成還能從地底下鑽出來？況且這婚事乃是皇上定下的。」

謝萍如立即大笑起來，道：「裴延兆啊裴延兆，如今你竟連自個兒當了綠頭烏龜都不知道，我真是可憐你。不過也是，就算你知道了又能如何？畢竟人家如今的男人，可是皇上啊。」

裴延兆跟看瘋子一般地看著她。

「安靖太后受封那一日，我在宮中撞上了安素馨，你若是不信，只管問我身邊的丫鬟，那日我差點與她的駕輦撞在一塊兒，不過她很快就離開了。」謝萍如抬頭看著裴延兆，露出一臉輕蔑的笑容。「能在宮中乘坐那樣的駕輦，可都是後宮妃嬪。」

她突然又笑了，輕聲道：「想必你早就見過三皇子了吧？你不覺得他那雙眼睛與你那大兒子，簡直是一、模、一、樣！」

「一派胡言，信口雌黃！」裴延兆立即訓斥道。

謝萍如不以為然，她盯著裴延兆道：「你以為今日之事，真的只是因為寧姊兒和紀家那丫頭的一點兒爭執嗎？我告訴你，這是安素馨在報復你。你應該不會忘記當年京中的傳聞吧，汝南侯是被何人檢舉的？」

「荒唐，父親當年與汝南侯乃是至交，況且他鎮守西北，與汝南侯是井水不犯河水，若不是咱們兩家關係好，父親又怎麼會叫我娶素馨呢？」裴延兆眼中出現一絲慌亂，可話語中卻是一口咬定。

謝萍如是何等瞭解他，因此更是得意地笑了。

當年汝南侯的事情一爆發，京中便有傳言，說這件事乃是定國公向皇上告密的，只因為汝南侯的聲望，已越過了定國公。

「現在看來，安素馨當年可能是詐死的。你說她若是沒確定這件事，又何必放棄這國公夫人的位置？畢竟當今這位聖上能登基，那可是誰都沒能想到的。」謝萍如這會兒儼然是看得通透極了。

有些事情一旦扯出了線頭，便能理出個頭緒來。

裴延兆伸手扶了下桌角，顯然他已經被謝萍如說服了。

「相公，她可是回來報仇的。」謝萍如上前，伸手搭在裴延兆的手背上。

可裴延兆卻抬起頭，搖頭道：「不會的，再怎麼說，世澤也是她的兒子。」

「是啊，這家中只有裴世澤與她有血緣關係，但旁人卻都與她無關啊。到時候沒了相公你，這國公爺的位置，不就正好能落在她兒子的手裡嗎？」

謝萍如當下已不單單只想著裴玉寧的事情了。

女兒不管如何，肯定是要嫁出去的，可她還有兒子要顧著。不管怎樣，她一定要拉著裴延兆站在自己這一邊。

「至親至疏夫妻，如今咱們才是同林鳥啊。」謝萍如靠近裴延兆，越發溫柔地說。

裴延兆瞧著她，心中不禁動搖了。

就在此時，門外傳來喊聲，就見一個丫鬟尖叫著進來，喊道：「夫人，您快去看看吧！姑娘上吊了！」

待謝萍如趕到裴玉寧房中，她已經被丫鬟救下來，只是脖子上卻有一圈明顯的紅色瘀痕。

謝萍如撲上去，抱著她哭道：「妳這孩子，妳這是要讓娘親心疼死啊！」

裴玉寧已經醒過來，只是臉色卻很蒼白，她一見謝萍如便哭道：「娘，我不想嫁到雲南去。」

「妳這個傻丫頭。」謝萍如抱著她，母女兩人哭成一團。

裴延兆進來的時候，見到這樣的情景，心頭也是一酸。

只是裴玉寧上吊的事情，到底還是被謝萍如掩蓋得嚴嚴實實。這門婚事可是皇上親自下旨的，便是有再多不滿，關上門怎麼罵都行，但就是不能叫旁人知道。

要是這件事傳出去，只怕誰都知道裴玉寧不願意嫁給端郡王世子。

這跟抗旨有什麼兩樣？

裴家這邊是一片愁雲慘霧，但正張羅著嫁外甥女的殷廷謹卻渾然不知。

他之前就已經令欽天監算過日子了，十月初八是這一年裡頂好的日子。既然這日子已經定下來，便要張羅嫁妝了。

外甥女出嫁，他這個當娘舅的自是要出血本的，畢竟她親娘已經不在，他這個親舅舅得替她撐起場面來。

只是待內閣和六部一幫老臣瞧見皇上的這道聖旨時，都是面面相覷。

郭孝廉坐著未開口，反倒是禮部尚書頭一個開口道：「皇上，這只怕是於禮不合吧。這個紀家姑娘說來也只是皇上的外甥女，一個郡主之位，只怕是太越矩了。」

殷廷謹恨不得拿出耳耙子，給自己挖挖耳朵。這些大臣，成日裡總是糾結在這種細枝末節的小事上。其實他本來是準備直接下旨，著禮部擬定沅沅的封號。

只不過他知道這幫老東西肯定會像之前那般，把聖旨給退回來，所以他乾脆把人全都召集，讓他們一次將想說的都說了。

吏部尚書瞧了郭孝廉一眼。說來吏部一向與內閣不甚和諧，因為吏部乃是六部之首，不用受內閣約束，直接向皇上稟告即可。偏偏自從郭孝廉當了這個首輔後，收攏權力，一下子便叫內閣凌駕在吏部之上。

要知道之前吏部尚書的轎子遇到內閣首輔的轎子，那可是不需要讓位的。

「說來太祖年間，便封過一位韓姓女子為郡主，太祖本紀便有此記載。」刑部尚書輕聲道。

刑部尚書乃是吏部尚書的學生，所以從來都是站在他這邊的。如今見他開口，郭孝廉心中便明白，只怕皇上已提前和吏部尚書這個老傢伙通過氣，看來今日是要強行通過這道聖旨了。

禮部尚書立刻急了，道：「那韓姓女子對太祖有恩，對社稷有貢獻，如今這位紀……」

他的「何德何能」還未說出口呢，就見郭孝廉猛地一咳嗽，禮部尚書這才瞧見皇帝的臉色已鐵青了，他趕緊止住下頭的話。

一旁的工部尚書則開口說：「皇上，微臣乃江南人士，在江南有句古話，娘舅大過天。皇上疼愛紀姑娘乃人之常情，只是郡主之位本已是厚待，這食邑三千戶，著實有些太多了。」

「哦，那愛卿覺得多少適合？」皇帝立即來了興趣。

郭孝廉都沒來得及阻止，就見對面的豬隊友已經把話題扯到食邑上頭。

接下來的半個時辰，這些大臣們就都在討論著究竟該食邑多少才適合。

顯然封郡主這件事，已經是板上釘釘。

第一百一十一章

三月中旬時，定國公府到紀府去下了小定。

雖說裴世澤和紀清晨的婚事，是皇上親自下旨賜婚的，可該走的禮節卻還是一樣都不能少。

為了下定，定國公府還特地去請了專門的媒人婆。

紀清晨前幾日才安慰過紀寶茵，讓她別緊張，結果今兒個就輪到自己，心中的壓力果真是無法言喻。

就在定國公府下定之後，正好是會試揭榜的日子，曾玉衡中了進士，殿試得了二甲四十六名。

這可真是把曾榕給樂壞了，就連紀延生都覺得面上有光。

因曾玉衡要專心應試，所以過完年之後，還是住在紀家，這會兒中榜了，自然酒席也都擺在紀府。

曾榕雖然一向低調，如今卻一點都不願意低調了。

她大張旗鼓地叫人送信去江南，還吩咐了送信的人，一定要把這個好消息親自告訴她的爹爹。

說來曾榕是真的生氣了。她那繼母實在太不是個東西，成日在家裡只會拿出婆婆的架勢來苛責榮氏，而榮氏自是百般隱忍。

曾玉衡看不過去，也心疼榮氏，便護著妻子。於是繼母就又到曾老爺跟前告狀，說他們夫妻是如何不孝順長輩。

曾老爺自是生氣，父子兩人險些起了衝突。

榮氏為了讓公公息怒，自然是加倍地孝順繼母。

她整日到繼母跟前端茶倒水的，便把銓哥兒放在自個兒的院子裡，誰知奶娘只不過走開一會兒，還特地叮囑丫鬟要好生照顧銓哥兒，卻還是讓孩子把手燙傷了。

榮氏得了消息，便立即趕回去。

而那個丫鬟，就是繼母李氏賞的。

曾玉衡回來得知此事，驚怒交加。可他繼母素來就愛搬弄是非，再加上曾家父子的關係本來就差了一些，這會兒曾老爺更是聽信了繼母的話，認為是奶娘照顧得不精心，要攆走奶娘。

這件事實在是叫人寒心，於是曾玉衡乾脆什麼都不要了，就帶著妻子、孩子，還有奶娘，以及幾個靠得住的僕人，便上京來了。左右他也是準備下場應試的，還不如乾脆早點上京準備。

這會兒讓他中了進士，曾榕只覺得揚眉吐氣，這可真是狠狠地打了他們兩人的繼母李氏一巴掌啊。

既是曾玉衡的謝師宴，所以請了不少人，就連阮文淵也來了。紀清晨自從年後就沒見過他了，聽說他被打得不輕，足足臥床一個半月才好。

紀清晨雖然心疼，卻不能叫旁人瞧出來。畢竟他如今已經是外人，不是她的大哥了。

但紀清晨還是想看看他，確定他是不是真的都好了？

杏兒一聽說她想見阮文淵，嚇得臉色都白了，當即便道：「姑娘好端端地問阮公子做什麼？」

「妳想到哪裡去了？我不過是想問問華絲紡最近可有出新料子？妳不知道華絲紡如今是何等火紅啊。」

說來，阮文淵被打了一頓，竟是因禍得福了。

這件事在京城鬧得沸沸揚揚的，所以傳言便出來了。都說是孫炎瞧中了這華絲紡，想要將其占為己有，便派人上門搗亂，於是人家鋪子的少東家便去找他求情，誰知竟被他狠狠地打了一頓。

幸好被裴世澤和火器營的人碰上，火器營的那幫是什麼人啊？那可是在軍中特別大義凜然的一群人，瞧見這事，自然為其打抱不平，於是就把孫炎狠狠地揍了一頓。

於是華絲紡便因為這個事件，在京城打出了名氣。

再加上紀清晨在宮宴上穿的那身衣裳實在是太招眼了，一些夫人、小姐打聽過後，才知道竟是華絲紡的料子。所以就有人說，難怪孫炎會想要這華絲紡，畢竟這個鋪子，那可是日進斗金的聚寶盆啊。

所以華絲紡還未開業，便在京城的世家圈子裡，徹底出名了。

阮文淵雖躺了一個半月，也沒耽誤鋪子的裝修進度。待一出正月，他便把鋪子張羅好，順利地開張了。

因華絲紡的大店在揚州，各處的衣料都是從揚州運過去的，沒想到一開業生意便這般好，第一批貨竟在三日內就被搶購一空。

阮文淵急得沒法子，就叫人趕緊從揚州調貨過來。可這一路上就算再快，那也要一個月。但是這等待的時間，反而叫人越發心癢。買到衣裳的人，早早便裁剪了新衣裳，而沒買到的，只能眼巴巴地瞧著別人穿著華美的衣裳。

京城各大綢緞莊子，簡直快要嫉妒死了，心想怎麼自家的衣料就沒這般受眾人追捧呢？

紀清晨知道這情況，不禁笑了。這華絲紡還真是趕巧了。

大哥大概是覺得華絲紡在京城是新鋪子，所以一開始也沒敢從揚州帶太多的貨物。可誰知開店沒幾日，布料竟讓人搶購一空，不過搶不到了，反而更突顯了華絲紡的珍貴。

杏兒一聽，跟著笑道：「姑娘可真有先見之明。如今這京城裡啊，還真是沒人不知道華絲紡的名頭。」

紀清晨既是要問料子的事情，自然是大大方方的。

正好阮文淵前來拜見紀延生，所以她便叫杏兒去吩咐一聲，讓小廝把人先帶過來。

阮文淵是被小廝領著進來的，他瞧見紀清晨的時候，有些高興，只是又生怕上前會唐突了姑娘。

關於這位紀家小姑娘，他也從好友曾玉衡那邊聽說了不少關於她的事。特別是聽到她在宮宴上，特地穿上以華絲紡的料子裁製而成的衣裳；再加上元宵節時，若不是她仗義執言，只怕他那日真的要被打死在街頭了。

而且後來救了他的裴世子，是她的未婚夫，所以阮文淵一直很感激二人。

可他們二位，一個是國公府的世子爺，一位又是皇上的親外甥女，他還能拿出什麼更好的東西來感謝他們呢？

「阮公子，你身子可好了？」紀清晨上前，輕聲問道。

阮文淵面色一紅，突然想起那日自個兒被打得淒慘的模樣。他溫和一笑，輕聲道：「謝姑娘關心，我的身子早已經好了。」

「阮公子是來拜見我父親的嗎？」紀清晨笑道。

阮文淵點頭道：「曾大哥高中金榜，我聽說這好消息便進府來道賀一聲。」他想了想，又接著道：「元宵節時，真是多虧了紀姑娘，一直未尋得機會與姑娘說一聲謝謝。」

「你太客氣了，救你的是裴世子。」紀清晨甜絲絲地說。雖說柿子哥哥不知道他救的是自己的親大舅兄，可是她心裡知道就好了。

阮文淵立即斂眉，感激道：「裴世子公務繁忙，我也不敢上門打擾，可兩位的大恩大德，阮某沒齒難忘。」

紀清晨瞧他這般恭敬，心底反而有點兒難過。

她不想要讓大哥這般小心翼翼地待她，可轉念一想，前世的時候，自己又何嘗不是這般小心地討好那些大家閨秀？是她太過強求了，明知如今身分不一樣，又怎能要求他再像對待妹妹那般地對待自己？

於是她又多說了兩句，便不再耽誤阮文淵，叫小廝帶著他去書房。

只是他離開後，紀清晨還是站在原地，看著他的背影，心底有股說不出的難過。

誰知她一回頭，就看見裴世澤正站在一旁的樹下，安靜地看向她這邊。

她登時有些心虛，也不知方才她望著大哥離去的樣子，有沒有被他瞧見？

直到他慢慢走過來，紀清晨心底更是忐忑，連手心都出了一層薄薄的汗珠。

這會兒是四月，剛進入初夏，天還有些涼，可她的後背卻生出一層薄汗。

「柿子哥哥，你什麼時候來的？」她小聲地問。

她真是一點都沒能藏住心事，臉上的那點緊張，都被裴世澤看出來了。

他忍不住笑出聲，輕聲道：「這麼緊張做什麼？」

「誰緊張了啊？」結果她一說話，連牙齒都在打架了。

裴世澤笑得更厲害，待笑完才定睛看著她說：「難不成我還會懷疑妳與他有什麼？」

紀清晨渾身僵住。他這是什麼意思？

待瞧見他戲謔的眼神，紀清晨登時明白了，他是覺得大哥根本就不是他的對手，所以他才會一點也不擔心吧。

雖說她心底放鬆了，可是又忍不住惱火。她大哥哪裡就差勁了！

她大哥可會賺錢了，生得也好看，就是太俊美了些，顯得有點不夠硬氣而已。沒想到，他竟是這般瞧不起她大哥。

可偏偏她還不能生氣……真是太討厭了。

就在此時，她正想著該怎麼回話，就見香寧慌張地從遠處跑來，道：「姑娘，太太請妳趕緊到前院去，宮裡又來聖旨了。」

裴世澤與她對視一眼，立即去了前院。

這會兒賓客還沒全到，不過也已經到了不少，大都在前院裡。

楊步亭倒也沒想到今兒個紀家設宴。不過這傳旨的日子，挑的也是良辰吉時，所以難怪會撞上。

紀清晨到了前院，才發現紀家大房的女眷並未到。她走到曾榕身邊，正想問是什麼事情，就見紀延生也來了，他身邊跟著曾玉衡和阮文淵。

「紀大人，老奴奉皇上之命前來傳旨，還請接旨吧。」楊步亭客氣地道。

紀延生拱手，便領著眾人跪下。

只見楊步亭恭敬地捧出聖旨，當眾宣讀道：「紀氏女清晨，乃朕親妹之女。既嫻內治，宜被殊榮，咨爾郡主，敬慎居心，婦德無違，譽尤彰於築館，出銀潢之貴派，備玉碟之懿親。今封爾為元曦郡主。」

元曦郡主……

別說紀清晨自個兒愣住了，就連跪在旁邊的裴世澤也不禁揚起了嘴角。

曦，清晨的陽光。

看來，皇上可是真疼愛沅沅啊。

第一百一十二章

整個正堂都鴉雀無聲，紀延生這回的驚嚇，簡直更勝過上回賜婚。畢竟對於賜婚一事，雖然驚訝，可也是在意料之中。

但今天乍然這麼大的一塊餡餅掉下來，紀延生只覺得快把他的腦袋給砸暈了。

至於今日來參加宴會的人，倒是沒想到竟能趕上這麼一齣好戲。原本見來了聖旨，眾人都還在疑惑著，心想難不成曾玉衡也被皇上看中了？所以才趕在他的謝師宴，來了聖旨。

這會兒才知道，這旨意竟是給紀家七姑娘的。

今日來的賓客裡，有許多都是曾玉衡的同科，有些人甚至是這次會試才頭一次進京的，上京就是為了趕考，自然不懂得京城裡錯綜複雜的人脈關係。他們心底正好奇，想著這位紀家姑娘到底是個什麼身分，皇上竟給她封了郡主。

楊步亭則小心地對紀清晨道：「郡主，該接旨了。」

「謝主隆恩。」紀清晨的一張臉早已斂起了表情，端莊平靜，讓一干人見了，都不由得大讚一聲，還真是寵辱不驚。

其實紀清晨是真的被驚懵了，沒想到舅舅竟會突然來了這麼一手。

之前關於過繼的事情，她已經拒絕，後來被賜婚，她便覺得這已是舅舅對自個兒的特殊照顧，所以完全沒想到，之後竟還會有這一招。

「麻煩楊公公跑這一趟了。」紀清晨溫和地道。

楊步亭瞧著面前的小姑娘，眉眼如畫，皎然清雅，即便是接旨的時候，面上也是八風不動，說話舉止處處都得體有分寸。先前還是紀姑娘的時候，他對她便十分恭敬，如今成了郡主，他自然更要打起十二分精神來對待她。

「郡主說這話，可真是折煞老奴了。」楊步亭說道。

封為郡主，可是要上皇家玉牒，還有傳金冊、金寶的。因此今日只是傳旨而已，改日還要入宮賜封。

紀延生立即叫人去取了紅封過來，比上回賜婚時給的還要多了一倍，便是身後跟來的這些小太監，也是見者有份。

本來紀延生想留楊步亭喝兩杯的，只是他說還要回宮向皇上回稟差事，所以紀延生也不敢多留，親自將他送出門去了。

這會兒紀清晨已經回了後院，畢竟前頭都是男賓，不好多留。

是裴世澤送她回後院來的，兩人一路無話，待走到花園的時候，紀清晨突然停住了。

她瞧著面前的桃花樹。說來這桃樹還是她非要栽的，說是這樣等夏天時，便能吃到自家的果子。此時樹冠上已布滿粉色花朵，滿枝椏都是，微風一吹，還會飄落幾朵桃花瓣。

風兒微微拂過，柔軟又清爽，像是有隻溫柔的手，在撫摸著她的臉。

見她不走了，裴世澤也停下來。他瞧見身旁的小姑娘正咬著自個兒的下唇，她的貝齒輕咬著粉嫩的唇瓣，彷彿再用力一點，便能咬出汁液。

「柿子哥哥。」紀清晨也說不出她現在什麼感受，就像兩腳踩在雲朵上，飄飄然的，又有種不真實的感受。

這一切彷彿是一場夢，太美好了，她好怕自己一睜開眼睛，依舊還是定國公府裡的一抹魂魄，是別人看不見也摸不著的一縷遊魂。

「怎麼了，沅沅？」裴世澤瞧見小姑娘一臉欲言又止的模樣。

她有些恍惚地說：「我有點兒害怕。」害怕這一切都不是真的。

裴世澤沒問她害怕什麼，只是伸手握住她纖細白潤的手掌，光滑細嫩的手背竟冷得像冰塊一樣，讓他心底有些驚訝。他輕聲說：「我的沅沅，值得這世上最好的一切。」

紀清晨抬頭看著他的眼睛。每次她看著他的時候，總是會被他的一雙眼睛吸引，深邃又漆黑，帶著無比堅定的信念。只要是他說出來的話，她就會無來由地相信。

「舅舅對我這麼好，可是姊姊那邊……」紀清晨低頭。她都不知道該怎麼回報舅舅了。畢竟尋常賞賜的東西，本就已經夠豐厚的了，況且姊姊和她都是舅舅的外甥女，可是舅舅明顯待她更好一些，所以她有時候又怕姊姊會傷心。

「妳年紀小，聖上難免會偏疼妳多一點。」裴世澤微微一笑，輕聲安慰她。

紀清晨抬頭看著他，狡黠地問：「那你呢，也會偏疼我？」

「我最疼的，不一直都是妳嗎？」裴世澤斜睨著她，在她額頭上輕彈了一下。「小沒良心的。」

待老太太得了消息，也是大吃一驚。先前皇上想要過繼沅沅的事情，還是後頭紀延生告訴她的，那會子老太太心裡，也說不出是什麼滋味。

畢竟沅沅一旦被過繼了，那可就是皇上的親生女兒，公主之位必不會少的。

可偏偏這小丫頭自己卻不要，老太太心底是真的欣慰啊，覺得她打小就疼愛的孩子果然沒白疼，可是卻又有些難過。畢竟要是真的成事了，她的沅沅日後可就是高高在上的公主了。

誰知本以為把西瓜丟了的，這會兒倒是被一個餡餅給當頭砸中。

「咱們七姑娘都要成郡主娘娘了，真是謝天謝地，祖宗保佑啊。」一旁的方嬤嬤不停地道。

老太太往門口瞧了一眼，便吩咐身邊的牡丹：「妳去外頭瞧瞧，看看二太太和七姑娘在做什麼？還有叫人到帳房去，家裡頭不拘是誰，明兒個都可以領三個月的月錢。這銀子不走公中的，拿我的體己銀子吧。」

牡丹立即應聲，此時在屋子裡的丫鬟一聽見這話，就沒有不高興的。

府裡的大丫鬟是每個月一兩的月俸，二等是六百錢，三等的是三百錢，這一下子就多發三個月的月俸，誰心底都高興啊。更何況，小姑娘都愛俏麗，這賞銀發下來，也可以買點香粉、胭脂的。

韓氏聽了消息，神情恍惚，還追問了一句。「可聽清楚了，當真是郡主？」

「我的太太，這府裡都傳遍了，千真萬確是郡主。也是趕巧了，今日二房宴客，誰承想就來了聖旨，竟是賜封七姑娘的。」韓氏身邊的嬤嬤一聽說這個消息，便趕緊過來稟告。

韓氏連連倒吸了兩口氣。都知道聖上寵愛沅沅，可是沒想到竟能寵愛到這地步。

不過這會兒她也顧不得想那些，趕緊起身便準備去老太太的院子裡。

裴世澤將紀清晨送到老太太的院子門口，本來是想回前院的，只是既然來了，總要進去向老太太問個安。

所以兩人一塊兒進去，丫鬟瞧見了，便歡天喜地給老太太通報去了。

待兩人進門，老太太便遠遠地瞧著他們走進來。

紀清晨其實在姑娘裡頭已不算矮的了，紀家的這些個姑娘，她年紀最小，可卻生得最高䠷，誰知站在裴世澤旁邊，卻還是矮了一個頭。

這兩人的相貌自是不必再說了，都是極好看的，可是先前很少瞧見他們站在一塊兒，如今在這跟前一站，簡直是天仙絕配。

紀清晨本就養得白嫩，臉頰就跟剝了殼的雞蛋一般，光滑得連小茸毛都瞧不見；裴世澤在男子中也算是白的，只是沒紀清晨那般白而已。可就是這微妙的膚色差別，顯得更有種相得益彰的般配。

「前頭已經散了？」老太太問道。

「楊公公已經回宮去了，爹爹親自送他出門去的。」紀清晨道。

老太太這才點頭，又瞧著她身後丫鬟手裡捧著的明黃聖旨，心底便是一陣安慰。

裴世澤卻在此時準備告辭，老太太見他剛來便要走，馬上挽留道：「這坐都還沒坐呢，怎麼就急著走了？」

「祖母，前頭還有酒席呢，他今兒個是來作客的。」紀清晨替裴世澤說話。

老太太立即瞪了她一眼，那眼神彷彿在說，都還沒嫁過去，心就向著未來的相公啦？不過老太太也知道，今兒個是二房給曾玉衡辦的謝師宴，請了好些個親朋好友，所以也不留他了，倒是叮囑了句。「若是有人要勸你喝酒，可得推著點。」

紀清晨一聽這話，立即點頭，祖母說的便也是她想的。

裴世澤好笑地瞧了一旁跟著點頭的紀清晨，應了一聲「是」，這才轉身離開。

等他走了，紀清晨便上前坐在老太太身邊，撒嬌地挽著老太太的手臂，也沒說話。

沒一會兒，曾榕便過來了，恰巧與韓氏在門口遇上。

今日曾榕真是忙得腳不沾地。原本就是她親弟弟的謝師宴，誰知又突然橫插了這麼一件大事。她把前頭的賓客都安撫好了，才到老太太這邊來。

「弟妹。」韓氏如今再瞧見曾榕，連說話都忍不住多了幾分客氣。「可真是要恭喜妳了。」

「大嫂說笑了，這是皇上給沅沅的恩寵。」曾榕立即正色道。

韓氏瞧著她嚴肅的模樣，微微一怔，倒也未再說話，只是與曾榕一同進到屋子裡。

待進去時，就見老太太正與紀清晨坐在一塊兒說話，祖孫兩人也不知說到什麼開心處，都笑了起來。

「大伯母、太太。」紀清晨起身，給兩人請安。

韓氏一愣，竟不知該怎麼回她了。

郡主可是正二品的位分，再上頭便是一品的公主，要真論起來，這會兒應該是韓氏見著她要行禮了。

不過旁邊的曾榕倒是先開口說話了。「我這一轉頭便瞧見妳不見了，問了問，才知道妳到老太太跟前來了。」

「我瞧太太那般忙，便也不好打擾，況且前院賓客太多，我也不宜久留。」紀清晨立即解釋道。

曾榕這才笑著點頭。

待老太太讓她們都坐下後，便道：「要說賜封非皇族女子為郡主，還是咱們大魏朝裡的頭一遭。這是聖上賜給清晨的福氣，只是難保外頭沒有眼紅的，所以妳們兩個日後出門交際，切記要謹言慎行，千萬別被外人覺得咱們紀家恃寵而驕了。」

其實老太太就算不提點，韓氏和曾榕兩人也知道其中的厲害。這可是天大的榮耀，偏偏就砸到了紀家，可不叫人眼紅嗎？

不過曾榕也知道老太太拿自己的銀子出來發月錢，立即道：「豈能讓娘您破費呢？這錢應該是咱們出才是。我已經吩咐了，家裡的下人都賞三個月的月錢，從二房的帳房裡支銀子。」

老太太立即擺手，道：「這點銀子，我還是有的。」

見老太太這般堅持，曾榕也不好說什麼。
沒一會兒，便連紀寶茵和紀寶芙，還有大房的兩位嫂子也過來了。
曾榕又想起來，得派人與紀寶璟說一聲。只是她不知道，皇上冊封的究竟是清晨一個人，還是連寶璟也有分兒？
她有些後悔了，方才楊步亭在的時候，應該問仔細的。
所以她吩咐丫鬟時，還特別叫人問清楚了。
紀寶茵本來正在院子裡繡嫁妝，誰知就聽到這個消息，驚訝得把手指頭都戳破了。不過也沒顧得上疼不疼，便趕緊迎過來。
「七妹，可真是恭喜妳了。」紀寶茵拉著她的手，真心實意地替她高興。
畢竟這種事只有羨慕的分兒，連嫉妒都談不上。誰叫人家的舅舅是皇上，而她的親舅舅只是個四品官呢。
只見紀寶芙也過來了，臉上帶著笑，輕聲說：「七妹，恭喜了。」
她的臉上泛著柔和的微笑，不過紀清晨卻知道，她的心情之所以這般好，是因為喬策考中了進士，是以這些日子，紀寶芙瞧著心情都不錯。
家裡的姊妹恭喜完了，大堂嫂又叫悅姊兒過來與她說話，只見小姑娘嬌滴滴地問道：「七姑姑，什麼是郡主啊？」
本來大堂嫂還教了悅姊兒幾句恭喜的話，誰知小丫頭轉頭就忘了，只奶聲奶氣地問了自個兒想知道的。

紀清晨立即笑了，抓了一把果子哄她。

熱熱鬧鬧了一天，等紀湛回來之後，就聽到丫鬟都在說，姊姊被封為郡主了。

他趕緊跑去娘親的院子，誰知姊姊卻不在。於是他又跑到紀清晨的院子，才到門口，就被丫鬟攔住了。

「我姊姊呢？」紀湛瞧著杏兒，著急地問道。

杏兒不禁笑了。「小少爺慢些跑，當心摔著了，姑娘就在屋子裡頭呢。」

待他進去，就瞧見紀清晨正坐在羅漢床上，與一個年長的嬤嬤說話。

見他進來了，紀清晨立即笑著招手道：「湛哥兒，下學啦。」

「姊姊，妳被封為郡主了？」紀湛年紀小，又一向與她親密，所以常常想問什麼，就問什麼。

紀清晨含笑看著他，問道：「誰與你說的？」

「妳就說是還不是。」紀湛有點兒著急，又有點兒鄭重，黑亮的大眼睛正一個勁兒地盯著紀清晨，就等著她的回答。

紀清晨點點頭。

紀湛一下子抓住她的手掌，連聲音都變了。「那妳以後還是我姊姊嗎？」

這話倒是把她氣笑了，伸手就在他額頭上點了下。「胡思亂想什麼呢，不管我是不是郡主，我這一世都是你姊姊。」

紀湛已上了學，自然明白這些爵位品級的賜封，必須擁有對等的身分，公主和郡主可都是殷氏的皇族女子才能受封的，所以他就怕紀清晨被封了郡主，便不是他姊姊了。

等去了晉陽侯府的人回來稟告，曾榕才知道，原來紀寶璟那邊並未接到聖旨。

所以說，皇上這回只封了沅沅一個人。

第一百一十三章

因明兒個沅沅要進宮給皇上還有皇后娘娘謝恩，所以曾榕便不許紀湛纏著她，要她早些歇息。

只是睡覺的時候，曾榕倒是把這個擔憂說出來。都是聖上的外甥女，偏偏只封了沅沅一個人，她怕寶璟心中會有疙瘩。

「聖上的心思豈是咱們能隨意揣度的？況且若真要論起來，便是聖上庶出的妹妹如今都還沒受封呢。聖上這是偏心清晨，若不然一個縣主就是頂天的了。寶璟心思通透，她不會計較這些的。」紀延生反倒不擔心，這父母之間對自個兒的孩子都不能一視同仁，更別說是舅舅了。

還記得當初先靖王爺尚未去世的時候，沅沅千里迢迢地去到遼城，想必這份孝心，皇上都是記在心裡的。

況且沅沅年紀又小，皇上更偏疼她一些也是在所難免的。

他反而憂心地道：「我倒是怕沅沅以後嫁到定國公府會受到委屈。」

說到定國公府，曾榕突然想起紀家姑娘中，只剩下紀寶芙還未定下婚事。她便問道：「相公，你可與喬策透過口風了？」

喬策這次也金榜題名，而且名次比曾玉衡還好，二甲第九名。過些日子他還要去考翰林院的庶起士，若是考中了，先在翰林院裡熬個幾年，往後再謀個外放的職缺，便是前程無量啊。

雖說喬策是衛姨娘的表姪，可是曾榕卻覺得他也挺不錯的，而且每回說到他，她能瞧得出來，寶芙是打心底開心的。她雖然待寶芙沒有清晨那般疼愛，可也希望她能嫁給自己中意的男子。

這喬策的人品不錯，如今又有了前程，怎麼也是配得上寶芙的。雖然他家裡沒那麼富庶，頂多到時候多給一點嫁妝便是了。

誰知紀延生卻皺起眉，道：「我早就與他提過了，只是他不知道在猶豫什麼？難不成芙姊兒配他還不夠嗎？」

自己的女兒當然是怎麼瞧著都好。況且喬策家中根基全無，父母又早早地去世了，家族中連個可以幫扶的叔伯長輩都沒有。

若是娶了紀寶芙，便能有個得力的妻族。

他以後的連襟可是晉陽侯世子，以及定國公世子啊，這要是擱旁人身上，只怕早早讓人上門提親了。

可紀延生與他說起這件事，也已經好幾日了，卻不見他有任何動靜，心底難免對他有些不滿。

曾榕一聽，心中也是不悅，於是便不再提。

紀清晨被封為郡主這件事不過一天，便傳得整個京城都知道了。

皇上登基之後，一直在為自己親爹的封號與那幫朝臣撕扯。結果去年硬是把嫡母封為太后，如今又把外甥女封為郡主。

可見內閣和六部的那幫朝臣，如今已沒能力再阻止皇上了。

紀清晨一早便進宮，待到了皇后宮中的時候，正趕上妃嬪請完安，正要離開。

說來她舅舅的後宮著實是凋零，連皇后娘娘在內，也才五個人。

聽說就連皇后，也都勸著舅舅應該要開始選秀，挑一些秀女入後宮，也好給皇家開枝散葉。

瞧那先皇，統共就一個兒子，結果還沒能養活，待百年之後，皇位只能傳給姪子。

紀清晨一進去時，就瞧見方皇后穿著一身朱紅色金銀絲鸞鳥朝鳳宮裝，頭上戴著赤金鳳釵，看起來端莊又華貴。

「妳舅舅與我說，妳的冊封典禮得辦得熱鬧些。可我想著六月是妳的生辰，不如就把妳的及笄禮放在宮裡舉辦。」方皇后笑著與她說道。

紀清晨登時便著急地說：「這怎麼行呢！」

冊封郡主本來就是舅舅給她的厚待，要是再把及笄禮也放在宮中，她真怕那些御史會上疏參她一本。

皇后笑道：「這是皇上的意思，畢竟及笄禮一生也就這麼一次，要是不辦得盛大一些，難不成妳還期待有下一回啊？」

紀清晨竟不知道該怎麼謝絕才好。

正說著話時，只見殷月妍過來了。

她看到紀清晨也在，就想起昨日的聖旨，心底便湧起了一股不服氣。

說起來，她才是真正姓殷的，可是她都還沒被冊封，倒是輪到紀清晨一個外人先被封為郡主了。

「月妍，身子可好些了？」方皇后關心地問道。

紀清晨心中疑惑。她好些日子沒進宮了，所以不知道殷月妍的身子是怎麼了？

待殷月妍回完皇后的話，她才問道：「表姊是病了嗎？」

只是她問完之後，氣氛頓時有些尷尬，殷月妍只說是偶感風寒，便不再搭理她。

殷月妍也是過來謝恩的，待謝過之後，方皇后怕她累著，便叫她先回去了。

等殷月妍離開之後，方皇后看著紀清晨說：「妳月妍表姊前幾日去莊子上看她的母親，沒想到，竟不小心落水了。」

落水……

紀清晨見方皇后欲言又止的模樣，顯然還有隱情。

「最後，是被路過的人給救起來。」果然，方皇后又輕聲道。

紀清晨只覺得奇怪，若是真的被男子所救，舅母應該不會告訴她啊。畢竟這牽扯到殷月妍的閨譽，舅母素來不是那種背後下絆子的人。

只聽方皇后又接著道：「說來，救她的人，妳也是認識的。」

紀清晨迅速在腦海中想著，會是誰呢？可是她怎麼猜都猜不到。

「此人叫喬策，乃今科進士。」

待紀清晨回過神，才知道方皇后是故意提及這件事的，只是她不知為何皇后要讓她知道這件事情？

「月妍落水被他救起來，恰巧讓好些人瞧見了，所以聖上便打算在她明年孝期之後，便為他們指婚。」皇后不緊不慢地道。

紀清晨心中登時如明鏡一般，舅母這是在給她提醒。

雖說舅舅待殷月妍一般，可她到底是親姪女，又有安靖太后在，她的婚事必然不會馬虎的。

可偏偏出了這樣的事情，就算安靖太后不想將殷月妍嫁給喬策，但眾目睽睽之下，喬策從水裡把殷月妍給撈起來，已是毀了一個姑娘家的清譽，那是非嫁不可了。

而舅舅只需要調查一番，便會知道喬策與紀家的關係，說不定還知道了紀寶芙和喬策之間的事情，畢竟他們是表兄妹，再加上爹爹又十分欣賞喬策。

所以舅母與她說這些，其實是在提點她。

皇上看中了喬策，要將殷月妍許配給他，紀寶芙便只能退到一邊去了。

雖然紀清晨一直都瞧不上喬策，也不想讓紀寶芙嫁給他，可她一直沒有實際地反對，就是因為她還沒抓到喬策的把柄。

二來也是因為她下不了決心。她前世是吃了喬策的虧沒有錯，可那是因為她當時不過是個商家女而已。

喬策才會在高中之後，轉頭便辜負了她。

可是今生，紀寶芙是紀家的女兒，她有得力的娘家，未必會落得和自己一般的下場。再加上她素來和紀寶芙的關係一般，若是貿然插手她的婚事，只怕她會記恨自己。

這也是她一直猶豫不決的原因。

如今出了這樣的事情，她倒是鬆了一口氣。

殷月妍的身分也算尊貴，她若是成親，舅舅必不會虧待她的。而喬策這人喜歡爭權奪利，能有這樣的妻子，想必他一定很歡喜吧。

只是一想到紀寶芙，她不由得在心裡嘆了一口氣。她那般為喬策憂、為喬策喜，卻落得這樣的結果。

「那自然是極好的。這位喬公子乃是我家中衛姨娘的表侄，前年上京來的，一直在京城的應天書院讀書。平時雖不怎麼來我們家中，倒是偶爾聽爹爹提過幾句，說他文章作得極好。」紀清晨思慮了一會兒，認真說道。

其實她說的這些，只怕連安靖太后那裡，也已經打探得差不多了。

喬策只是衛姨娘的表侄，和紀家扯不上什麼關係，所以他來京城之後，一直在書院讀書，只是偶爾來紀家拜訪。最要緊的是，她只聽說他文章作得不錯，至於人品怎麼樣，那就不清楚了。

方皇后是何等人物，聽小姑娘這麼說，心下已了然。

待回家之後，紀清晨立即便去了曾榕院子裡。

此時曾榕正與丫鬟說話。前幾天她可是累壞了，今兒個難得有了空閒，便想著要歇息一會兒，閒話家常。

「沅沅回來啦。」曾榕見她進來，便招呼她到自個兒身邊坐著。

只是她瞧著紀清晨身上穿得華貴又精緻，便問道：「要不妳先回去換身衣裳，再過來和我一起坐坐吧。」

「我有話想和太太單獨說。」紀清晨輕輕搖了下頭，認真地說。

曾榕瞧著她這副模樣，眨了眨眼睛，便讓身邊的丫鬟都退出去。

待丫鬟關上門，她便問道：「怎麼了？可是在宮中發生了什麼事嗎？」

「太太，爹爹是不是有意將六姊許給喬策？」紀清晨直接開口問道。

曾榕一聽，矢口否認道：「妳是從哪兒聽來的？」

倒也不是她有意要瞞著紀清晨，只是這件事牽扯到紀寶芙，女兒家的婚事還未定下，自然不能大張旗鼓。

她沒想到紀清晨會突然這麼問，又怕是喬策在外頭亂說了什麼話，於是便著急道：「可是妳聽誰嚼了舌根？」

「今日我在皇后娘娘處，正巧碰上了大舅家中的表姊，然後娘娘告訴我，前幾日表姊出城探望她母親時，竟不小心落水了，而喬策正好救了她。因為是在眾目睽睽之下，所以皇上打算在她孝期結束之後，便為他們指婚。」

紀清晨一口氣將來龍去脈都說了，而曾榕的臉色也變了，當即就失聲道：「怎麼會有這樣的事情？」

難怪丈夫與喬策露了口風，他卻遲遲不上門，沒想到，這中間竟然還有這樣的故事。她怔怔地看著前方，竟有種不知該如何是好的感覺。

之前因曾玉衡要參加會試，她便領著榮氏一起去燒香，沒想到紀寶芙也非要跟著一塊兒去。她心底大概能猜到紀寶芙是為了喬策，後來丫鬟偷偷地與她說，紀寶芙給廟裡捐了五十兩銀子。

雖說平時曾榕在衣裳首飾上沒有少給紀寶芙什麼，可給現銀卻是極少的。

後來一想，這大概就是她所有的體己銀子了吧。曾榕心中無奈，回頭就叫人送了五十兩銀子給她。

曾榕先前覺得喬策長相不錯，最重要的是人也上進。他家裡父母去世得早，若是真嫁給他，紀寶芙一進門，就是小倆口關起門來過日子，這日子不知該有多舒心。

如今卻陰錯陽差的，弄成這般局面。

曾榕嘆了一口氣，道：「妳爹爹前幾日確實是與他說過，是想讓他找人來家裡提親的，畢竟這兩年來，他的人品性子咱們也是看在眼中的。妳六姊心裡頭也有他，所以妳爹爹和我也想著要全了妳六姊的這份念想。」

紀延生對孩子自是沒話說的，兩個嫡出女兒都嫁得那般好，所以庶出的紀寶芙也不能嫁個太差的，只是家裡難過了些，倒也無妨，有才就行。況且，這也是紀寶芙自個兒喜歡的人。

誰知他這個未來岳丈都沒意見了，中間卻出了這樣的岔子。

紀清晨看著曾榕惋惜的表情，登時心底發笑。

這家裡只怕再也沒有人比她瞭解喬策，為了往上爬，他可是什麼事情都能做得出來。

意外……

只怕這個意外沒那麼簡單吧。

「今日皇后娘娘特地與我說這些，想必就是因為知道了爹爹有意讓喬策當女婿的這件事吧。所以還請太太與爹爹說一聲，喬策這件事已無轉圜餘地，還請太太儘快給六姊挑選其他的人家。」

曾榕點點頭，也無話可說了。

等她晚上將這件事告訴紀延生的時候，他愣了好久都沒作聲。

曾榕安慰道：「說來喬策也不過是才華一般，家中清貧，芙姊兒要是真嫁給他了，少不得還要補貼嫁妝什麼的。」

紀延生冷哼一聲，臉上已不悅了起來，登時冷笑道：「我說他怎麼這麼久不上門呢，沒想到竟是攀了高枝，瞧不上咱們家了。」

「或許這就是天意吧。」曾榕倒也沒多想。

紀延生卻是更生氣了。「安靖太后的親孫女，那位殷姑娘是何等人啊？妳說她身邊能沒個伺候的人嗎？怎麼偏偏人家落水，就恰巧被他給救起來了？」

曾榕被他這麼一提醒，這才細想起來。

可不就是嗎？就連大戶人家的姑娘，誰出門身邊不是跟著一眾丫鬟、婆子的，要說落水了，那有得是救她的人，哪裡輪得到喬策呢？這裡頭肯定有隱情。

有些姑娘為了嫁進世家大族，那是什麼手段都使得出來。

只是這一對卻不大一樣啊……

畢竟殷月妍才是高高在上的那個，喬策與她一比，簡直就是個破落戶。既然如此，難道是喬策想要娶皇室之女，才出此計策？

此時還不知情的衛姨娘，把紀寶芙叫過來，有些不悅地問她。「我先前與妳說，叫妳到太太跟前旁敲側擊，妳可去過了？」

「娘，女兒家的婚事，哪有自個兒問的道理。」紀寶芙本來就心煩意亂的，又被衛姨娘這麼一說，心中更是煩悶了。

本以為喬策考中了進士，他們的婚事很快便能定下來，可這都過去半個月了，還是悄無聲息。偏偏她又拉不下來那個臉面，也不好多問什麼。

衛姨娘立即道：「妳如今都已經十六歲，妳瞧瞧七姑娘，連婚期都定下來了，妳可是姊姊，卻連婚事都還沒定。妳若是不去問，那就由我去。」

雖然姨娘不能過問姑娘的婚事，可紀寶芙都十六歲了，卻還沒定下親事，這怎麼想都是曾榕這個做太太的不上心。

就算要鬧起來，衛姨娘也是不怕的。

誰知母女二人正說著話呢，便有丫鬟過來，說是曾榕叫紀寶芙出去見客。

「是不是策兒請人來提親了？」衛姨娘登時歡喜起來。如果說她之前對喬策是不冷不淡的，可自從得知喬策中了進士之後，態度卻是轉了個頭，成天都是策哥兒長、策哥兒短的，好似這個表姪比她的親姪子還要親。

紀寶芙也是歡喜，可心中卻感到有些奇怪。要真是喬策叫人來提親，太太不該叫她出去見客的啊。

只是她也顧不得想那麼多了，立即回院子換了一身見客的衣裳，便去了曾榕的院子。

讓她失望的是，她見到的卻是兩個陌生的婦人，與喬策並無關係。

見面的時候，那位穿著紫衣的夫人不住地打量著她，席間還問了她平日喜歡做些什麼、針線活做得如何等等。

紀寶芙越坐越心驚，因為她怎麼覺得這兩位夫人像是來相看她的。

好不容易挨到人走了，她正想開口問一問，卻聽曾榕先與她道：「那位田太太乃是戶部侍中田大人的夫人，她家中有個正在議親的公子，我也瞧過了，模樣長得是不錯……」

「太太！」紀寶芙猛地尖叫一聲，把曾榕給嚇了一跳。

曾榕使了個眼色，叫司琴領著丫鬟全退出去。

「太太，妳是知道我的心意的。」紀寶芙如今也顧不得臉面了，她本以為爹爹和太太都已經默認了。

看著紀寶芙楚楚可憐的神情，曾榕也是無奈，只得緩聲道：「喬公子是不能夠的了，妳爹爹與我會替妳再尋一門親事。」

「今生除了喬表哥，我誰都不嫁。」紀寶芙猛地站起來，胸口不住地起伏。

「混帳東西！」誰知她剛說完，門就被人猛地推開。

紀延生鐵青著臉站在門口，身邊則站著一臉無奈的紀清晨。

第一百一十四章

「爹爹。」紀寶芙明顯抖了下，顯然是被紀延生的神情給嚇到了。

紀延生怒氣沖沖地走進來，而紀清晨原本還猶豫著要不要進去，可看見外面廊下站著的丫鬟們，她只得進屋，並轉身將門關好。只是進去之後，她只是站在一旁，並未走到中間去。

此時紀延生看著紀寶芙，一臉的失望，他開口問道：「妳就是這樣與太太說話的？」

紀寶芙垂著頭，眼中含淚，輕聲抽泣，已說不出話來。

曾榕心底嘆了一口氣。看來寶芙是太失望了，這才一下子失了分寸。不過她也沒生氣，只道：「芙姊兒，今日之事我知道妳也只是一時情急，但妳也是大姑娘了，知道什麼話該說，什麼話不該說。回去把《女則》和《女戒》各抄十遍，抄好了給我送過來。」

這處罰不算重，因此紀延生也沒什麼意見。

紀寶芙卻沒作聲，只是咬著唇瓣，垂眸盯著地上。

紀延生臉色一沈，帶著隱隱怒氣問道：「妳可是對太太的懲罰不滿？」

「爹爹，求您成全女兒吧！」紀寶芙一下子跪在地上，此時她臉上已布滿晶瑩的淚水，她本就生得嬌柔清雅，這會兒眼中含淚，更顯得梨花帶雨，一派楚楚可憐之姿。

「女兒喜歡喬表哥，爹爹不是也讚賞過他嗎？為何先前可以，現在卻又不行了？爹爹，求求您了。」紀寶芙止不住地哭訴道。

紀延生本就因喬策這件事氣壞了，他的女兒也是精心教養長大的，本還覺得便宜了這個臭小子，可誰知人家轉頭就挑起了更好的枝頭。

更可恨的是，這滿肚子的憋悶，他還無處說去。

因此聽到紀寶芙這樣說，他當即怒上心頭。「妳可還知道『禮、義、廉、恥』這四個字如何寫？婚姻大事乃父母之命，媒妁之言，若是讓妳看對了眼，便由著妳的性子來，還要父母何用？」

「可爹爹先前也未曾反對啊！爹爹小時候多疼我，為何如今竟不願成全女兒的終身幸福？」紀寶芙這次是要豁出去了。

紀延生被她氣得簡直無言以對。

曾榕幾次想要開口，卻生怕刺激了紀寶芙。

紀清晨在一旁聽不下去了，她對紀延生道：「爹爹何不把事實告訴六姊，也好讓她知道真相。」

紀寶芙抬起頭看著紀清晨，一雙美目帶著徬徨和不知所措。什麼真相？難道有什麼事情是她不知道的？

紀延生搖搖頭，自然是開不了這個口。

丟人，實在是太丟人了！

紀清晨看著曾榕，見她點點頭，於是便由她來說出口。畢竟這件事，也是她最先知道的。

「六姊，不是爹爹不想成全妳，而是喬策不能娶妳了。」紀清晨神色冷靜地對紀寶芙說道。

紀寶芙愣住了，反問道：「為什麼？喬表哥為什麼不能娶我了？」

「幾日前，喬策在城外當眾救了一落水女子，那女子便是先靖王世子唯一的女兒殷月妍，也是皇上的姪女。因為是在眾目睽睽之下救的人，所以皇上決定，待明年殷表姊出了孝期之後，便為他們兩人賜婚。」紀清晨細細地解釋道。

「妳騙人……妳騙人！」紀寶芙臉色瞬間蒼白，淚水如斷了線的珠子般，止不住地往下落。

他上一次與她見面時還說會娶她的，他從未騙過她，他絕不會失言的！

「六姊，此事乃是皇后娘娘親口所說，斷沒有轉圜的餘地了。」紀清晨望著紀寶芙，見她哭得如此淒涼，不禁勸了一句。「妳忘了他吧。」

喬策是一定會娶殷月妍的，然而，紀家也不可能讓女兒為妾。

「忘了他……若是叫妳忘了裴世子，妳能做得到嗎？」紀寶芙抬頭看著她，滿懷怨恨地道。

紀延生轉頭瞪著紀寶芙，怒道：「真是一派胡言！看來是我太縱容妳了。」

可紀清晨卻沒生氣，她認真地看著紀寶芙說：「如果柿子哥哥跳進水裡去救另外一個女人，那我會忘記他的。」

紀寶芙怔住了。

「可是柿子哥哥，他絕不會做這樣的事情。」紀清晨蹙著眉頭。雖說真話傷人，但也只有真話能讓人醒過來。

「若他真是一心想要娶你，就不會當著那麼多人的面去救一個落水的女子。他既然去救了，便是沒有把妳放在心上。」

女子的清譽大過天，一個女子當眾落水，被人救上來，那麼救她的那個人，若是不能對她負責，那個女子便是死路一條。

可殷月妍的身分擱在那裡，只怕皇上也不用硬押著，喬策自個兒就會歡天喜地的迎娶她了。

女子難免會把心上人看得完美無缺，可紀清晨知道喬策是個什麼樣的貨色，所以就算紀寶芙不能嫁給他，她不僅不會覺得可惜，反倒是慶幸。

「六姊，妳是我們紀家的女兒，喬策這樣的人不過爾爾，就算沒了他，爹爹和太太也會給妳尋一個更好的。紀家的女兒，不該這般低聲下氣。」紀清晨將她扶起來。

紀寶芙瞧著紀清晨，滿臉的不敢置信，她沒想到紀清晨居然會這般掏心掏肺地與她說話。

她低聲抽泣著，紀清晨卻已朝外面喊了一聲，沒一會兒司音便進來了。

紀清晨吩咐道：「把六姑娘帶下去擦擦臉。」

紀寶芙沒再說話，就這樣被司音還有她自個兒的丫鬟給扶下去。

等人都走了，紀延生這才嘆了一口氣，低聲道：「這是造什麼孽啊……」

「爹爹也別生氣，是喬策沒福分罷了，不配當咱們紀家的女婿。」紀清晨上前挽著紀延生的手臂，扶著他到羅漢床上坐下。

曾榕點頭道：「沅沅說得對，咱們紀家的姑娘還愁嫁不成嗎？雖說芙姊兒是庶出，可她的兩個姊妹都嫁得這般好，京城裡不知多少夫人想與咱們結親呢。咱們細細地挑，慢慢地選，總會挑到一個合意的。」

聽太太說起自己的婚事，紀清晨不由微微臉紅。

曾榕又轉頭欣慰地看著紀清晨。「原以為還是個孩子，可今兒個勸妳六姊的這番話，倒是叫我刮目相看了。咱們家的沅沅啊，真的是長大了。」

紀清晨登時無奈地笑了一下。她倒希望紀寶芙能聽得進去，看開一些。

可誰知還是出了事。

紀寶芙竟買通大房那邊的下人，找了輛馬車便去找喬策了。

曾榕派人送東西過去給紀寶芙時，發現她不在房裡，這才趕緊派人去找。

待到了喬策原本住的地方，才發現他居然已經搬走了。

曾榕派去的人把失魂落魄的紀寶芙帶回來。因為這件事還牽扯到大房那邊的奴才，所以自然是瞞不住了。

韓氏覺得丟臉至極，把犯事的奴才打了一頓之後，便發賣了。

而紀延生得知這件事，氣得要把紀寶芙送進尼姑庵裡，讓她伴著青燈古佛，好生反省反省。

沒想到他這個想法卻被老太太給罵了一頓。「你這是嫌還不夠丟人是吧？眼看著茵姊兒和沅沅都要出嫁了，你若是在這個時候貿然把人送到尼姑庵裡，豈不是昭告天下咱們家出了大事？」

紀延生氣得胸口直起伏，已說不出話來。

老太太嘆了一口氣，輕聲道；「先前你不好生教導，如今出了事便只知道生氣。早知今日，何必當初？」

「是兒子管教無方，叫母親受累了。」紀延生慚愧地低頭道。

「芙姊兒的事我也聽說了，當初你就不該暗中同意他們來往。再說你要是有意，就該趁那人未中進士的時候，便早早定下來。你又想著要上進的女婿，卻又拉不下這個臉面。」老太太皺眉看著紀延生。

若是在喬策未中進士前便定下婚事，只怕也不會有後面這些事情了。可如今，說什麼都沒用了。

「芙姊兒確實是叫人失望，卻萬不可送到庵堂去。就讓她在自己的院子裡禁足吧，多派一些人看著。」老太太心底倒是有點怨怪曾榕，竟連一個姑娘都看不住。

韓氏生怕這件事會牽累到紀寶茵，畢竟她七月便要成親了，還有三個月，所以這會兒可不能出任何差池。

紀家人倒是齊心把這件事給隱瞞下來。

只是，卻瞞不住有心人。

五月已是仲夏，紀清晨素來怕熱，原本想叫人把寢具全換成夏日用的，只是曾榕擔心她會受涼，不許她這麼做。要她若是真嫌熱，便讓丫鬟在旁邊打扇子。

杏兒和香寧兩人都跟在她身邊許久，她哪裡捨得叫她們晚上不睡覺，給自個兒打扇子？所以她便叫香寧把輕紗裙拿出來。輕紗裙通透又涼爽，就是太薄了些，所以只能睡覺時穿，誰知倒是便宜了來偷香竊玉的人。

裴世澤用夜明珠照著紗帳內時，就瞧見披散著長髮的小姑娘，正安靜地睡在床中央。因著睡覺的緣故，胸口露出一大片白膩柔滑的肌膚，簡直比剝了殼的雞蛋還要白皙，直刺向裴世澤的眼睛。

她大概是真的太熱了，薄被早就踢到一旁，腿上穿著輕薄綢褲，雙腳交疊靠在一起，腳趾頭晶瑩又可愛。

女人的腳素來是最矜貴的，從來只有夫君能看得見。

這也是裴世澤第一次看見她的腳掌。雪白的一團，便是還沒伸手摸，就能想像得到那細膩的觸感。

他在床榻上坐下來，鬼使神差般地伸手去摸她的腳掌。

他的容貌看起來像是勛貴世族裡養尊處優的少爺，可偏偏那雙手卻粗糙得厲害，經年累月的拉弓射箭，早就長滿了一層厚厚的老繭。

沒一會兒，床上的小姑娘嚶嚀一聲，他以為她醒了，可誰知竟是翻了個身而已。

偏偏那又嬌又軟的聲音，彷彿在他腦海中燒了一團火，現在這團火直衝著下面而去了。

他也是血氣方剛的男人，雖說平日裡可以用練武來宣洩精力，可此時軟玉溫香就在眼前……這是他禁慾這麼多年來，頭一次有種想要破戒的衝動。

待他回過神時，已俯身吻住小姑娘的唇瓣，柔軟粉嫩的嘴唇像沾著蜜汁一樣，引誘著他不斷地索取更多。

待他誘哄著她張開嘴時，睡得正濃的小姑娘竟真的乖乖張嘴。他勾著她的軟舌，曖昧的水聲在這銀綃帳中響起。

等身下的小姑娘睜開眼睛時，心跳險些被嚇得靜止。

「別怕，是我。」他低聲道。

紀清晨愣了一瞬，回過神後，馬上伸手去推他的胸，惱火地說一聲。「你嚇死我了。」

誰知她剛說完，就又被含住了唇瓣。紀清晨本就對他不是十分抗拒，畢竟再過四個多月，他們便要成親了。

如今他們已是未婚夫妻，就算讓他嘗點甜頭，也未嘗不可。

小姑娘想著想著，就這樣被親得迷迷糊糊了。

待裴世澤發覺她纖細的手臂纏在他的脖頸上時，便順勢爬到她的床上，不知何時，他的靴子也順腳踢掉了。

如此濃墨般的夜色下，讓人的膽子放大了無數倍。

待他的吻落在她細長的脖頸上時，紀清晨這才嚇得連連推他，輕聲喊道：「不可以，柿子哥哥，不行啊。」

可裴世澤偏偏把她摟在懷中。她原本就穿得單薄，而裴世澤的袍子早已經撩開，兩人之間只隔著薄薄的綢褲。那又硬又火熱的東西，像是要從褲子裡鑽出來一般。

紀清晨嚇得伸手摀住嘴巴。這可是她兩輩子以來，頭一回這般清晰地接觸到他。

先前她當遊魂的那會兒，有偷偷瞧過裴世澤硬起來的模樣，可她也不是故意的，誰叫他早上不蓋好被子，那麼長的一處，把褲子都頂成了小帳篷，她就算想不看見都不行。因為這件事，她可是羞得躲在玉珮裡好久都沒出來呢。

而這一次，她不僅是看到，還清楚地感受到了。那麼硬，那麼熱，就那麼大剌剌地頂在那裡。

「沅沅，我好疼。」他輕咬著她的耳垂，帶著濕熱的氣息說道。

紀清晨摀住他的嘴，生怕他再說出什麼更過分的話。可嘴是被堵上了，但某處那灼熱的觸感，卻怎麼都擋不住。

她推了他一把，想把旁邊的薄被拿過來。

可裴世澤這會兒壓著她，讓她動也不能動，誰知他還使壞，不住地親她的手心，叫她又癢又酥，最後只得縮回手掌。

「沅沅。」裴世澤又喊了她一聲，一向清冷如泉的聲音，如今帶著濃濃的情慾，便是紀清晨再傻，也都聽出來了。

她推了推他，軟軟地叫了一聲：「柹子哥哥。」
可誰知裴世澤卻銜住她的唇瓣，道：「叫我景恒。」
他溫熱的氣息就噴在她的臉頰上，再加上他那一處的熱燙，讓紀清晨渾身也跟著越來越熱。
她就算一動也不動，也能感覺他那裡好像越來越大了……
難不成這東西還會長大不成？

第一百一十五章

「我有點兒冷……」她想說的是，我想蓋被子了，可誰知一說了冷，裴世澤卻將她抱得更緊了。

他一邊抱著她，還一邊貼著她的耳朵，問道：「現在還冷嗎？」

他簡直就跟個火爐子似的，紀清晨又怎麼會冷？可她只覺得拉扯間，身上穿的衣裳似乎又被扯得更開了，腰間繫著的帶子早就鬆開，露出白嫩渾圓的肩頭。

此時夜明珠也不知滾落到哪裡去，帷帳內黑得瞧不見彼此，只有濃重的呼吸聲，曖昧地交纏在一起。

「柿子哥哥，你怎麼來了？」紀清晨試著轉移話題，卻只聽見裴世澤低聲一笑。

紀清晨被他的笑意撩撥得面紅耳赤。

裴世澤也不再戲弄她了，便問道：「妳六姊與喬策是怎麼回事？」

被他這麼一問，原本還在羞澀的小姑娘立即坐起來，忍不住著急地說：「你是怎麼知道的？」

裴世澤瞧她這又急又惱的模樣，他伸手拽住她的皓腕，將她又拉回他的懷中。「妳放心吧，此事並未宣揚出去。」

紀清晨這才放下心來，畢竟事關紀家姑娘的名聲，必須謹慎一點。

於是她便將喬策與紀寶芙，還有殷月妍三人的事情說了一遍，末了還嘆氣道：「爹爹真的是氣壞了，他都與喬策提了六姊的事，誰知竟又鬧出他和殷月妍的事。我六姊一時不忿，便想著去找他，誰知喬策卻搬家了。」

喬策搬家一事肯定沒告訴紀寶芙，要不然她也不至於跑到舊居去找他。

「他如今住在綠柳胡同那裡。」裴世澤不甚在意地說。他在京城自有消息網，所以紀家的事情，他才會在第一時間得到消息。

紀清晨嘆了一口氣，又說：「誰管他住在何處啊，不過就是個忘恩負義的東西。」

紀寶芙的事情曝光之後，曾榕便派人清點她的院子，才發現竟有好多東西都沒了。最後審問她身邊的丫鬟墨書才知道，是被她拿出去當了，典當的銀錢都貼補給了喬策。

這件事紀清晨之前是知道的，她原本就想用這件事來勸說爹爹，不要將六姊嫁給喬策那小子。誰知她還沒用上呢，倒是被紀延生和曾榕先發現了。

紀延生不知道紀寶芙已倒貼到這種程度，被氣得險些昏過去。可如今再怎麼打罵她也沒用了，曾榕只能趕緊派人去當鋪把那些東西贖回來。

「喬策這個人為了上位，不擇手段，柿子哥哥你可得多提防他一些。」紀清晨生氣地說。

裴世澤登時笑了，輕輕地刮了下她的臉蛋，柔聲道：「知道了，夫人。」

等到了六月才發現，事情竟是如此多。

紀清晨的及笄禮，到底還是決定在宮中舉辦了，只是她的及笄禮是在下半月，而上半月皇后娘娘正忙著選秀的事情。

雖說還在先靖王爺的孝期中，可大皇子和二皇子早就到了成親的年紀，況且殷柏然一鬆口，方皇后恨不得立即選秀才好。

不過要給殷柏然選定妻子的人選卻是不容易的，畢竟他乃皇上的嫡長子，不出意外便是太子。這要選的，可是一國儲君的妻子。

紀家這邊則都在忙著紀寶茵成親一事。離上一回紀家辦婚嫁，已過去好幾年，所以這次院子裡裡外外都被翻新了一遍。

紀寶茵被韓氏拘在院子裡，指點她理家的各種事務。雖說她要嫁的只是二房的嫡子，可方孟衡也是二房的嫡長子啊。

紀清晨正在煩惱著該送什麼東西給紀寶茵才好，畢竟送金銀首飾，實在是太俗氣了些。所以她叫杏兒把她庫房的冊子拿過來，她尋常不看這本冊子的，可這會兒一瞧，頓時便愣住了。

她瞧著面前厚厚的三本冊子，還沒打開，她就感覺到了自個兒的富有。

「這些都是我的？」紀清晨反問。

杏兒捣嘴一笑，道：「難怪陶嬤嬤總說姑娘呢，連自個兒的東西都不上心。這些可不都是姑娘的嗎？」

待她打開後，就更吃驚了。她的私房錢是杏兒掌管的，衣裳首飾則是香寧保管的，這兩部分是最重要的，而她們兩個也是她最信得過的，所以很少會查看到底有多少東西。

她平常看帳本、學著理家，用的都是府裡的帳冊，她總覺得自己小院這一畝三分地，也沒什麼要緊的。

可今天這三本厚厚的冊子，簡直就是狠狠地打了她的臉。

她可真有錢啊！

和其他所有姑娘一樣，她的一部分財物是來自於長輩的賞賜，像是逢年過節給的金銀錁子，還有首飾。可紀清晨真正的財富來源，卻是來自另外兩個部分。

一部分自然是紀家二房的兩成財產，這是當年舅舅為她和大姊所爭取的。

另外一部分是莊子和鋪子，從她五歲開始便過到她的名下，統共已經十年了。單單給她的一處五百畝的莊子，每年的出息就有兩千兩銀子。這十年下來，就是兩萬兩銀子。

紀清晨先前未曾在意過這些，可如今仔細算起來，才發現自己真的是太有錢了。還有她名下的三間鋪子，這些年生意做得還算不錯，三間鋪子算起來，每年能有個三千兩銀子左右的收入。

這十年來，她光是名下這些莊子和鋪子的收益，就有五萬兩。

她在家中吃喝，不需要往外面拿一分錢，所以這五萬兩可是實實在在全落入她的私庫中。

難怪過去在真定，祖母領著她出城上香，行至一大片田地的時候，曾自豪地說從這處到那處的田地，都是屬於紀家的。

光她一個人都如此有錢了，更不用說是整個紀家的產業。

說實在的，曾榕手裡雖有著二房六成的產業，可未必像她這般有錢。畢竟家裡這些年來的開銷，都要從每年的收入裡支出。

可紀清晨的這些收入，進了自己的私庫之後，卻是一分錢都不用拿出去的。

五萬兩啊！紀清晨這會兒只覺得手腳都是發軟的，她竟這麼久才想起來要盤點自己名下的財產。其實也不怪她，如今這些銀子還不在她手裡，每年的銀錢一送過來，老太太便會吩咐紀延生拿到錢莊去存著。

如今這些銀票，都在老太太那裡。

在紀清晨這裡的，就只有帳冊中的一些紀錄而已，可就算如此，那金額也夠讓她手腳發軟了。她相信祖母不會私吞她的銀錢，等她嫁人的時候，祖母指不定還要補貼她一些。

此外，還有一部分，便是殷廷謹給的。

說來她舅舅真的是親舅舅啊，從靖王府那會兒開始，每年給她送的年禮便不低於一千兩銀子。遼城那邊皮子多，什麼灰鼠皮子、銀鼠皮子、白狐皮子這些是再多不過了。那些個塞外人打了獵，就拿著皮子到遼城去換茶葉、鹽巴等。

這中間的暴利，若是不過去親自瞧上一眼，簡直都無法想像。

剛開始送的時候，曾榕還高興呢，可是後來送得多了，年年都有兩箱皮子，他們哪裡穿得完？又是那樣上等的料子，也不好隨意給人，所以乾脆拿出去，放在自家的鋪子裡賣，光是這些皮子，都賣了八千兩。

每年八百兩，十年下來可不就是八千兩了。

還有就是舅舅登基之後賞的東西，不過這些就都是內造的，賣是不敢賣了。再加上吃的、用的、穿的、玩的，殷廷謹登基一年半了，不知送了多少過來。

便是這會兒紀清晨及笄用的冠，送過來的時候，連老太太這樣見多識廣的，也都怔住了。

纏枝牡丹嵌紅寶石花冠，那樣薄的金片，可是幾十年的老師傅才磨得出來。不說做工，單是上頭鑲嵌著十五顆鴿子血寶石，就足以讓人目瞪口呆。這樣的花冠，別說給郡主用在及笄禮上，便是給公主用，都是足夠的。

最後紀清晨又清點了自個兒庫房裡的東西，才知道她光是現銀就有六萬兩，當然銀子如今並不在她這裡。此外，還有一屋子的金銀寶石。

她前世時還覺得這些個京城的勛貴，也就是瞧著外面光鮮，指不定這銀子還不如她家一個商戶。可現在她知道了，真正有錢的人家，確實是會有錢得叫人咋舌。

最後她拿了一盒珍珠，還有兩顆紅寶石，叫杏兒裝在梨花木匣子裡，準備把東西給紀寶茵送過去。

紀寶茵婚期將至，因此連端午節都沒法子出門，早就悶壞了，見紀清晨來了，恨不得抱著她親兩口。

等紀清晨把東西拿給她，她第個一反應便是——

「妳這是搶了銀子？」紀寶茵驚訝得睜大眼睛。

可不就是搶了銀子嘛！紀清晨心想自己都這般有錢了，所以出手也就大方起來。

說起來，別看這個盒子小，裡頭的東西加起來可是足足有數千兩銀子，就連紀寶芸是紀寶茵的親姊姊，給她的添妝也不過才一整套頭面首飾而已，也就二、三百兩吧。

「五姊只管收下吧。」紀清晨笑道。

紀寶茵嘖嘖兩聲，笑道：「如今成了郡主娘娘，可真是不一樣了。」

「郡主，您喝茶。」紀寶茵的丫鬟把茶水端上來，第一個便是給紀清晨奉茶。

雖說在長輩跟前，她還是紀家的七姑娘，是沅沅，可是對於紀家的丫鬟來說，現在可沒人再敢喊七姑娘了，都是一口一個郡主，對她的態度可是和對老太太一般的尊敬。

「妳若是再說，我可不送了。」紀清晨瞧著她打趣自己，立即道。

紀寶茵趕緊把盒子抱在懷中，一陣嬌笑。「這送出去的東西，豈有收回的道理。」

因她及笄要在宮中辦，所以皇后時常會召她入宮，及笄時所穿的衣裳也是由宮中的尚衣局所製。

誰知在路上，正巧遇上了也要給皇后請安的殷柏然。她已經許久沒瞧見柏然哥哥了，所以一看見他，便歡喜不已。

不過她也聽方皇后說了，這次要幫柏然哥哥挑選正妻，所以一遇見他，自然不免笑著打趣道：「說來，我還要提前恭喜柏然哥哥。」

「還未定下呢。」殷柏然不在意地道。

紀清晨見他一副淡淡地的模樣，便勸說道：「柏然哥哥若是有中意的便要與舅母說，要不然，總不至於從天上掉下一個媳婦吧？」

可誰知她一說完，就聽見一陣尖叫。

她還沒反應過來，就被殷柏然推了一把，幸虧杏兒及時扶住她，要不然她非摔在地上不可。

可最慘的卻不是她。

因為此時從天而降的人，正好壓在殷柏然的身上。

第一百一十六章

紀清晨撫著胸口，一臉驚魂未定地看著壓在表哥身上的人。發生了什麼事？

此時殷柏然臉上帶著隱忍的痛楚。方才他第一時間將紀清晨推開，自己卻沒躲開，摔在地上的時候，後腦也未躲開，如今他整個後背重重地被壓在地上，像是要裂開一般。

趴在他身上的人，此時緩緩抬起頭，看著被自己壓住的人。只見他頭戴玉冠，一張臉說不出的好看，溫潤如玉，只是表情卻十分痛苦。

「對不起，我壓著你了吧。」長孫昭也不知自己怎麼了，竟鬼使神差地伸手去摸他的臉頰。

他跟她見過的男人都不一樣呢……

她在福建的時候，民風開放，夏日裡在街上總能瞧見打赤膊的男人，又黑又壯，渾身汗津津的，就算不湊近聞，也覺得有一股味兒。

可是他不一樣，離這麼近，她彷彿能聞到他身上淡淡的幽香，不是女子的香粉氣，而是一種清爽的味道。他的臉頰就像是發著光般，連脖子都是白皙的，只見他的喉結還輕輕地動了一下。

待她的手掌被他捉住，再拿開時，她才發現被她壓住的人，已是皺著眉頭，眼底有著怒氣。

紀清晨眼睜睜看著這人竟在光天化日之下，伸手摸了下表哥的臉頰，這簡直就跟摸老虎屁股沒什麼兩樣。

「還不把他拉起來！」殷柏然見身邊的宮人竟一個都沒上前，登時生氣地喊道。

他不說話還好，大聲一喊竟覺得眼前一黑，看來方才摔倒時真撞到了頭。他忍不住閉了閉眼睛，這模樣卻叫長孫昭心疼不已。

「你沒事吧？是不是摔著腦袋了？」她一臉擔憂。

此時殷柏然身邊的兩個小太監趕緊上前，先是把趴在上頭的那個人扶起來，才又去扶殷柏然。

紀清晨也趕緊上前，見他一直在皺眉，便低聲問道：「柏然哥哥，可是摔到頭了？我看還是即刻叫太醫來瞧瞧吧。」

殷柏然未說話，倒是面前穿著男裝的人也著急地說：「是啊，這位姑娘說得是，還是叫太醫來瞧瞧吧，我看你好像很疼的樣子。」

長孫昭真不是故意的。她原本是想順著這棵樹到旁邊的涼亭上，可誰知竟一下子失足了。這宮裡的樹可真夠滑溜的，今兒個她可是還穿了男裝，居然還如此不好爬。

「你是何人？在宮中隨意攀爬，是不要命了嗎？」殷柏然低頭斥責她。他性子好，極少會發怒，可眼下卻一時忍不住怒氣。

紀清晨這會兒才發現，面前的這個人竟是個姑娘。雖然她刻意壓低聲音，可她的個子著實不高，沒有喉結不說，便是胸前都有些微微隆起。

長孫昭沒想到他會發火，可瞧著他如水墨般的眼睛，此時晶亮亮的，裡頭彷彿有火苗閃動，可真是好看極了。

「對不起，是我的錯。」她立即道歉道，又是深深地鞠躬。

殷柏然無奈地瞧著面前的人，看他青澀的模樣，大概是哪家隨著父親進宮的少爺吧。

可他剛想完，紀清晨卻已伸手扯了扯他的袖子，輕聲說：「柏然哥哥，我瞧她好像是個姑娘吧。」

殷柏然心頭一驚，待仔細瞧過去，可不就是個女孩子？臉蛋小巧精緻，眼睛又大又亮，嘴唇還粉嫩得像桃花瓣，只是她身上有著一股有別於女孩的英氣，是以才叫殷柏然第一時間未認出來。

長孫昭瞧著他們兩人，心中有些驚奇。

難怪人人都說京城乃是臥虎藏龍的好地方，眼前這個姑娘，可真是她生平從未見過的好看啊。長孫昭雖然喜歡男裝勝過紅妝，可她模樣長得也是頂好的，在福建的時候，即便不打扮，都能把許多姑娘給比下去。

可面前的這個女孩兒，她知道自己就算打扮個十分，只怕還是要輸的。

不過她卻一點兒也不嫉妒，看著美人兒總是讓人開心嘛。

況且她居然一眼就瞧出自己是女兒身，這一點連長孫昭都覺得好奇。畢竟她長年做男裝打扮，都能以假亂真了。

「姑娘，妳這般在宮中亂闖，若是遇到禁衛軍，只怕是要吃些苦頭的。」紀清晨微笑著看向她。禁衛軍時常在宮中巡邏，她方才撞到的若是那幫禁衛軍，可真要被亂刀砍死了。

長孫昭立即抱歉道：「我也不是有意的，我只是想站在高處瞧一瞧這御花園。」

紀清晨一時間有些啼笑皆非。她終於遇見比自己還要隨興的人。

殷柏然一直沈著臉，顯然她的肆意讓他有些不喜。連紀清晨都看出來了，畢竟柏然哥哥是個外圓內方的性子，表面上待誰都溫和，可心裡卻是再堅決不過，但今日，他卻連臉上的溫和都維持不住。

「我是長孫昭，是隨我父親一起進宮的，你們是……？」長孫昭偷偷地瞧了殷柏然一眼。

長孫？紀清晨有些疑惑，這個姓氏，她倒是未曾在京城聽過。能跟著家人進宮，還做這般打扮，肯定是來自勛貴家族吧？

「妳便是恒國公的女兒？」紀清晨還在思索這位到底是誰，旁邊的殷柏然已然開口問道。

長孫昭沒想到他一下子就猜出自己的來歷，當即便笑了，極開心地說：「是啊，我是恒國公的女兒，你……」她想了想，還是期待地問：「你聽說過我？」

「沒有。」殷柏然想也不想地否認。

長孫昭有點失望，只是又想到方才是自己先撞到他的，讓他出了好大的糗，他如今惱了她也是應該的。

紀清晨見殷柏然這般，便有點想笑。沒想到有朝一日，柏然哥哥竟也會和人家小姑娘一般見識。

「恒國公如今在何處？我派人送妳過去吧。」殷柏然不欲和她多言，直接道。

長孫昭見狀，立即擺手，道：「不必了，我父親正在聖上的勤政殿中，是有人領著我來這裡，我再去找他，叫他領著我回去便是。」

勤政殿的人領著她過來的？

誰知說話的時候，就見楊柳從遠處跑過來。

他方才一轉頭就沒看見這位小祖宗，待滿花園的找，卻在這裡找到了。可一瞧見大皇子還有元曦郡主也在，楊柳嚇得險些連心跳都要停止了。

「原來是你領著她到御花園來的。」殷柏然一看見楊柳，便帶著幾分薄怒地斥責。

楊柳跪下來，膝蓋磕在地上，連長孫昭都覺得疼。只是這會兒她反倒有點兒好奇眼前人的身分，方才她本想問的，只是卻不好主動開口詢問。

「大皇子恕罪，奴才該死、奴才該死。」楊柳被嚇得不輕。

紀清晨開口提醒他。「你這奴才是怎麼當差的？竟然讓長孫姑娘落單，差點出了大事。」

「奴才該死，郡主恕罪。」楊柳也不敢為自己辯解。長孫昭是有心甩開他的，他為了找人，跑得滿頭大汗，可眼下也只能低頭認罪。

倒是長孫昭不喜歡把錯推給旁人，她立即道：「還請大皇子和郡主別怪罪他，是我故意甩開他的，我想自個兒逛逛這御花園。」

楊柳太聒噪了，一直在她耳邊說著這花園裡的景致，所以她覺得不耐煩，便把他甩開。這會兒見他大汗淋漓，還跪在地上求饒，長孫昭心中也有些過意不去。

「待把她送回勤政殿後，你自己去慎刑司領罰。」殷柏然哼了一聲。

楊柳趕緊磕頭謝恩。「謝大皇子。」

「大皇子，是我故意甩開他的。」長孫昭雖不知道慎刑司是什麼樣的地方，可聽著就不是什麼好地方。楊柳雖然話多了些，但錯不在他啊。

殷柏然安靜地看著她，慢慢地道：「他沒照顧好主子，便該受罰。」

「可是……」長孫昭還想求情。

「這是在宮裡，妳若是為了這些奴才好，就該謹言慎行，若不然妳犯了錯，他們便只能受責罰。」殷柏然一臉冷靜地看著她。

長孫昭自幼便在福建長大，上頭有六個哥哥，她是長孫家唯一的嫡女。從她入宮都穿男裝這點來看，便知道她在家中是極受寵愛的，所以才會有點兒肆意妄為，可是她沒想到會給旁人帶來這樣的責罰。

見長孫昭還要繼續求情，一旁的紀清晨衝著她眨眼睛，示意她不要再繼續了。

長孫昭顯然也注意到了，咬了咬下唇，便不再說話。

殷柏然見這邊的事情了結，便對紀清晨說：「沅沅，咱們走吧。」

紀清晨乖巧地點頭，殷柏然率先轉身離開。

長孫昭有些洩氣，好在紀清晨臨走前，輕聲安慰她說：「別在意，大皇子這次只是小懲大誡而已。」

「謝謝妳，郡主。」長孫昭雖不知她身分，可方才聽到楊柳喚她郡主，所以便跟著這般稱呼。

待他們都離開之後，長孫昭立即叫楊柳起身，她滿臉歉意地表示。「楊公公，都是我不好，害你被責罰了。」

「長孫姑娘不必這般自責，是奴才嘴巴太囉嗦，叫姑娘厭煩了。」她一離開，楊柳便猜測到了原因，所以這會兒立即認錯。

如今已是六月，楊柳又繞著花園裡跑了許久，早已滿頭大汗。長孫昭見他這般模樣，也不想再逛，低聲說：「咱們回去吧，我逛夠了。」

楊柳倒是巴不得她早些回去，這位姑娘還真是跟京裡的那些大家閨秀不太一樣。

回去的路上，長孫昭有些好奇地問：「方才那位便是大皇子嗎？」

「是。姑娘心底可不要埋怨大皇子殿下，是奴才自己沒當好差事的。」雖說殷柏然要他去慎刑司，卻沒說要怎麼責罰。楊柳的乾爹乃是內務總管楊步亭，所以慎刑司的大太監怎麼都會賣楊步亭一個面子，不會太過為難他。

長孫昭頭頂著夏日炎炎的日頭，心底卻舒爽得像剛吃了一碗冰似的。

他生得可真好看啊。

像一塊溫潤的玉，原以為是一塊暖玉，可方才瞧見他冷冰冰的說話態度，倒是更像一塊寒玉了。

「那位郡主是……」也不怪長孫昭疑惑，畢竟方才那兩人看起來極為親密，原以為是大皇子的親妹妹，可轉念一想肯定不是，畢竟若是親妹妹的話，該是公主才對。

楊柳知道她剛從福建回京，對京裡的事情不熟悉，所以開口道：「那位是元曦郡主，是大皇子的表妹。」

「表妹？」長孫昭登時驚訝了，畢竟這年頭表兄與表妹親近的，可真是太不尋常了。

「元曦郡主乃是聖上親妹妹的女兒，極得聖上喜歡。」楊柳提起這位郡主，可真是有說不完的話了。

這一路上，楊柳便將紀清晨如何得聖上喜歡，又如何被封為郡主的事情說了一遍，聽得長孫昭一愣一愣的。

她在心底嘆了一聲，想著元曦郡主長得如此好看，難怪他與她說話時是那般溫柔。不像對她，是冷言冷語的。

「郡主殿下十月便要大婚了，到時候指不定還怎麼熱鬧呢。」楊柳感慨道。

長孫昭一驚。「大婚？和誰？」

楊柳被她嚇了一跳，待定了心神，才笑道：「自然是裴世子了。這樁婚事可是皇上賜婚的，天作之合。」

那就是和大皇子沒關係了？長孫昭登時歡喜起來。

第一百一十七章

待殷柏然與紀清晨到了方皇后宮中，一進到東側殿，便瞧見方皇后面前擺著不少畫像。

「正巧你們來了，都過來瞧瞧。」方皇后一見到他們，便笑道。

殷柏然坐在方皇后的對面，宮女則給紀清晨搬了個繡墩過來，讓她坐在方皇后的身邊。

方皇后便拿起其中一幅畫，給紀清晨瞧，還問道：「沅沅，妳覺得這個如何？」

「舅母，您該給柏然哥哥看一看才是啊，畢竟這回可是為了他和二表哥選秀的。」紀清晨一臉調皮地笑道。

殷柏然登時抬頭瞪了她一眼，紀清晨趕緊低頭。其實這畫像中的女子長得還真不錯，柳葉眉、丹鳳眼，還有一張櫻桃小嘴，一看便是個嬌滴滴的大美人。

「長得太嬌氣了些。」方皇后說出了不滿意的地方。

說來這些宮廷畫師確實厲害，雖說只是一張畫像，卻畫出了本人的神韻。

方皇后看完之後，便把畫像交給身邊的宮女。待她又拿起一幅畫時，紀清晨眼睛尖，瞧見了原本擺在下頭的另外一幅畫，「咦」了一聲，覺得還真是有趣啊。

「怎麼了？」方皇后見她盯著某一幅畫像瞧，便問道。

紀清晨指著畫像，與殷柏然道：「柏然哥哥，你瞧瞧這位，可是咱們方才遇見的那位？」

雖說畫像上的女子是女裝打扮，可眉眼卻叫紀清晨一下子便認出來了。況且她身上還有股尋常姑娘身上沒有的英氣，實在是讓人過目不忘。

殷柏然低頭看了一眼，點點頭。

方皇后見狀，便好奇道：「你們方才遇見這位長孫姑娘了？」

紀清晨點頭。

這下子可把方皇后給歡喜了一下，立即道：「那可真是緣分啊。這位姑娘說來還是後頭才送上來的，原本選秀的冊子上沒她的名字呢。」

長孫昭是皇上親自開口要加進秀女名單的。選秀是從十五歲到十七歲之間，長孫昭卻已十八歲，按理是過了年紀，可偏偏又添進來。

瞧著她是恒國公家中的嫡女，所以方皇后便想著只怕是皇上瞧中了，準備留給柏然的吧。

如今她一聽紀清晨說起，便來了興趣。

「母后，這位長孫姑娘性子跳脫，不宜留牌子。」殷柏然想也不想便道。

別說紀清晨了，就連方皇后都有點兒驚訝。她自個兒生的兒子，她最是瞭解不過，人前極少會不給旁人留面子，更別說是一個小姑娘了。

所以她忍不住使了個眼色給紀清晨，只見紀清晨開口勸道：「柏然哥哥，雖說這位長孫姑娘的性子是跳脫了些，可是你不覺得她還挺有趣的嗎？」

紀清晨倒是十分喜歡她，大概是她身上那股英姿颯爽、自由自在的隨興，讓她羨慕不已。

「方才在御花園，這位長孫姑娘衝撞了你？」方皇后關心地問道。

不是衝撞，是壓撞才對。

方皇后伸手拿起畫像，便覺得這姑娘長得大氣，那一雙眼睛瞧著可真夠有神的，她第一眼看著就喜歡。

「這姑娘的眼睛生得好看。」方皇后說了一聲，便又拿著畫像問旁邊的紀清晨。「沅沅，妳說是吧？」

這些日子她挑選這些秀女，也不是沒叫殷柏然看，只是他瞧這個也沒反應，瞧那個也沒反應，反倒是這個女子，勾起了他莫名的情緒。

紀清晨也想說不錯，卻見殷柏然的眼風已掃過來。她只得違心地道：「總要柏然哥哥喜歡才適合嘛。」

「妳柏然哥哥就是這個也瞧不上，那個也看不中，我就覺得這個好。」方皇后卻是一下子就拍板定案。

這回殷柏然和紀清晨都目瞪口呆了。

難道這就叫做無心插柳柳成蔭？

「姑娘，該起身了。」杏兒在青紗帳外喊了好幾聲，誰知裡頭卻是一點兒動靜都沒有。站在外面的杏兒沒法子，只得挑起帳子，此時外面還只是透著矇矇亮的晨光。這會兒還是夏日，天亮得本來就早。

一掀開帳子，倒是讓杏兒瞧了個面紅耳赤。說來自家姑娘這身段真是好，眼前的女子中衣領口鬆散地敞開著，露出雪白一片，那起伏的弧度叫人不敢小覷；寬鬆的紗褲此時已滑到小腿上，纖細白皙的小腿交疊而放。

好一幅美人初醒的畫面。

紀清晨微微仰起頭，輕輕地「嗯」了一聲，似是還未睡飽。她身上的衣裳滑落，渾圓的肩膀因此露出小半截。

「姑娘，該起了，今兒個可是您的大日子。」杏兒又提醒一句。

紀清晨朝外頭瞧了一眼，氣呼呼道：「這才什麼時辰啊？」

「待會兒陶嬤嬤便會帶人過來，替您梳妝打扮。」杏兒忍不住又說。

紀清晨一下子就翻坐起來，原本還睜不開的眼睛，這下子倒是瞪得圓滾滾的。「陶嬤嬤今兒個要過來？」

「瞧您說的，這些日子您都跟著陶嬤嬤學規矩，這麼大的日子，她豈會不來？」其實杏兒還挺能理解紀清晨的心情，著實是這位陶嬤嬤實在太過嚴厲，便是紀清晨都沒能在她手上討著好，先前還因為規矩學不好，被打了手心。

她沒和方皇后哭訴，倒是和舅舅哭訴了，可誰知得來的卻是一句：嚴師出高徒。

紀清晨一見連最大的靠山都不站在自個兒身邊，只好乖了起來。

她是提前十日進宮，每日都在學規矩，也不單單是為了這次的及笄禮，便是日後成親，要嫁到定國公府裡，若是到時候在規矩上出了差錯，便要被人恥笑了。

今日就是她及笄的日子，她已許久沒見到爹爹和太太，今兒個總算能見面了。

想到這裡，紀清晨倒是清醒一些，她捏了下自己的臉蛋。

「好了，妳去吩咐她們進來吧。」紀清晨知道宮女們已在外頭等著了。

自入宮之後，她身邊伺候的人又多了起來。光一個早晨伺候她洗漱的，就有四、五個宮女。

杏兒點頭，便出了房門。

沒一會兒，身著淺綠色衣裳的宮女們魚貫而入，就連頭髮都梳著一貫的樣式。宮裡規矩森嚴，連首飾都不許戴得顯眼。大戶人家的丫鬟，還能給自個兒買朵花戴戴，可是在宮裡要是誰敢壞了規矩，便是打死都活該。

紀清晨已重新整理好自己的衣裳。

待她洗漱之後，旁邊立即有人遞上溫熱的帕子，她習慣自己擦臉，不讓宮女代勞。

洗漱完畢，陶嬤嬤也到了。這位陶嬤嬤可是宮裡的老人，本就是專門的教習姑姑，紀清晨進宮學規矩，皇后便替她挑了最好的一位。

「見過郡主娘娘。」陶嬤嬤一見她，便規規矩矩地福身。雖說她如今年紀大了，樣貌自然是比不上年輕的時候，可偏偏這行雲流水的動作，還真是好看。

紀清晨自己也知道，她跟著陶嬤嬤學習的這些日子，規矩確實是好了不少。其實先前她在家中，便已被陶嬤嬤調教了不少，如今算是精益求精。

「嬤嬤請起吧。」紀清晨微微頷首。

這會兒該給她換衣裳了。今日及笄穿的衣裳是大紅底子，以金銀繡為主，乃尚衣局趕製三個月才做出來的。據說光是曳地衣襬便有數尺長，先前紀清晨試穿的時候，心底還感慨，幸虧她生得高䠷，要不然只怕還真撐不起這衣裳。

此時宮人上前替她穿戴衣裳，杏兒和香寧都斂手，站在一旁乖乖地瞧著。自進宮之後，這兩個丫鬟可是生了無限的警惕。

實在是這裡的宮女們當真是訓練有素，就連她們兩個自覺是丫鬟中的精英，這會兒都被比了下去。

所以兩人都生怕出宮的時候，姑娘領了幾個宮女回去，到時候只怕姑娘的院子裡，連她們擱腳的地方都沒有了。

不過有陶嬤嬤在，她們也都乖巧得很，不敢逾越半分。只因陶嬤嬤說過，做丫鬟的便該各司其職，不可越俎代庖。

「先給郡主梳妝，梳妝之後，再穿外裙。」陶嬤嬤在一旁開口，宮女應了一聲。

就連梳頭的嬤嬤也是宮裡頂好的，這位嬤嬤給紀清晨梳頭的時候，忍不住感慨道：「郡主的頭髮生得可真好，又濃又密，就算不用假鬟，也能梳出好看的樣式來。」

紀清晨聽了心底一寒。這位嬤嬤所說的假鬟，其實是用真人頭髮所製。有些貴族女子頭髮生得不好，不夠濃厚，所以梳頭的時候便要加些假鬟，而這樣的假鬟，都是用窮人家的女子長髮絞了製成的。

一想到若有別人的頭髮戴在她的頭上，紀清晨便受不住。

待梳妝打扮之後，外頭天色已經亮起來，此時已到了傳膳的時間。

原本她每日都要去向皇后娘娘請安的，只是今日乃是她的及笄禮，就連皇后都派人來說，讓她今兒個別過去問安了。

等用完早膳，她便坐在殿內等著。

今日的典禮是在御花園的攬月閣舉行，因她的郡主典禮未舉辦，所以兩禮便併作一禮。在她及笄之前，已先受郡主寶冊和寶印。

這會兒離吉時還有段時間，她便讓人拿書過來。誰知剛看沒一會兒，就聽到外頭有動靜，待抬頭時，就看見紀寶璟穿著一身淺紫色長褙子，俏生生地站在門口看著她。

「姊姊。」她歡喜地喊了一聲，便站起身走過去。

紀寶璟往前走了幾步，拉住她伸出來的手，上下打量她一番，再抬頭時，眼中竟隱隱泛著淚花。「好看，真是好看，我的沅沅真是太好看了。」

她比紀清晨大了足足九歲。紀清晨一出生沒多久便沒了母親，是紀寶璟守在她身邊，比誰都還要護著她，比誰都還要愛惜她。

「姊姊，我好想妳。」紀清晨本來瞧見她也是高興，誰知一開口，竟然也帶著哭腔了。

姊妹兩人才大半個月未見，紀寶璟便覺得紀清晨變了，身上有種沈穩端莊的氣質，讓人覺得安心舒服。

她又欣慰又有點難過，這樣的清晨要是外人瞧了，會覺得是個大家閨秀，可她卻知道，這便是小姑娘長大了。

嬌滴滴的小姑娘，終於成了所有人都要仰望的郡主殿下。

此時陶嬤嬤已帶人退了出去，讓她們姊妹兩人能安靜地說一會兒話。

「在宮裡還好嗎？」紀寶璟瞧著她的小臉，心疼地說：「妳看著好像瘦了點。」可不就是瘦了，原先還有點肉肉的小臉蛋，如今全沒了。原本就夠瘦的，這會兒臉蛋更小了，倒是一雙眼睛炯炯有神。

「沒有，我這些日子學規矩，倒是比先前還有胃口了。」紀清晨如實道。她瞧了一眼門口，問道：「今日祖母會來嗎？」

「妳的大日子，祖母怎麼可能不來？」紀寶璟忍不住伸手捏了下她的臉蛋，滑滑嫩嫩的，倒是跟她小兒子的臉頰都有得比。

「原本今日俊哥兒也鬧著要來的，我怕他不聽話，便沒帶來。」紀寶璟嘆了一口氣，想起兒子鬧著說想看小姨母，心底又覺得酸澀得厲害。

紀清晨立即道：「姊姊怎麼不把他帶來？俊哥兒多聽話啊。」

「沒事的，小孩子就是喜歡看熱鬧而已，待妳大婚的時候，便讓他瞧個夠。」紀寶璟捏捏她的手掌，安撫道。

紀清晨臉頰一紅，卻又想起了裴世澤。今日及笄，他只怕是不能觀禮了。

紀寶璟坐了一會兒便先離開，倒是她又等了許久才前往攬月閣。因她如今有郡主品級，是以在宮中是可以坐轎輦的，所以她出了宮門，便上了轎子，叫人抬到了攬月閣。

誰知半路上，竟瞧見了裴世澤。他一身正三品朝服，暗紫色官服將他襯托得越發面如冠玉，氣質出塵。他安靜地站在官道上，抬頭看了她一眼，便又低下頭。

雖然陶嬤嬤在旁邊，可她還是忍不住朝他看了又看。

直到他又抬起頭，兩人的視線撞在一處，彼此眼底的笑意，都看在了對方的眼中。

他是故意在此處等著她的吧……雖未問，可她就是知道。

待到了攬月閣，她便被宮女帶到偏殿坐著。此時已來了不少人，只怕京城的貴夫人有一半今日都在此處了。

曾榕已在正殿與紀寶璟說話，她因要照顧紀老太太，便沒有先去看紀清晨。

「太太放心吧，沅沅好著呢，她的性子您還不瞭解？到哪兒都不會吃虧的。」紀寶璟這會兒倒是沒剛才的心疼，也沒說她瘦了的事情。

待皇后娘娘進來，所有人都站起來。

皇后穿著明黃鳳袍，頭上戴著精緻的鳳冠，便是妝容比起平日來，看起來都華貴許多。

「都起身吧。」皇后坐下後，才緩緩開口，叫眾人坐下。

今日不僅紀老太太來了，便是裴老夫人這樣難得出門的人也都到場。旁人都知道，這是她在給未來孫媳婦撐場面。雖說今日的場面已夠大了，不過裴老夫人的到來，還是叫紀家的一干女眷心中開懷。

當攬月閣外響起一聲皇上駕到時，這回就連皇后都站起身來。

一干女眷紛紛福身行禮，一雙精緻的明黃靴子從眾人眼前走過，直到皇帝走到皇后跟前，親自將她扶起來後，才又轉身溫和道：「都起身吧。」

女眷們這才起身。有些大膽的，偷偷抬眼覷著皇上。

說來皇上如今才四十多歲，正是龍馬精神的時候，大概在遼城長年騎馬的緣故，便是身形都是健壯有力，與先皇不大一樣。

紀清晨在偏殿內能聽到聲音，所以皇后和皇上過來時，她忍不住捏住了帕子。

到底還是有些緊張。

「郡主，吉時到了，該出去行禮了。」一旁邊的陶嬤嬤輕聲提醒。

紀清晨輕輕地吸了一口氣，便站起來，寬闊華麗的裙襬拖在地上，隨著她走出去的每一步，輕輕往前移動。

待偏殿的門打開，所有人的視線都集中在出現於門口的女子身上。

直到許多年後，都還有人記得這場盛大又隆重的及笄禮。

這是幾十年來，最叫人難忘的一幕。

因為當門打開時，所有人彷彿看見了仙子一般。

第一百一十八章

「誰瞧見了姑娘的喜鞋？先前不是放在這裡的嗎？」

「快點去催一催廚房，讓他們趕緊把糕點送過去，要不然待會兒上了妝，可就來不及了。」

「姑娘，妳忍著點兒，絞面自然會有些疼的。」一個夫人輕笑著安慰道。

可紀寶茵還是忍不住哀號幾聲，那慘叫聲連紀清晨聽著都覺得不忍，一張小臉蛋皺得跟什麼似的。

誰知給紀寶茵絞面的夫人瞧見了，還笑著安慰她道：「郡主別害怕，姑娘家出嫁都有這一遭的，忍忍便過去了。」說著手頭上又用了一些力氣，只聽紀寶茵又是一聲哀號。

氣得紀寶芸在一旁直翻白眼，怒道：「就沒見過哪家姑娘像妳這樣叫得那麼大聲的。」

這會兒絞面已經結束，紀寶茵伸手摀著臉，怒氣沖沖地轉頭道：「三姊，別以為旁人都不記得了，妳當初喊得比我還厲害，不是還被娘親罵了一頓嗎？」

紀寶芸就是仗著自己成親的時間夠長，還以為旁人都不記得。可那次她確實是比紀寶茵叫喚得還厲害，氣得韓氏直罵她。這會兒倒好，竟有空奚落別人了。

不過紀寶茵也不是好惹的，直接駁了回去。紀清晨輕咳一聲，提醒她們如今還有外人在呢。

好在全福夫人是個慈眉善目的，況且人家什麼場面沒見識過。所以只是笑盈盈地瞧著鬥嘴的姊妹兩人。

接著又給紀寶茵上妝，也不知是從何時開始興起的新娘妝扮，總是把臉蛋塗得白白的。紀清晨已經接連送三位姊姊成親，可是每回都有點兒不適應。

等上了妝之後，便是戴頭飾，花冠又重又大，脖子上、手臂上還得戴上不少金飾。

「五姊，沈嗎？」紀清晨忍不住問道。

紀寶茵沒好氣地道：「要不妳來戴看看？」

紀清晨趕緊搖頭，紀寶茵立即就唉聲嘆氣。這會兒丫鬟正好把燕窩端上來，待餵她喝了一小碗之後，才算消停下來。

瞧著面前盛裝打扮的紀寶茵，也不知為何，紀清晨心中一酸，竟連眼眶都漸漸濕潤起來。

「我還沒哭呢，妳倒是要哭了，不許哭。」紀寶茵抬頭看著她，就見她眼眶濕了，登時板起臉教訓道。

紀清晨趕緊別過頭，弱聲弱氣地說：「誰哭了啊。」

紀寶茵伸手拉她的手掌，笑道：「不過是嫁人而已，況且咱們都在京城，又不是以後就見不到面了。」

話雖如此說，可嫁人就意味著是別人家的姑娘，再也不會像從前那般住在一個家裡，抬頭不見低頭見的。

紀寶茵在這個當下是說得振振有詞，可是等新郎來接親的時候，她反倒哭得比誰都厲害。旁邊的丫鬟趕緊把帕子遞給她擦眼淚，生怕她哭花了妝容。

此時紀寶芸也紅了眼圈，在一旁怒道：「臭丫頭，不是說自己肯定不會哭的。」

「娘。」紀寶芸的女兒此時正被奶娘抱在懷中，站在旁邊，瞧見她哭了，便伸手要抱她。

姊妹倆在這一刻倒是難得溫情，紀寶茵抽泣了一聲，惱火地說：「誰想要哭了。」

也不知誰進來通傳一聲，說是新郎已經在門口，那丫鬟極是歡喜地喊道：「聽說這次來接親的人裡頭，還有大皇子呢。」

房裡登時熱鬧起來。都知道方家乃是皇后的娘家，只是沒想到面子竟是這般大，接親都能請到大皇子。

院子裡的小丫鬟個個恨不得到門口去看熱鬧，反倒是紀寶茵忽然便抓緊腿上的裙襬，精緻的刺繡在手掌心摩擦著。

沒一會兒韓氏進來了，她眼眶也是紅紅的。

全福夫人把眾人帶出去，留著她們母女在裡頭說話。雖說該叮囑的，早已經叮囑過了，可是這會兒，母女二人似乎還是有說不完的話。

紀清晨站在門外，瞧著房間裡頭，耳中似乎能聽到外面隱隱約約的鞭炮聲。

「太太，前頭快要開門了，還請太太早些過去吧。」丫鬟過來催促，旁人都不敢去敲門，還是紀寶芸跑過去，將房門敲開。

韓氏出來的時候，眼眶更紅了，眼角的淚水也還沒擦乾淨。她又吩咐紀寶茵的丫鬟進去給姑娘補補妝，這才帶著人往前走去。

等新郎官進來，便先給長輩敬茶。

老太太今日穿著一身絳紫色團花暗紋褙子，雖說已滿頭白髮，可是精神卻依舊矍鑠。先前方孟衡已來過紀家，她瞧著這個孫女婿也是挺喜歡的，所以如今喝了他的敬茶，便叫丫鬟遞了個紅包給他。

她倒是未吩咐什麼，便叫他去給紀延德還有韓氏敬茶。雖說韓氏已經嫁過一個閨女，可是一想到連小女兒都要出嫁，不覺悲從中來，平日裡長袖善舞的人，這會兒竟是哭得不能自已。

倒是紀延德，卻只有細細地吩咐兩句。

紀清晨也在正堂裡站著，只見從門外偷偷溜進來的紀湛，偷偷地拉住她的手，笑著說：「姊姊，我拿到這麼多紅包呢。」

待她低頭，就瞧見小傢伙手上竟抓了一把紅封。

紀清晨登時便笑了，將手臂搭在他肩膀上，笑問道：「誰給你這樣多的？」

「我偷偷和妳說，妳可不要告訴別人喔。」紀湛神神秘秘地說。

於是紀清晨便微微屈膝，叫他能貼著自個兒的耳朵說話。只聽小傢伙隱忍著開心地說：「是柏然哥哥給我的，連俊哥兒都沒我多呢。」

「你倒好，都是當舅舅的人了，竟也不讓著俊哥兒一點。」紀清晨立即笑話他。

誰知小傢伙竟有點兒不高興了，扭扭捏捏地說：「可這是柏然表哥給我的，就這一回而已。」

紀清晨倒是聽出他的意思。他與溫啟俊其實年紀相仿，可偏偏他卻高了一輩，所以每回長輩總是要他對俊哥兒讓著點兒，即便是有好東西，也總是先給俊哥兒，雖說也沒虧待他，可時間長了，小傢伙心裡難免有些不平。

孔融讓梨是佳話，可回回都要讓，也叫人意難平。

所以紀清晨衝著他眨了下眼睛，立即點頭贊同道：「那咱們就今日這一次，你偷偷地藏起來，誰都不說，姊姊也不會說出去的。」

於是姊弟兩人，便有了一個共同的小秘密。

不過紀湛還是給了紀清晨一個紅封，說是她沒辦法到前頭去，也叫她沾沾喜氣。

紀清晨伸手刮了下他的臉頰。這小傢伙還真夠可愛的。

等紀寶茵上了花轎，韓氏便去後頭收拾。

紀清晨上前扶老太太起身。祖母一大早便起來，如今也露出了倦容。只是家裡親朋好友都在，所以老太太一時也不能回去。

等到了晚上，就連杏兒和香寧兩人都累得喘不上氣。紀清晨瞧著她們兩個的模樣，便叫她們下去歇息。

「那怎麼行，姑娘都還沒休息呢。」香寧立即說。

紀清晨揮揮手。「叫桃葉和艾葉進來伺候吧。」

這兩個是她房中的二等丫鬟，也是要跟著她去定國公府的，所以先叫她們到房裡來，這樣以後就算是香寧和杏兒嫁人了，上手也快。

見紀清晨堅持，香寧便出去叫桃葉和艾葉進來。

兩個丫鬟心底自然高興，畢竟二等丫鬟一共四個，單單叫她們進來，可不就是為了提拔她們。

紀清晨的院子一直都是最熱鬧的。按理說紀家的奴才，第一想去的應該是老太太的院子，然後是兩位太太的，接著是少爺們的，最後才是姑娘的。

只是紀清晨在紀家一向受寵，特別是這兩年聖上登基之後，她的地位更是水漲船高。後來她被封了郡主，若不是她推辭，皇后還想賜幾個宮女在她身邊。

所以能被撥到這個院子裡來的，都是頂好的丫鬟，要麼機靈，要麼忠心。

紀寶茵三朝回門的時候，紀家早早地就開了側門。

紀清晨也是一早便去給祖母請安，在上房被留了早膳後，便與長輩們坐著一起說話。

沒一會兒，紀寶璟和紀寶芸陸續回來，溫啟俊一瞧見紀清晨，便過來靠在她身邊，輕聲喊了一句。「小姨母。」

紀清晨瞧著他精神有些不濟，便問道：「俊哥兒怎麼了？」

「我不喜歡爹爹了。」溫啟俊委委屈屈地道。

這可把紀清晨心疼壞了，還以為溫凌鈞打了他，馬上開口問是怎麼一回事？

這才知道，原來他今兒個原本是要去上學的，只是他非鬧著要來紀府，卻惹怒了溫凌鈞，聽說要來的時候，還被打了好幾下屁股。

在一旁的老太太聽見了，忙把他叫過來，抱在懷中心疼了好一會兒，才對紀寶璟道：「雖說上學要緊，可這也是家中長輩的喜事，就算讓他來又有何妨呢？」

紀寶璟立即笑道：「我也是這樣說的，只是他爹爹如今管教他甚嚴呢。」

「可不能打咱們俊哥兒，要是把我的小乖乖給打壞了，那可怎麼辦啊？」老太太揉著溫啟俊的小臉蛋，倒把他說得不好意思了。

紀家只有溫啟俊是重孫子，又是家裡第四代的頭一個孩子，所以平日裡老太太難免偏疼一些。

紀寶芸見老太太這般心肝寶貝地哄著溫啟俊，又想了想自家的那個丫頭，心中不覺微微泛酸。

不過好在紀寶茵的馬車很快便到了門口。

就在一群人說話時，曾榕進來了，只見她身邊跟著的竟是紀寶芙，她身上穿著洋紅色繡折枝玫瑰嵌粉色襴邊的長褙子，衣裳顏色倒是喜慶，只是她面色蒼白，又瘦削得厲害，衣服穿在身上顯得有些空空蕩蕩。

她本就生得溫婉，身上自帶一股弱不禁風的氣韻，如今又過瘦，那股楚楚可憐的勁兒，是更甚了。

「六妹，妳身子好了？」紀寶芸一見她居然出來，心中倒是奇怪了。

先前她回家總是瞧不見紀寶芙，便偷偷問了韓氏。誰知她娘居然斥責她一頓，還叫她不許多問。

可越不許她多問，她自然越想知道了。

誰知她後來問了紀寶茵，她也是不說，就算又叫人在家裡打聽，居然也沒打聽出來。所以一見到紀寶芙出現，紀寶芸豈有不好奇的道理。

只是她這麼一問，反叫房中的氣氛有些尷尬。

曾榕笑了下，道：「芙姊兒之前身子不好，老太太心疼她，便叫她好生休養。只是這孩子還是瘦了不少，真讓人心疼呢。」

紀寶芙上前，便給老太太跪下磕頭。

「不說旁的，妳先養好身子才是最重要的。」老太太見她跪在地上，聲音柔和地道。

不管如何，到底是自個兒的親孫女，即便是做錯了事情，也不至於叫她沒了活路。老太太既是作主將她留在家中，便是想把這件事給掀過去。

來之前，曾榕自然早就與她說過，所以紀寶芙也知道，爹爹對她生氣極了，本是打算把她送到廟裡的，只是祖母開口，才讓她留在家中。

至於她當初叫丫鬟拿到當鋪的那些東西，都被曾榕贖回來，只是都已經在當鋪放了太久，也就沒再拿給她。

「謝謝祖母。」紀寶芙輕聲說了句，便站起來。

等她站起身朝一旁走去的時候，紀寶璟難得與她說道：「祖母說得對，最要緊的是妳自個兒的身子。」

沒一會兒，紀寶茵便領著方孟衡回來，新女婿總算上門了。

雖說成親那天都見過，可到底匆匆忙忙地就走了，這回才是仔細瞧見了人，便是韓氏再看，都覺得怎麼瞧怎麼好。

兩人同長輩們見禮之後，又與這邊的姊妹們見禮。因紀清晨年紀小，又還沒出嫁，所以方孟衡也給她包了紅包。

紀寶茵瞧紀寶芙也來了，便關心地問了句。「六妹，妳現在身子好些了吧？」

紀寶芙被禁足在院子裡，對外自然說她是因為身子不好，需要休養。如今她這憔悴的面容，看起來確實是身子不好的模樣。

紀清晨看著紀寶茵，見她眼角眉梢皆帶著喜氣，可見這三天在方家自是過得極好。

紀寶芙在家中這麼多年，並沒有多受寵，誰知今日姊妹們個個都來關心她。她也知道大家都是真心實意的，所以面上泛著笑意，輕聲回道：「謝謝五姊，我身子好多了，很抱歉先前沒能參加妳的婚禮。」

「身子要緊，妳別在意。相公，這是我六妹，是二叔家中的。之前她身子不好，一直在休養，你還是頭一回見吧。」紀寶茵轉頭開始給方孟衡介紹起來。

方孟衡立即拱手，客氣地喊了一聲。「六妹。」說著，又雙手奉上一個紅包。

還沒輪到幾個小輩見禮的時候，小傢伙們早已等不及了。好在有長輩在這裡鎮壓著，小傢伙們一個個也只是眼巴巴地瞧著方孟衡。

等散財童子方孟衡把紅包一個個地發給他們，他們這才開心地出去玩。

待用了膳，男人們都到前院說話，後院只留下女子。

紀寶茵雖與紀寶芸是親姊妹，卻和紀清晨是要好不過，就連說話，也都是拉著她一起說悄悄話。

況且紀清晨再三個月便也要成親了，不管怎麼說，她也該傳授一點經驗才是。

「妳姊夫那日是被人架著回房的，渾身的酒味。」紀清晨沒好意思問，紀寶茵倒是自個兒先說了。

卻沒想到，最後只得來紀寶茵一句——等妳自個兒成親就知道了。

這有說不跟沒說一樣嘛！

紀清晨原本還想著離她成親還有三個月，不急，她還有大把時間能好好準備。

可誰知這三個月，竟是一眨眼就到了。

紀家半年內連辦了兩場婚禮，而且還都是嫁女兒，所以自然是駕輕就熟。只是紀清晨身分不同，她可是皇上欽賜的元曦郡主。

無論是典禮的規格，還是嫁妝的等級都是最高的。

因去年賜婚之後，就已經去定國公府量了院子，所以大件的陪嫁，這會兒都已經抬到裴家去了。

可就算是這樣，今天大婚從紀家抬出去的東西，仍足足有一百二十八抬。

紀府的大門早早就打開了，門上掛著聖上親自寫的門聯，是昨日剛從宮裡送來的。要不是旁人攔著，只怕紀延德和紀延生就要親自掛上去了。

紀清晨早早就起身，全福夫人請的是清寧侯夫人，她是父母公婆都在世的全福人。一般人是請不動她的，不過這個婚禮，她倒是樂得參與。

待她給紀清晨絞面的時候，就見她竟連叫都沒叫一聲，可把旁人都瞧得傻眼了。

紀寶茵也是剛成親不久的人，自然知道絞面有多疼，可是見她喊也不喊一聲，便好奇地問道：「沅沅，妳不疼嗎？」

紀清晨慢慢地抬頭瞧著她，好半晌才說：「我一緊張，就給忘了。」

杏兒餵紀清晨吃了一碗燕窩，她只喝了半碗，便覺撐得吃不下。

循著古禮，這吉時還早。

紀寶茵趕緊哄她道：「趁著如今還能吃東西便趕緊吃吧，等到行禮之後，還不知什麼時候能吃上一口熱食？」

紀寶茵就是吃過大虧，所以趕緊給她提醒。

這可讓香寧和杏兒都緊張了，兩人趕緊找了荷包裝了好些桂圓和紅棗進去，就怕紀清晨什麼時候餓了可以拿著吃。不管如何，可不能餓著她們家姑娘啊。

等聽見外頭有丫鬟說新郎已到了門口時，紀清晨只覺得呼吸一下子便凝滯了。

這一回守門的，卻成了殷柏然。

裴世澤身著大紅喜服，從純白色的高頭大馬上下來，身後都是他帶來的迎親隊伍。

圍觀的人，還真是八百年都沒瞧見過這樣的熱鬧。守門的是當今大皇子，接親的是定國公世子爺，當今大魏朝赫赫有名的將星。

殷柏然嘴角一扯，心底冷哼。就等你來了！

第一百一十九章

「不是說早就到門口，怎麼這會兒還沒進來？」紀寶茵有些著急地往外瞧了一眼。

被派出去探前院消息的丫鬟恰好回來，大聲道：「五姑奶奶，大皇子正在前頭帶著大姑爺還有大爺他們擋著新姑爺呢。」

清寧侯夫人笑了一聲，道：「不急，還有些時辰。叫大皇子多為難為難世子爺，也好叫他知道，咱們郡主可不是好娶的。」

她一說完，滿屋子裡的人哄然大笑，倒是叫紀清晨羞紅了一張臉。

紀清晨此時已穿戴整齊，她頭上的這頂花冠，足足打造了半年，是由內務府中手藝最精湛的匠人親手打造。至於身上這件裙褂，更是華貴精緻。不過這次倒是沒做出長裙襬，估計也是考慮到她要下轎，怕行走不便。

此時旁人雖是歡聲笑語，她偏偏連笑都笑不出來，心底只剩下緊張。此刻彷彿有一雙手正握著她的心臟，叫她連呼吸都有些不暢快起來。

也不知過了多久，又有丫鬟急急來稟告，說是新郎官已經進門了。

清寧侯夫人立即喊道：「快把郡主的蓋頭拿過來。」

蓋頭是由香寧保管，所以她馬上去拿。

紀寶璟一直站在紀清晨身邊，她一伸手，紀清晨就趕緊上前握住。

姊妹兩人一直沒說話，先前曾榕本來是想留點時間讓她們好好說說貼己話的。可是想要說的，在這一刻反而說不出口了，也不知道要怎麼開口才好。紀寶璟又怕惹哭了她，便沒叫旁人出去。

「姊姊。」紀清晨抬頭看著她，幾乎是一瞬間，緊張便煙消雲散，只剩下不捨。這個家，她生活了十年，從她五歲開始，一直到現在十五歲。紀寶璟就是她的親姊姊，祖母也是她的親祖母。

「沅沅，不哭、不哭。」紀寶璟輕聲地說了一句，可自己卻已經落淚了。她看著長大的小姑娘，今兒個就要嫁人了。

「妳要好好的。」此時所有的話，只剩下了這一句——

妳要好好的，嫁了人要好好的。

紀清晨拚命地點頭，眼淚在眼眶中打轉，她只能使勁咬著唇，不讓自己哭出來。香寧把紅蓋頭拿過來，清寧侯夫人瞧著她們姊妹兩人，不敢上前打擾。還是紀寶璟輕輕點了下頭，輕聲道：「麻煩妳了，夫人。」

清寧侯夫人知道她們說完話了，便把蓋頭搭在紀清晨的頭上，搭完後，在一旁輕聲說：「郡主走路時，只管扶著身邊丫鬟便是，莫要低頭。」

莫要低頭。

此時好不容易進了門的裴世澤，已走向正廳。

老太太和紀延生夫婦都坐在正廳中，待瞧見穿著大紅喜袍的裴世澤一步步走進來時，整個廳堂裡的人一瞬間都看呆了。

裴世澤從未穿過如此豔麗的色彩，平日裡都是玄黑、深藍這樣暗沈的衣裳替換著。此時大紅喜袍穿在他身上，整個人看起來殊色絕豔，那張臉竟俊美得不似是人世間的人，反倒更像是天上的仙人般。

他本就生得白皙，這會兒被這大紅色一襯，便更是面如冠玉；再加上頭頂赤金冠，一身打扮看起來既華貴又隆重。

老太太瞧見了，便不住地點頭。這模樣配沅沅倒是正好，雖說長得是太好看了些，可他這麼多年來卻是個守禮的，房中連個通房都沒有。

這是裴世澤最讓老太太滿意的地方。她倒不指望紀清晨能高嫁，只盼著她將來夫妻和睦，這一世都和和順順的。

待裴世澤袍子一掀，便給老太太端了一杯茶，動作行雲流水間瀟灑自如，直叫這廳堂裡站著的女眷們都看直了眼。

輪到給紀延生奉茶時，紀延生則是瞧著低頭跪著的人許久，半晌才叫他起身。

沒一會兒，紀清晨被扶著走出來，她穿著大紅喜服，頭上頂著蓋頭，叫人瞧不見她的臉。只是雖搭著紅蓋頭，她卻未低頭，腰背依然挺得筆直。

「沅沅。」等紀清晨跟著裴世澤給父母行禮的時候，紀延生忽地喊了一聲。

曾榕連忙伸手握住丈夫的手掌，要他克制住自己的情緒。

她嫁到這個家裡這麼多年來，紀清晨幾乎是她帶大的，此時她也已眼眶泛酸，只是拚命忍耐著，不敢讓自己失了儀態。

等到紀清晨要走出廳堂，反倒是她先哭了出來。

此時紀湛想衝上前去，卻被溫凌鈞死死地拽住。

紀寶璟先前就怕紀湛鬧騰，所以特意叫小廝看住他，又叮囑丈夫好好顧著他。

這會兒紀湛被溫凌鈞箍在懷中，只能眼睜睜地看著紀清晨越走越遠，終於嚎啕大哭起來，喊道：「我不想讓姊姊嫁人。」

這大喜的日子，哪能被這小祖宗給鬧騰了。

溫凌鈞趕緊把他抱在懷中，帶到旁邊的房間裡。幸虧溫啟俊這會兒也被他叫小廝看管住了。

「方才七姊夫不是給你紅包了？」溫凌鈞見自個兒的小舅子哭得厲害，便哭笑不得地問道。

紀湛立即不屑地道：「幾個紅包便想把我姊姊帶走？作他的春秋大夢吧。」

「這話我可是要告訴你七姊夫的。」溫凌鈞知道他在耍小孩子脾氣，立即笑了。結果他還沒安撫好小舅子呢，小廝便把他的兒子也領過來。

小廝也是抱著溫啟俊進來的，說是少爺想衝上前去攔住七姑娘，他沒法子，只能抱著少爺過來。

溫凌鈞一手拽著一個，笑著問他們。「你們這是商量好的？」

他們誰都不說話，溫凌鈞也不惱火，只對著兩個小傢伙溫聲說：「你七姊姊，你小姨母，她只是長大了，到了該嫁人的年紀，即便她嫁了人，往後還是會疼你們啊，都一樣的。」

「才不是，不一樣。」紀湛立即反駁。

溫凌鈞倒是笑了，問他怎麼個不一樣？

「以後姊姊就不會住在家裡了。」紀湛不情願地說。

溫凌鈞聽罷，倒是沈默了。

等到了定國公府，轎子穩穩地停下後，紀清晨就聽到耳邊鞭炮齊鳴的轟響聲，這中間竟還夾雜著沸騰的人聲。

元曦郡主和定國公世子爺的婚事，如今也算是京城頭一樁的大事，看熱鬧的人自然不少。

待她下轎後，門口又是跨火盆又是射箭的。腳底下是猩紅地毯，從門口一直鋪到定國公院內的喜堂。

她手裡牽著大紅綢緞，知道前頭便是裴世澤，倒是安下心來。

接下來進了禮堂，便是三跪九拜。

她左右是瞧不見外頭的人，便乖巧地跟著禮官的指示，下跪磕頭。

等被牽進了內院，一直到坐在床上，她才鬆了一口氣。雖說學了這麼久的規矩，可是總怕中途會出什麼差池。

「世子爺，請您挑起新娘子的蓋頭吧。」只聽一個聲音說道，紀清晨不由得心頭一緊，不禁捏緊自己的衣襬。

等她頭上的蓋頭被挑了起來，她瞇了下眼睛。雖說帕子沒全部遮住，可遮了這麼久，乍然有光亮進來，還是覺得有些刺眼。

等她適應光亮，眼眸中便落入一個大紅色的挺拔身影，抬眸時，她才真正地看見裴世澤。

兩人看見了彼此，一抬眸，一低頭，皆眼含笑意。

可這會兒卻把旁邊的人看得驚呆了。這裡都是已經成過親的，參加喜事也不是頭一遭，可這麼漂亮的新娘子，卻是頭一回見。

本來裴世澤就是出了名的好相貌，今日能在此處的也都是裴家的親友，尋常都是見過這位世子爺的。只是今兒個瞧見他一身大紅喜袍，倒是把身上那股冷淡給沖散了。

只是讓眾人沒想到的是，新郎官本就是世上無雙的俊美，沒想到這新娘子，竟也美得這般傾國傾城。

紀清晨是汲取了紀寶茵成親時的教訓，無論如何都不願意讓自個兒的臉上塗得白白的。雖說她不擔心裴世澤會不喜歡，可掀起蓋頭的那一瞬間，她想讓他看見最美的自己。

此刻裴世澤眼中的驚豔，還是讓她心中歡喜的。

隨後他便在紀清晨身邊坐下，房內還有禮要行呢。只是這會兒，原本吵吵鬧鬧的喜房卻有點兒安靜了。

瞧著這麼一對璧人兒，靜靜地挨著坐在一塊兒，誰都不願意去打擾他們，誰都不想去破壞這如畫一般美好的時刻。

侍從托盤上拿起白瓷小酒盞，兩人相視而笑。

裴世澤先靠近她，這距離近得讓她都能瞧見他白玉般的下顎上，有著青色的鬍碴，而他下巴的線條，則是深刻又俊挺。

等禮成後，裴世澤便被推著出去應酬外頭的客人。

原本留在房中的女眷，沒一會兒也都退了出去。

房中靜悄悄的，只有大紅龍鳳喜燭中的燈花，輕燃的噼啪響聲。

一想到方才他伸手輕輕碰了下她的手掌，紀清晨心底便沒來由地歡喜著。

新房裡安靜得過分，可她卻能就這樣坐著，心底想著他今日的模樣，可真是好看。

她見過四個姊姊成親，所以四個姊夫穿著喜袍的樣子，她也都見過。但她敢說，誰都沒他好看。

也不知過了多久，就聽見房門吱呀一聲輕響，是香寧進來了。

「姑娘。」香寧先是瞧了一眼房中的擺設，才輕聲開口問道：「姑娘可餓了？世子爺的小廝叫奴婢來問問，要不先給您上膳？」

「可以吃東西嗎？」紀清晨聽紀寶茵念叨過，成親那日，她可是被餓壞了。

但如今她都還沒覺得餓，怎麼就可以吃東西了？

香寧點頭。

紀清晨想了想，還是道：「那便叫人端上來吧。」

紀清晨也沒什麼胃口，只喝了一小碗紅豆粥，便讓杏兒把東西都撤了去。

倒是杏兒擔心地問道：「姑娘，您不多吃一些嗎？今晚還不知要折騰到什麼時候，多些才有體力啊。」

「妳在說什麼？」紀清晨的臉頰一下子紅透了，冷不防地便斥了句。

杏兒眨了下眼睛，無辜地道：「我方才問了子息，他說前頭還在鬧騰。今兒個姑爺的那個火器營，也來了好些人。」

她說的是這個啊，紀清晨尷尬得恨不得把頭埋到地底下。

也不知過了多久，就在她睏得連眼皮都要合上時，就聽到院子裡一陣吵嚷聲。

沒一會兒，門被打開了，就見子息和子墨兩個，他們一人一邊地架著裴世澤，吃力地走進來。

「這是怎麼了？」紀清晨登時睜大眼睛。

外頭傳來一陣一聲爽朗的聲音，大聲道：「還請郡主恕罪，不小心把世子爺給灌醉了。」

只是他這口吻聽起來倒不像是道歉，反而說完還傳來一陣哈哈大笑，一聽外頭竟有兩、三個人在笑。

子息和子墨把裴世澤扶到床上，便趕緊出門去招呼這幫人了。

紀清晨正要叫香寧她們打水進來，就見趴在床上的人突然睜開眼睛，竟衝著她眨了一下眼。

「妳們都先出去吧。」紀清晨覺得好笑，他居然裝醉。

香寧還在問：「姑娘，要不奴婢給世子爺打點熱水過來吧？」

「妳先出去吧，讓世子爺先歇息一下，我待會兒再叫妳們。」紀清晨道。

香寧這才應聲出去，只是她一出門，床上的人立即起身，過去把門閂上。等他回過身看著紀清晨的時候，她卻覺得他眼神與平日不太一樣了。

等他走到床邊坐下，紀清晨正要低頭時，卻已被他勾住腰身，拉到他的懷中，一下子就吻住她的唇瓣。

紀清晨閉著眼睛，胸口微微起伏，被他吻得有些喘不過氣。這一次，他的吻帶著前所未有的狂熱。

兩人身上的大紅喜袍都還未脫掉，此時喜袍纏在一處，兩人就像是躺在這團大紅錦繡中。

他伸手解開她的衣襟時，感覺她的身子微微地顫抖。只是這衣襟著實繁瑣，他等不及，只得從下襬伸手勾了進去。

觸手所摸到的肌膚光滑柔嫩，讓他上癮般地想要汲取更多。

「沅沅。」他的聲音又輕又沈，像是最上等的美酒。

他吻著她，手掌在她的腰間滑動，捨不得離開。

好一會兒，他才鬆開她，盯著她的眼睛，直勾勾地盯著她。「我在席上的時候，就一直在想妳。」

想著妳穿著大紅嫁衣，乖巧地坐在床榻上，等著我回來。

第一百二十章

龍鳳喜燭在案桌上，微微搖曳著，偶爾發出噼哩啪啦的輕聲爆響。滿室鋪天蓋地的大紅色，還有那床榻上，糾纏在一塊兒的身影。

此時紀清晨的衣裳已被撩開一半，裡頭的肌膚雪白滑膩，叫人看了便想咬上一口。可到了這個時候，裴世澤反而不緊不慢起來，他一邊緩緩地親著她，一邊解開那層最後的束縛。

華麗的綢緞在手掌間摩挲而過，雪白的頸子因微微地偏頭，泛青的血脈都隱隱透了出來。

她生得可真白啊，之前雖也有過越軌的行為，可都是在片黑暗當中，只能感受到那皮膚的溫熱滑膩，卻瞧不見原本的模樣。

此時她躺在一堆華綢當中，白皙得像是暖玉雕刻出來的。

裴世澤抬頭看著她，見她緊緊地閉著雙眼，身體微微顫抖，胸口那雪白的一片，深深地刺激著他。

他低頭含住她的唇，輕聲喊道：「沅沅。」

此時房中燈火通明，讓她羞愧不已。她伸手去推他，幾乎帶著哭腔，輕聲地說：「你去把蠟燭吹滅了。」

「那可不行，這蠟燭得點一夜，這樣才能叫咱們以後長長久久的。」裴世澤壓低聲音，柔聲說道。

紀清晨一下子便睜開眼睛，哼了一聲。「騙人。」

裴世澤在她唇上親了一下，輕笑道：「騙人？」

「才不是你說的那樣呢。」紀清晨不依，嗓音嬌軟地說。

誰家新婚夜裡的蠟燭會點上一夜啊？他就是糊弄人。

可這會兒說了話，反倒叫她的緊張一下子便去了大半。

「你是酒醒了吧？要不我叫人端水進來，給你洗漱一下。」方才的旖旎氣氛瞬間煙消雲散，紀清晨感到有些不自然地眨了下眼睛。

「現在？」裴世澤低頭瞧著她白嫩的脖頸，不再說話，直接親了下來。

要是現在他還能忍得住，那他便是聖人了。

既然他不是聖人，也不是無能，所以張口便堵住她的小嘴。也不知她的口脂是用什麼做的，竟帶著一股甘甜。

搖曳的燭光，照著這一室的鮮紅。

兩人的脖頸相互勾纏著，她伸手抱著他，在這方寸之間，只有他們兩個人，就連呼吸，都像是彼此的輕喃。

嫩滑如緞的肌膚，在他的手下，叫他想要索取更多。女子的身子本就嬌軟，又這般細滑，果真男人天生就該保護女人，也天生就該「欺負」她的。

裴世澤已忍耐得夠久了，他翻身壓在她身上，手掌卻不再往上，而是漸漸地往下。

紀清晨依舊閉著眼睛，可身上雪白的肌膚，這會兒卻已染上一層緋紅，被身下的大紅被褥映襯得越發紅豔。直到她白玉般的臉頰，神情突然出現幾分難耐，隨後竟是忍不住發出羞人的聲音。

那樣婉轉嫵媚又細軟的聲音，透過大紅色的紗帳，蔓延在房中。

原本杏兒和香寧兩人還站在門口，擔心姑娘一個人無法伺候世子爺，可房中傳出來的含糊聲音，卻叫兩人聽得面紅耳赤。

杏兒拉了一下香寧的手臂，兩人趕緊退出去。

當紀清晨再次被裴世澤抱在懷中時，能感受他身上微微隆起的肌肉，柔軟纖細的腰肢被他的一雙手握住。

因為太熱了，她的身上已經出了一層薄汗，兩腿間更熱得發燙。

「不要。」紀清晨抓緊身下的錦被，她的身子往上揚，頭抵著柔軟的靠墊，兩條腿夾著他的腰身，竟讓他動彈不得了。

裴世澤低頭吻住她，輕聲誘惑著，絲毫不見白日裡的冷漠。

可她卻又難耐地搖著頭，長髮鬆散地披在她的肩上。

他含住她的耳垂，輕聲地哄著。小姑娘伸手抱住他的脖子，軟軟地以低泣和歡愉的叫聲回應著。

一個時辰後，裡頭的低聲哭泣，終於漸漸趨於安靜。

香寧和杏兒本來已經站到外頭去了，可誰知姑娘的哭聲還是被她們聽見，那種壓抑到極點，卻又帶著柔媚入骨的低泣聲，讓兩個丫鬟的頭垂得低低的。

又過了一刻鐘，裡面終於有了動靜。

待門打開後，身著大紅中衣的裴世澤走了出來，待他走到兩個丫鬟跟前，她們都垂著頭，所以第一眼便瞧見他赤著腳。

「叫人準備熱水吧。」他淡淡吩咐，只是聲音裡透著一股還未徹底散去的慾望。

「是。」兩人皆一驚，卻很快地點頭應了一聲。

等裴世澤轉身離開後，兩人才敢抬頭瞧一眼。

世子爺生得可真是高大啊，身上穿著寬鬆的中衣，還露出小半截腳踝。

他進到房中，就見紀清晨乖巧地趴在床褥上，雪白的背脊被頭上的大紅紗帳，映出一層薄薄的紅光。

他走過去靠在她身邊，將她一把撈在自己懷中，低頭在她耳邊輕咬著，說道：「我叫人準備了熱水，待會兒妳泡一泡，就不會那麼疼了。」

他知道她疼，方才她的手指都嵌進他後背的肌理中了，只怕這會兒他的後背，已被她撓得到處都是血痕。

眼前早已癱軟如泥的小東西，正安靜地靠在他懷裡，不悅地哼了一聲。

等杏兒進來，說淨房的熱水已準備好，裴世澤便打橫將紀清晨抱在懷中。

她雖生得高䠷，可實在是太瘦了些，所以裴世澤抱著她就覺得輕飄飄的。她的腦袋靠在他懷中，已累得連眼睛都睜不開了。

他們在裡頭足足泡了一個時辰。

她先是嬌羞，然後是疼得想打人，最後就像是一艘飄蕩的小船般，已放棄了抵抗，任由身上這個人帶著她前往不同的地方。

那種渾身像是被碾壓過，可是卻又叫人興奮到極致的感覺，讓她此時連一根手指頭都不想抬起來。

等到了淨房裡，裴世澤便把所有人都叫出去，即便是她的貼身丫鬟亦是。如今紀清晨這副模樣，他可不想被任何人看了去。

淨房的地方極大，中間擺著一張十六幅雕花彩繪屏風，外頭放著乾淨的白帕子。走到裡面，只見一個丈餘長的白玉池子。

裴世澤將人抱到水池邊，先是將她放在自己的腿上，替她脫了衣裳，這才把人放到水中坐下。

紀清晨感覺到自個兒的身體彷彿被熱水浸泡著，待她睜開眼睛，就看見自己置身於池子裡。

她吃驚地睜大眼睛，身邊的裴世澤也脫了衣裳坐進來。

他伸手就要把紀清晨撈過去，而紀清晨手臂一划，整個人就像是人魚般，優雅地游了出去。

裴世澤登時一挑眉。「妳會鳧水？」

紀清晨猛地咬唇，立即否認道：「我不會。」

她不是故意想要騙他的，只是她沒辦法解釋自己是如何學會鳧水這件事。畢竟京城就算有姑娘會騎馬，那也不是新奇事，可是會鳧水，這實在是太不可能了。

難不成她要和他說，她上輩子是個江南魚米之鄉的商家女，小時候家裡沒什麼規矩，她整日跟著家裡的採蓮女到河裡去玩，所以學會了鳧水。

就在她正苦惱著要怎麼解釋時，裴世澤卻也伸手划著水游了過來。

紀清晨驚訝地眨了下眼睛，卻已經被他抱住了。

這水池大概不到半丈深吧，只是她赤腳站在裡面，水已經到了她的脖子處。

「你會鳧水！」紀清晨才是真正吃驚呢。

裴世澤可是土生土長的京城人氏，這裡不比江南，湖泊羅布，旱鴨子比比皆是。況且他後來打仗又是在西北，可不比福建那邊，以海軍為主，兵士個個都擅長鳧水。

「在西北時，跟別人學的。」裴世澤抱著她，輕笑一聲。

他生得可真夠高大的，紀清晨這會兒貼在他懷中，便是頭頂也堪堪到他的下巴而已。

「還疼嗎？」等他又問起時，紀清晨不由惱火地將他推開。

這人真是太討厭了。

水氣在兩人之間瀰漫著，只見裴世澤掀唇一笑，她忍不住往後退，可是她的手腕已經被他拉住。

等他壓過來親吻她，紀清晨腳底一滑，整個人仰倒進水裡。

偏偏她腰身被他緊緊地扣著，片刻後，兩人都沈到水中。烏黑的長髮在水中漂散開來，就像是慢慢綻放的黑色花朵。

巨大的水聲把站在外面的兩個丫鬟都嚇了一跳。今晚這兩個可憐的小丫鬟，已經受了夠多的驚嚇。

等兩人重新躍出水面，裴世澤捧著她的臉頰，一臉笑意。

待他又親著她的唇瓣時，紀清晨踮著腳尖，忍不住開始回應他。溫熱的水流像柔軟的綢緞，包裹著他們，氤氳的水氣叫眼前這絕美的一幕，越發如仙境一般。

只是等他鬆開紀清晨，卻發現兩人的頭髮居然纏在一起。

「這可怎麼辦？」紀清晨目瞪口呆地瞧著，有些著急地說。

裴世澤微微一笑，倒是不緊不慢地道：「這樣豈不是更好。」

「哪裡好了，這該怎麼辦啊？」紀清晨都要哭出來了，若是被別人知道她這麼不知羞，她真是不要活了。

裴世澤笑著抱住她，將下巴抵在她的髮頂，輕聲開口。

「結髮為夫妻，恩愛兩不疑。」

待弄乾頭髮，紀清晨已經睏得連眼皮都抬不起來。

她素來睡得早，可今兒個都過了子時，卻還沒躺下。原本是杏兒要幫她弄乾頭髮的，只是裴世澤將她抱在懷中，倒是替她弄了起來。

等他摸著她的長髮，發現已乾了大半，而懷中的小姑娘也閉上眼睛，睡得香甜。

他把人抱到床上，此時床榻已經被重新換了被褥，不過依舊是鮮豔的大紅色。待小姑娘躺在床榻中，只見秀眉仍微微蹙著。

裴世澤微微搖了下頭，便掀開被子在她身邊睡下。可誰知他剛躺好，旁邊的小姑娘已經伸手將他的腰身環住，連腦袋都靠了過來。

裴世澤無聲地笑了，慢慢地側著身子，將她圈在懷中。

隔天早上，反倒是紀清晨先醒過來。

她一醒來，還未睜開眼睛，就覺得雙腿之間痠疼得厲害，渾身像是被碾壓過一樣。等她稍微一動，便又覺得身下的某處痠軟難耐。本想起身，此時她的腰上卻壓著一條手臂。

這會兒她才覺得有些喘不上氣。瞧著他身子修長，並不十分壯碩的樣子，可是脫了衣裳，卻是一身腱子肉。昨兒個她在水中，可是瞧了個清清楚楚，若不是害羞，她真想摸摸那腰上的肌肉。

上一世的時候，她雖是個遊魂，卻也是個有節操的遊魂。

她從未偷看過他洗澡，就是他偶爾在房中換衣裳，她躲閃不及，倒是瞧過兩眼。不過也就是瞧了一下下而已，他一脫衣裳，她就立即轉過身去了，所以只見過他的手臂，和肌理分明的後背。

她靠在他懷中，慢慢地睜開眼睛。

只見他還穿著一身大紅中衣，只是領口敞得極低，白皙的皮膚，還有那小巧的紅點，竟就出現在眼前。

要命了，她居然想伸手去摸，要不是及時克制住，只怕這會兒她的手掌都已經摸到他的胸口了。

就在她準備起身時，突然旁邊的人動了一下，紀清晨立即閉上眼睛。

裴世澤確實是醒了，不過卻先伸手扶住自己的額頭。昨日他雖鬧騰了許久，可到底喝了許多，後勁上來，只覺得頭疼欲裂。

低頭時，就瞧見小姑娘還閉著眼睛，只是睫毛微顫，連嘴巴都抿得緊緊的。他知道，她已經醒了。

因為她睡著的時候，真的又乖巧又軟萌，他昨日還坐在床邊看了許久。

此刻她雖閉著眼睛，眼皮卻一直在動。

等他笑著將手掌伸進她的後背，小姑娘的身子明顯地僵住了，他故意在她後背上下滑動，那樣曖昧又緩慢，直叫紀清晨推開他，把自己裹得緊緊的。

「怎麼了？」裴世澤身上的被子，一下就被她給扯走了。如今已是十月，還真是有些涼，可紀清晨卻把自己裹成一團，警惕地看著他。

她也顧不得身上的痠軟，立即大聲道：「你可不許過來。」

裴世澤看著她又黑又亮的大眼睛，這會兒滿滿都是警惕，登時又好笑又無奈。雖未靠過去，卻是輕聲笑問道：「這又是怎麼了？」

還說怎麼了，紀清晨方才動得厲害，只覺渾身都疼。她便是從山崖上掉下去，都沒現在這般疼，就像渾身被馬車輾過一樣。

昨天本來她以為到淨房去洗澡不會有事的，可誰知洗了一半，他便把她壓在水池邊上，還貼心地怕邊緣磕著她，又用衣裳墊在池邊。

本來淨室內便水氣繚繞，叫人呼吸不暢，可是她又被箍著腰，動彈不得，等她哭得嗓子都啞了，身後的人才總算放過她。

他放開的時候，她連攀住池邊的力氣都沒有，整個人一下子又滑到水底去。

原本一朵明豔嬌嫩的嬌花，經過這麼兩回，就跟被霜打過一樣。

裴世澤也嚇了一跳，趕緊把她扶起來，這才抱著出了淨房。

第一百二十一章

這會兒紀清晨是真委屈上了，畢竟裴世澤正是血氣方剛的時候，又生得這般高大，她在他跟前根本就沒有招架的餘地。

「沅沅。」他見她眼眶真的泛紅，知道她是真的委屈了。他認識她這麼多年，何曾叫她受過委屈，當即便心底自責，柔聲道：「要不我幫妳揉揉？」

紀清晨一聽，小嘴倒是嘶得能掛油瓶，半晌才憋出一句。「你想得美呢。」

裴世澤瞧著她咬牙切齒的模樣，先是一愣，隨後才噗哧地笑起來。他本來就生得眉目清冷深刻，可這麼一笑，五官都柔和了不少。

只是紀清晨還記得他昨日的行徑，可算是得了一頓教訓。

他在床上的時候，可是答應得好好的，說是最後一次，可一到水池裡，還不是又哄又騙地又來了一次。

男人的話能相信，果然母豬都能上樹。

婚前說得倒是好聽，什麼都由著她，卻在床上使勁地折騰她。

紀清晨眨著眼睛，眼中都泛淚花了。

裴世澤立即認錯道：「沅沅，妳別生氣，都是我不好。」

「你哪裡不好了？」紀清晨軟軟地問他。

裴世澤馬上用手臂支著自個兒的腦袋，衝著她微微一笑，輕聲道：「不該做那麼長時間。」

紀清晨：「……」這是認錯嗎？這分明就是自誇呀！世上竟有如此厚顏無恥的人。

她恨恨地想著，又把身上的大紅錦被拉得更高。她拚命地眨眼，倒真想擠出幾滴眼淚來，只怪她如今日子過得實在是太順心，連哭的本事都沒了。

想當年，她只要一哭，爹爹和祖母便什麼都不管，馬上答應了她的要求。

不過便是這幾滴眼淚，就叫裴世澤投降了。他也不像方才那般閒適，靠了過來，緊緊地抱著她的身子，輕聲道：「沅沅，我錯了。」

「你一點兒都不心疼我。」紀清晨是真的覺得疼，偏偏那處的疼痛還叫人羞澀得無法說出口，所以她這會兒覺得特別委屈。

她打小就被老太太嬌養著，真是渾身都軟，身上磕一下，就能留下一處可怖的青紫瘀痕。

現在倒好了，渾身都疼，她還沒仔細瞧過自個兒身上變得如何，只怕已青紫得可怕了。

這麼一頂大帽子扣下來，裴世澤可不敢要。剛娶的小媳婦，還沒抱熱乎呢，就把人家給惹惱了。

他立即斂起臉上的笑容，低頭去親了下她的額頭，柔聲說：「沅沅，妳別哭了，我知昨晚弄疼了妳，可我也不是故意的。」

女子破身本就是極疼的，裴世澤也知道，所以昨晚他還用了點小手段。只是他沒想到最後崩潰的，是自己的自制力。等了那麼久的小姑娘，終於被他抱在懷中，他如何能控制得了？

以後不管他是親她，還是抱著她，都不用再避諱著旁人的眼光了。

她終於正大光明地屬於他了。

「要不妳也打我兩下，讓我疼一疼。」他伸手去拉她的手臂，想讓她捶幾下自己的胸口。

只是紀清晨把自己渾身都裹在被子裡，只露出小小的腦袋，這會兒嬌軟地哼了一聲。

「你身子硬邦邦的，只怕木棍敲了都不疼，我打了又如何？」

裴世澤登時笑了，貼著她軟軟的小臉蹭了下，輕聲問道：「妳真捨得用木棍打？」

當然是捨不得。

雖然才第一天，可紀清晨卻要給他立個規矩的。

她婚前的時候，姊姊和太太可是輪番給她灌輸了夫妻的相處之道。她思來想去，倒覺得姊姊說得有道理。

這男人啊，就跟小孩子一樣，一味地哄著，會叫他得寸進尺，最後反而不把妳的好當成一回事。所以呢，對待他就該耍點小手段，要讓他知道自己的付出。

昨兒個晚上，紀清晨就算是渾身疼疼，都沒阻止他的掠奪，就是不想讓他在洞房花燭夜掃了興。

可今日一早，她便要叫他知道，自己昨日有多疼，她要讓他多心疼心疼自己。

只是聽裴世澤這麼一說，她的心就有些軟了。

不過隨後她又硬起心腸，哼道：「可是你折騰我的時候，可一點兒都不心軟。」

裴世澤輕聲一笑，溫柔道：「那不是折騰。」他隔著被子，把她抱在懷中，臉頰又蹭了下她的小臉。「那是喜歡沅沅啊。」

因為喜歡她，所以對別的女人連看都不看一眼。

見紀清晨不說話，他又溫柔地道：「那要不沅沅和我說，要怎麼懲罰我呢？」

裴世澤只當這是夫妻間的樂趣，便笑著問她。

紀清晨就等著這句話呢，立即便道：「這可是你答應的。」

他點頭，含笑道：「是我答應的。」

紀清晨得了這樣的話，立即笑了，柔聲道：「那咱們先起身，還要去給祖母和父親請安呢。」

聽她軟軟地喊著祖母，裴世澤又是一笑，在她唇上吮了一口，這才起身。

此時站在外頭的丫鬟也聽到了房中的動靜，這才敲門，問道：「郡主，奴婢可以進來服侍了嗎？」

說話的是香寧，因此紀清晨馬上應了一聲。

裴世澤與她說了一聲，便自個兒去了淨房。

紀清晨總算鬆了一口氣。雖說已是夫妻了，可早上起身便這般四目相對，她還是有些不適應。

香寧帶著艾葉和桃葉兩個進來。今兒個要穿的衣裳，是桃葉昨日放在包袱裡帶過來的，就是怕早上來不及開箱子。

等替紀清晨換中衣的時候，艾葉和桃葉瞧著她胸口還有脖頸上那又紅又紫的痕跡，登時面紅耳赤起來。

雖說她們都是小姑娘，可是男女之事，總是聽過一些。昨日她們兩個沒在上房伺候，所以不知道房中的動靜，可今兒個倒是在姑娘身上瞧了個清楚。

一旁站著的香寧卻是聽到的，姑娘那細細軟軟的聲音，喊到最後都沙啞了，就連去淨房都是被世子爺抱著去的，之後出來，也是被世子爺抱著出來。

紀清晨漱了口，又用帕子洗了臉，才覺得神清氣爽起來。

只是等她坐在梳妝檯前對著鏡子，一抬頭就瞧著自個兒脖子上的痕跡，她登時咬著唇。方才真該好生打一打他才是。

好在香寧也發現了這窘迫的情況，趕緊叫艾葉去開箱子，找一套交領中衣出來。原先準備的中衣，領子不夠高，只怕遮不住痕跡。

香寧怕紀清晨擔心，又安慰道：「待會兒便在脖子上掛一串碧璽珠，應該能擋住的，姑娘也別太擔心。」

等紀清晨換好衣裳時，裴世澤也換完衣裳回來了。

他今日雖沒再穿大紅色，不過卻穿了一身紫紅色織錦長袍，金銀絲線繡著繁複花紋，襯得裴世澤如玉釉般的肌膚更加誘人，叫人眼前一亮。

他本來就喜歡暗色調的衣裳，也就大婚的日子圖個喜慶，才穿得張揚了些。

紀清晨有些好奇地問：「你的衣裳都是誰給你準備的？」

「子息和子墨他們兩個。」他的長纓院雖也有丫鬟，不過卻都進不了他的屋子，他身邊伺候的多是小廝。

裴家的丫鬟也是被他給嚇住了，畢竟他把謝萍如送來的丫鬟打得一身是血，又扔回謝萍如院子裡的事情，這會兒還是眾多丫鬟心上的一根刺。

別說有人想爬上他的床，就是進他的院子前，都要掂量掂量自個兒的身分。

待紀清晨上妝完畢後，裴世澤瞧著面前明豔的小姑娘，又是會心一笑。

這會兒也到了請安的時候，裴家老太太如今還在，所以今日便要到她的院子去。

之前紀清晨雖說也時常來定國公府，可那時候都是以客人的身分，這會兒卻是人家家裡的兒媳婦了。

怕老太太那邊會留膳，所以他們連早膳都沒用便先過去了。

一路上，裴世澤都在她的身邊，即便他步伐比她大，卻還是刻意放慢腳步，陪著她一塊兒走。

她身後跟著的是杏兒和香寧。杏兒手上捧著一個盒子，那裡頭裝的都是一些給裴家小輩們的禮物。

等到了老夫人的院子裡，方一進門，便有丫鬟跑進去通稟。裡頭似乎已經有了人聲，紀清晨心中一揪，生怕自個兒來遲。

「無妨，大概是旁人來早了。」倒是裴世澤立即道。

紀清晨沒想到他連她的這點小表情都注意到了，當即心中一甜。有他在身邊陪著，她自是不怕的。

況且她是誰啊？她可是皇上欽賜的元曦郡主。

雖說她沒想過要用郡主的身分壓人，可奈何這家中卻有一些瞧她不順眼的人。不過只要對方不要做得太過分，她也不是斤斤計較的人。

待裴老夫人身邊的嬤嬤親自出來迎他們，紀清晨立即斂眉挺胸，做出一副端莊的模樣。

今日是要先認識家中的長輩，明日則是認識定國公府的親眷，只怕來的人會更多。

等他們進去的時候，紀清晨便瞧見老夫人端坐在上首，而裴延兆和謝萍如夫婦則是坐在她左手邊的位置，對面坐著的則是裴家的二老爺和二太太。只是二房是庶出的，所以紀清晨之前也只見過二太太幾面，倒是頭一回見到二老爺。

倒是三老爺和三太太這會兒還沒來。

結果等裴延光領著夫人董氏急急匆匆地進來時，他朝著上首的老夫人微微拱手道：

「娘，兒子來遲了。」

今日是見新媳婦的日子，裴老夫人自然不想教訓他，只點點頭，便吩咐他們坐下。

等裴延光和董氏坐下後，便有丫鬟端了茶盞上來，這是給他們敬茶用的；面前的蒲團也擺好了，兩人跪了下去，端了茶盞，便是請老夫人喝茶。

裴老夫人等著這杯孫媳婦茶，都不知等了多久，如今見眼前的紀清晨，一臉的明豔嬌妍，心中喜不自勝。

「好好好，只盼著你們夫婦以後能恩愛和睦。」裴老夫人喝了她敬的茶後，便從丫鬟手中拿了紅封過來，這是為她準備的。

不過既是定國公府的老夫人出手，又豈會只有這一點東西呢？

待裴老夫人叫丫鬟將她準備的東西端上來，別說紀清晨，就連裴家的幾個兒媳婦都呆住了。

老坑玻璃種翡翠手鐲，還有一條翡翠串珠，一粒粒的磨得大小一般，再加上一整套紅寶石頭面，最大的那顆寶石足有小指甲蓋那般大。

謝萍如瞧著裴老太太賞賜的六件東西，登時一股無名怒火從心中升起。

當年她進門的時候，老夫人賞賜她的東西，雖說也華貴，可是和這些比起來，卻是遠遠比不過的。

此時裴老夫人卻開口道：「這裡頭有幾樣東西，是妳親婆婆留下的。她只有景恒一個孩子，她留下來的嫁妝，日後自然都是歸景恒的。」

堂中眾人自是譁然，不過心底也有些了然。難怪會有這樣多的首飾，原來是前頭那位安氏的。

要知道那位安氏可是汝南侯的愛女，當年她嫁到定國公府，那一百零八抬的嫁妝，也是叫人眼花撩亂。

原來這麼多年來，她的嫁妝一直都是由老夫人保管著。

此時二太太王氏和三太太董氏，都不約而同地朝謝萍如瞧過去。

原以為前頭那位的嫁妝是落到她手裡，結果鬧了半天，竟是老夫人保管著。那份嫁妝少說也值十萬兩，這麼一大筆銀子，竟是沒吃下去，只怕謝萍如心底比她們還要難受。

二房和三房自然是得不到一分好處，只是謝萍如這麼多年來，面上雖處處公允，可對二房和三房卻是處處打壓，所以見她討不到好處，兩人心底不知有多痛快。

紀清晨有點驚訝，她沒想到竟還有安素馨留下的東西。

這會兒老太太只怕還不知道安素馨還活著，要是被老人家知道的話，真的會活活氣出病來。對於這位親婆婆，紀清晨真是不知該說什麼好了。

關於汝南侯的事情，她也聽說了一些。

可若是舅舅未登基，她一直在遼城，大家倒還能相安無事。偏偏天意弄人，舅舅登基了，她身為殷景然的母親，勢必也會在宮中出現。

先前她就聽到風聲，說是舅舅準備冊封她，一旦冊封後，外命婦進宮道賀，到時候可就什麼都藏不住了。

雖說她的身分不會是安素馨，可那麼個大活人，還長著一樣的臉，京城裡那些個貴夫人當年可都是和她來往過的，怎麼可能認不出來？到時候大家面上當沒這回事，可私底下的流言，還不知會傳得如何難聽。

一想到裴世澤也會被牽扯，紀清晨心底卻是一點歡喜都沒了。

接著便是給裴延兆和謝萍如敬茶。按理說裴延兆臉上該有點兒喜色的，可誰知他卻板著一張臉，倒像是誰欠了他銀兩一般。

反倒是旁邊的謝萍如，雖說眼中有忿恨，卻也是轉瞬間便消失，這會兒倒是笑靨如花。

「我一直都盼著世子爺能早些娶親，這不聖上看重，倒是把郡主許到咱們家裡來。」謝萍如一臉溫柔的笑意，端莊溫婉，完全不失國公夫人的身分。

紀清晨將茶盞奉上，裴延兆伸手接過，又說了兩句勉勵的話，臉上總算露出點笑容。

方才是裴老夫人提起了安素馨才叫他不悅的。謝萍如已將安素馨還活著的事情告訴了他，這麼大的一頂綠帽子戴在頭上，你說他能不生氣？

所以連帶著看裴世澤就更加不舒服了，總覺得越看，越覺得他不像是裴家人。

第一百二十二章

裴延兆正發著呆，連裴老夫人看了他好幾眼他都沒發覺，最後還是謝萍如扯著他的手臂，叫他趕緊端起茶盞。

待裴延兆喝了茶之後，也給紀清晨賞了紅封。

謝萍如喝完之後，倒是拉著她溫溫和和地說了好一會兒的話，那親熱的口吻，讓紀清晨覺得有些毛骨悚然。

難怪這麼些年定國公夫人在京中的名聲都是賢良淑德的，單憑她這份定力，就連紀清晨都佩服不已。

裴玉寧在指婚沒多久就出嫁了，據說原本定下她親哥哥裴渺送她去雲南，可誰知卻被定國公夫人阻止了。

就連裴玉欣也在紀清晨跟前念叨了兩句，說姑娘再受寵也還是不如兒子金貴。這親閨女嫁去雲南那樣的地方，親娘卻因為心疼兒子，不讓哥哥去送嫁。

紀清晨也知道，裴玉寧被指婚到雲南，那是因為舅舅知道了她要害自己的事情，這才動怒的。

尋常的母親只怕早就將她視作眼中釘了，可偏偏謝萍如看她的眼神裡卻連一絲不悅都沒有，反而親熱體貼得像是個疼愛新媳婦的婆婆一般。

待給公公、婆婆敬茶之後，便輪到叔伯長輩了。

二嬸娘倒是客客氣氣的，畢竟二房只是庶出，而紀清晨又是郡主的品級，能喝她一杯茶已是不錯的了。

給裴延光還有董氏敬茶的時候，就看見站在董氏身後的裴玉欣衝著她眨了眨眼睛。幸虧她在宮中受過規矩，被嬤嬤嚴格地調教過，要不然這會兒真會笑出聲。

紀清晨在心底暗暗記下了，想著待會兒定要找裴玉欣算帳才行。

董氏因裴玉欣與紀清晨交好，本就是裴家最熟悉紀清晨的長輩，如今瞧見這對璧人，也十分歡喜，一喝了紀清晨的茶，便把早已準備好的紅封拿出來，還笑道：「沅沅也算是我看著長大的，如今能和世子爺成為一對，真是叫人歡喜。」

一旁的裴延光見她竟叫了郡主的乳名，立即清了清嗓子，提醒她一聲。

董氏原本還沒反應過來，這下子倒是回了神，立即歉聲道：「瞧瞧我這嘴，該叫郡主才是。」

「三嬸無須多禮，如今咱們可是一家人，三嬸想怎麼叫便怎麼叫吧。」紀清晨笑咪咪地說。

董氏瞧著她這懂事的小模樣，登時笑開來。

給長輩們見禮之後，便是小輩們之間相互見禮。

裴世澤在家中行三，上頭還有兩位堂兄，都是二房所出。

大堂哥裴沂，身邊站著的是妻子袁氏，只是袁氏無子，手上牽著的乃是庶出的兒子。

紀清晨跟著裴世澤叫了一聲大哥、大嫂，此時杏兒手中捧著的盒子才算是派上用場。她給小輩們都準備了一樣的繡囊，裡頭裝著的都是一兩兔子形狀的金錁子，一袋裡頭共有六隻，取一個順心如意的好彩頭。這六兩金子在繡囊裡頭，掂量一下便叫小傢伙開懷大笑，立即扯開了繡囊，朝裡頭瞧了一眼，歡喜地喊道：「娘，是金子！」

二太太王氏見孫子這般大喊大叫，登時朝媳婦瞪了一眼。袁氏歉意一笑，趕緊把孩子哄過來。

只是小傢伙喊了一聲金子，讓二堂哥家裡的那幾個孩子都等不住了。

二堂哥裴浙房中倒是有好幾個孩子，他們從大到小依序排隊，一個個叫她三嬸，她則溫柔笑著將繡囊一一遞到他們手中。

二堂哥房裡的孩子有男有女，不過給金子總是錯不了的。

再接下來，便是裴渺和裴瀚兩個。說來這兩人只相差一歲，裴渺比裴瀚大一歲。只是裴瀚是三房的嫡長子，而裴渺則是定國公的嫡次子。

紀清晨分別給了兩套文房四寶。

裴瀚倒是笑著打量紀清晨。他可是還記得小時候那會兒，他和裴玉欣兩個人爭著誰是三哥最喜歡的人，誰知卻聽到一個陌生的名字，沒想到如今這個陌生名字竟成了他的三嫂。

說來，緣分這東西還真夠神奇的。

最後，總算輪到三個妹妹了。

裴玉欣是裴家未嫁姑娘裡年紀最大的，說來她今年已經十七歲了，偏偏連婚事都還未定下，這幾年來，董氏為了她的婚事，頭髮都要愁白了。

不過紀清晨瞧著裴玉欣，倒是一副悠然自在的模樣，還振振有詞地與她說，嫁人有什麼好的，自己在家裡當姑娘多好啊，誰都不敢對自己大呼小叫，就算要伺候娘親，可娘親也不會成日立規矩，更不用防著丈夫去偷情，被小狐狸精給勾引了去。

雖說這些話裴玉欣說得都對，可她瞧著三叔裴延光和三嬸董氏的關係極好，所以裴玉欣應該不會有什麼童年陰影，卻不想婚事會一直蹉跎到現在。

但她也沒替裴玉欣煩心太多。反正只聽說過娶不到媳婦兒的光棍，還沒聽說過嫁不出去的姑娘。

她給裴玉欣準備了一支南珠髮釵，華麗精緻，即便是上頭的南珠也又大又圓。

裴玉欣接過後，立即甜甜地道：「謝謝三嫂。」

之前裴玉欣雖也打趣過她，可這會兒卻是真正發自內心地叫她三嫂。

接著便是大房兩個庶出的姑娘，四姑娘裴玉敏和五姑娘裴玉晴。裴玉敏今年十四歲，而裴玉晴只比她小一歲，今年十三歲了，這兩人都是庶出，先前紀清晨也是見過的。因她們年歲相近，所以關係較旁人要好上許多。

這會兒便是穿著的衣裳，都有幾分相似。

紀清晨給她們準備的也都是首飾。小姑娘家哪有不喜歡首飾的，所以接過紀清晨的東西，便都歡歡喜喜地說了一聲，謝過三嫂。

大家族就是這般，人口多，子息繁茂。

其實說來裴家這三房還不算太過繁茂，畢竟以大房和三房來說，嫡出的多，庶出少，可光是認親戚，還是花了半個時辰。

等到認了個遍之後，裴老夫人便吩咐丫鬟傳膳。因著人多，連早膳都開了兩桌。男人倒是被老夫人支使出去，老夫人院子裡只留下裴家的女眷。

紀清晨走上前去，扶著裴老夫人，待她落坐後，便乖巧地站在身後準備伺候。

只是裴老夫人卻立即道：「郡主還是坐吧，咱們家裡素來沒有叫媳婦伺候的道理，身邊都有丫鬟呢。」

謝萍如臉上一僵，跟著笑道：「可不就是，娘說得對，就連我進門的時候，娘都沒給我立規矩。」

有些婆婆喜歡給兒媳婦立規矩，那是因為覺得拿捏不住兒媳婦，有意要給媳婦下馬威。可是裴老夫人這樣的婆婆，素來便有威嚴，便是不給媳婦立規矩，媳婦一個個的，也是不敢不聽從她的話。

於是紀清晨便在謝萍如身邊乖巧地坐下。她旁邊坐著的是裴玉敏，裴玉欣與她中間則隔著兩個小姑娘。

這頓早膳可是豐盛至極，偌大的圓桌上，擺著紀清晨能見識到的南北早膳，便是連燒賣、小籠包這樣的南方早點，這會兒也都在桌上。

她早就餓了，所以吃了一個燒賣，又喝一碗烏米蓮子粥，她沒想到這個季節居然還有蓮子。雖說她沒有多吃，不過還是用了個八分飽。

就在她用得差不多了，只見裴老夫人已先放下筷子，等她落了筷，隨後便是謝萍如，這才輪到其他二位嬸娘。

大家族講究食不言、寢不語，所以方才用膳真的便是靜悄悄的，連湯勺撞在碗邊的敲擊聲都沒有。

等用了早膳，裴老夫人便叫她們都散了。

紀清晨自然不能立即回院子，她跟著謝萍如一起回了她的聽雪園。

這名字可真是雅致，要不是之前就聽過，紀清晨還以為是個哪個小姑娘家住的院子。

等她們到了院子裡，紀清晨就瞧見敞開的正堂中似乎已經站著人了。

她們一進去，裡頭的人便馬上轉身給謝萍如請安。

紀清晨微微一打量，明白這幾位恐怕就是她公公的妾室了。

待瞧見最後那個穿著淺粉色團花刺繡對襟長褙子的女子，瞧著她的年紀頂多也就是十七、八歲，看著也比她大不了幾歲，卻已是婦人打扮，模樣也不說有多出眾，頂多算是清秀可人吧。

沒想到裴延兆竟還有這樣年輕的妾室，看來她這位公公，還真是……

因著對方是自個兒的公公，紀清晨到底是沒繼續想下去。

謝萍如坐下後，便叫她們也坐下。只是幾個姨娘卻沒敢坐下，還是謝萍如環視了她們一圈，輕聲道：「昨兒個乃世子爺大婚，今日便是自家人見面。」

這邊紀清晨是坐在左手邊第一個高背玫瑰椅上，她旁邊依次坐著四姑娘和五姑娘。對面擺著的不是椅子，而是繡墩，那是給姨娘準備的椅子。

在紀家的時候，紀延生統共就衛姨娘一個妾室，曾榕不喜歡擺什麼正房太太的款兒，所以就算衛姨娘過去給她請安，也照舊是放椅子，沒特地給她準備繡墩。

這會兒對面的三位姨娘，不僅沒坐在繡墩上，還站著聆聽謝萍如說話。

等謝萍如給紀清晨介紹的時候，她便知道這三人的身分。站在第一個的是姚姨娘，她是四姑娘裴玉敏的姨娘，也是年紀最大的。裴玉敏的容貌倒是有幾分像她，只是她眼中透著一股精明，瞧著也是個叫人不能忽略的。

至於她旁邊的姜姨娘，則是五姑娘裴玉晴的姨娘。說來裴玉晴看起來便是呆呆萌萌的，姜姨娘瞧著溫柔如水，長得也像是江南女子，小巧玲瓏。

而最後一個周姨娘，只見她頭上戴著蝶花吊墜金髮釵，一瞧便是新寵的架勢。

等三人都給紀清晨行禮之後，謝萍如便發話道：「郡主是由皇上親自賜婚給世子爺的，便是我在她跟前，都拿捏不得長輩的架子，妳們也不要仗著自個兒是國公爺的妾室，便胡作非為，若是叫我知道了，定不輕饒。」

她語氣也不狠戾，只是處處都透著威脅。

這樣的話顯然很有效，三人登時戰戰兢兢地說了一聲：「妾身不敢。」

不過紀清晨卻微微蹙眉。謝萍如這番話，簡直是想把她架在火上烤。她處處強調自個兒是聖上賜婚的，又是郡主，就像是在說這樁婚事是舅舅強塞給定國公府的。

而且謝萍如說連她都不敢在自己面前拿捏長輩的架子，日後她們要是真的起了衝突，只怕傳出去，別人都要以為是自己仗著郡主的身分，隨便欺負她這個繼母婆婆。

紀清晨真是沒想到，她這會兒就開始要設計自己了。難怪這麼多年來，柿子哥哥與國公爺的關係一直都不怎麼好，有這樣的繼母在，便是想好都不行啊。

好在謝萍如也知道，不宜操之過急，坐著說了一會兒話，便笑著對她道：「妳也是頭一天來家裡，我知道妳房中肯定還有好些事情要忙，所以便先回去吧。咱們家中妳也瞧見了，素來沒那樣多的規矩，午膳妳便與世子爺在自個兒房中用吧。」

紀清晨點頭謝過，這才告辭離開。

等她回到房中，累得只想歪在房中的羅漢床上。倒是香寧問她，要不要先見見長纓院中的人？

這會兒紀清晨才知道，這院子竟是叫長纓。

他可真是的，生怕旁人不知道他喜歡舞刀弄槍的是吧。

不過她卻擺擺手，說道：「先把賞銀發下去吧，等回門之後，回來再慢慢認識。」

這兩日又要認識這樣多的親戚，這些丫鬟、小廝便是遲些日子再見也行。

就在杏兒問她要不要換一身衣裳時，就聽門外有聲音響起，隨後裴玉欣便進來了。

紀清晨一瞧見她進來，登時便笑起來。

「怎麼樣，三嫂？」裴玉欣衝著她眨了眨眼睛，問道。

不得不說，在婆家能有一個手帕交，這感覺可真是太好了。

紀清晨看著她，笑了起來，認真地詢問道：「要不妳別嫁人了，就在家裡待著吧。」

「妳這話要是被我娘聽見了，非跟妳拚命不可。」裴玉欣爽朗一笑，手便捏著紀清晨的臉頰。

紀清晨登時笑著求饒道：「那妳可千萬別叫三嬸知道啊。」

「那可不行，這可是個把柄，妳若是對我不好，我便告訴我娘去。」裴玉欣斜睨了她一眼，兩人又哈哈笑起來。

紀清晨自然是留她在院中用膳的，不過裴玉欣卻給推了，只說這是頭一天，要讓她和三哥好好相處，以後想聊還有得是時間。

兩人說著話的時候，裴世澤回來了，只是他一進門，就聽到屋子裡的笑聲。待進去了，就見兩個小姑娘坐在一處吃著點心、喝著花茶，怡然自得得很。

「三哥回來了。」裴玉欣與他打招呼。

裴世澤正想點點頭，便自己走過來，坐在紀清晨的身邊。

紀清晨正想問他要不也給他倒一杯茶時，他竟越過她的身子，伸手將她旁邊的茶盞端起來，喝了一口。

裴玉欣目瞪口呆地瞧著他。先前他尚未成婚就在她跟前不掩飾，這會兒成親了，還真是更加大方。

她立即道：「既然三哥回來，那我就先回去了。」

紀清晨正要留她，誰知裴世澤卻握住她的手掌，輕聲說了句。「慢走，我叫人送妳吧。」

雖說她自己本來就想走了，可一聽到裴世澤這般迫不及待的口吻，裴玉欣還是一下惱火起來，衝著他便哼了一聲。「三哥，你怎麼與那人學得越來越討厭了。」話一說完，她便氣沖沖地走了。

紀清晨倒是好奇起來，立即抓著他的手，問道：「柿子哥哥，那人是誰啊？」

於是，紀清晨的第二句話還沒問出來，就被裴世澤按在羅漢床親了起來。

竟當著他的面，問別的男人。

到了晚上，裴世澤正準備抱著新娶的小媳婦好好睡一覺，沒想到……

「你可是答應過我的。」裴世澤瞧著床上的兩床被子，只見紀清晨已經乖乖躲在內側的錦被裡了。

她已經自己先去淨房泡過澡，還叫杏兒在門口守著。等她洗完澡之後，才叫裴世澤去洗。

昨兒個在淨房裡的事情，簡直叫她羞死了，還不知道兩個丫鬟怎麼看她呢？所以這次不管如何，她都不會讓他肆意妄為了。

裴世澤倒是沒想到，新婚第二天便要和媳婦分床睡。

其實見她今日總是時而蹙眉，整個人也是強打著精神，他自然心疼，知道她身上頗為不適。不過他沒想到，小姑娘竟會決定要分開睡。

「沅沅，咱們可是新婚第二日啊。」裴世澤笑道。

紀清晨有點心軟了，卻告訴自己絕不能被他這張俊臉迷惑。她振作道：「可是先前你已經答應過我，隨便我提要求的。」

裴世澤無奈一笑，只得上了床，道：「既然妳這樣說，那今日便聽妳的。」

他答應得這麼痛快，反倒叫紀清晨有點兒不適應。

熄燈之後，紀清晨才閉上眼睛，就感覺到一隻手摸上她的腰肢。她登時伸手抓住，嬌笑道：「裴景恒，不許你胡鬧。」

「沅沅，妳可沒說不許我抱著妳睡啊。」裴世澤猛地靠過來。這會兒才十月，所以兩人蓋著的都不是厚實的被子，他的嘴巴幾乎都要貼到紀清晨的耳朵上了。

紀清晨被他的狡辯逗笑了，旋即軟軟地說：「我現在還疼得厲害呢。」

倒不是她不想讓他碰，只是那一處確實疼得厲害，況且今日見親戚的時候，她又站了那麼久，她還不能表現出一絲不妥，可不就累得更厲害了。

裴世澤一聽她這話，心中生出幾分歉疚，將她抱在懷中，柔聲說：「對不起，都是我不好。」

紀清晨正要甜甜地「嗯」一聲，誰知就發現他竟鑽到自己的錦被中。

她伸手推了他一下，輕聲道：「你快些回去。」

「要不我幫妳捏捏腰吧。」裴世澤輕聲提議道。

紀清晨嚇得差點沒跳起來，生怕他再動手動腳，立即道：「不行，杏兒已經幫我捶過了。」

可她還沒說完，裴世澤卻在她的腰上捏起來。

雖說杏兒的手勁已經夠大，可裴世澤的力道更大，她又瘦又軟的腰肢被他按著，慢慢地揉捏起來，舒服得讓她想輕哼出聲，竟一點也不想推開他。

待她靠在裴世澤懷中發出均勻又輕軟的呼吸聲時，裴世澤忍不住搖頭笑了起來。

他低頭在她唇瓣上親了一下，便抱著她睡著了。

——未完，待續，請看文創風555《小妻嫁到》5（完結篇）

2017年5月出版

巧婦當家

文創風 522～525

家裡窮？
瞧她慧心巧手、生財之道一把罩，
誰說只有大丈夫才能當家？

半掩真心，巧言挑情／半巧

才穿越就被迫閃婚?!
李空竹糊裡糊塗地嫁給趙家養子趙君逸，
方弄清原身的壞名聲，就見丈夫的兩位養兄趕著分家，
這真是福無雙至，禍不單行。
瞧著屋旁砌起的土牆、空蕩蕩的家，以及鼻孔朝天對她不屑一顧的夫君，
她憋著口氣，立志讓日子好過起來。
好容易做了些小生意，誰知分家的養兄們總想著來占便宜，
幸虧這便宜相公冷歸冷，還是懂得親疏遠近，
但是他一個鄉野村夫，竟是身懷武功，莫非有什麼難言之隱？
本想向他探個究竟，可那雙黑黝黝的冷眼使她打退堂鼓，
也罷，與他不過是做搭伙夫妻，
她一個聲名有損的女人，尋思著多掙些錢，有個棲身之所便是。
誰知他又是口不對心地助她，又是偷偷動手替她出氣，
原以為這是先婚後愛、日久生情，孰料他若無其事地退了回去，
這還是她兩輩子頭一回動心，她可不願迷迷糊糊地捨棄，
鼓起勇氣盯著那冷面郎君，她直言道：「當家的，我怕是看上你了，你呢？」

2017年5月出版

嬌妻至上

文創風 518～521

她雖是將軍府大小姐、嫡長女，卻是爹娘不疼，連庶女都爬到她頭上！
要不是她大病一場重生醒來，現在還任人捏圓搓扁、委曲求全，
如今有機會改變命運，她絕不再傻傻等待，只求能掙脫家的束縛……

撲朔迷離的重生之祕　唯妻是從的愛情守則／東堂桂

池榮嬌這名字，據說是出生時祖父滿心歡喜，說幸得嬌嬌，取名榮嬌……
可為何大病重生之後，記憶裡只有父親不疼、母親憤恨、祖母不喜，
池家大小姐過得比家裡的下人還不如，連庶妹都敢欺負她的人！
親情既然求不得，那便不求了，她也不想如從前那般委屈退讓，
只是她也是母親親生的，為何哥哥備受疼愛，只有她被母親折磨冷落？

2017年4月出版

鳳心不悅

文創風 513～517

他之所以決定娶她，
背後有著說不清的陰謀詭計，
唯獨缺少了一分真心……

純情摯愛 此心不渝／桐心

沒想到新婚後便不告而別的沈懷孝，居然還有臉回來？
對蘇清河而言，有沒有這個丈夫，她壓根兒不在意，
她不過是為了與兩個孩子重逢，不得已才借了他的「種」，
古人嫁雞隨雞、嫁狗隨狗的那一套歪理，可不適用在她身上！
然而他失蹤五年的真相，竟是在京城另娶嬌妻，
如今他一口一個誤會，就想回到他們母子身邊，
當她是三歲小孩那樣好哄的嗎？
彼此各過各的也就罷了，可他卻放任那女人派刺客殺她，
這口窩囊氣，她可吞不下了！
凡事都講究個先來後到，
想要她讓出正妻的位置，還得問問她願不願意！

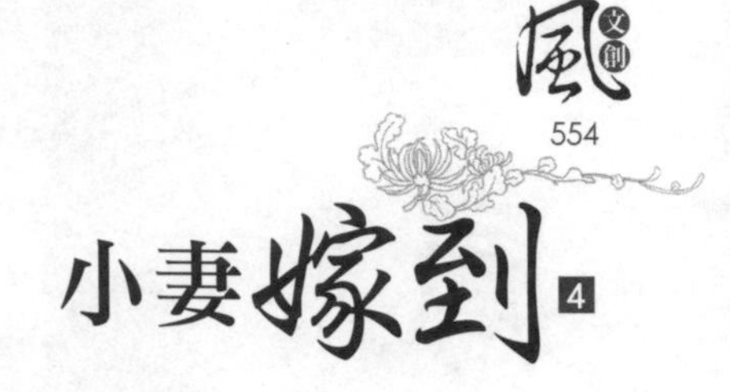

國家圖書館出版品預行編目資料

小妻嫁到 / 慕童著. --
初版. -- 臺北市 : 狗屋, 2017.08
冊 ; 公分. --(文創風)
ISBN 978-986-328-763-6(第4冊：平裝). --

857.7 106009729

著作者	慕童
編輯	江馥君
校對	黃薇霓　簡郁珊
發行所	狗屋出版社有限公司
地址	台北市104中山區龍江路71巷15號1樓
電話	02-2776-5889～0
發行字號	局版台業字845號
法律顧問	蕭雄淋律師
總經銷	知遠文化事業有限公司
電話	02-2664-8800
初版	2017年8月
國際書碼	ISBN-13　978-986-328-763-6

本著作物由北京晉江原創網絡科技有限公司授權出版

定價250元
狗屋劃撥帳號：19001626
網址：love.doghouse.com.tw　E-mail：love@doghouse.com.tw